金子的声音

JINZI DE SHENGYIN

温亚军 ◎ 著

中国文史出版社

图书在版编目（CIP）数据

金子的声音 / 温亚军著. -- 北京 ： 中国文史出版
社，2022.10
　　（锐势力·名家小说集）
　　ISBN 978-7-5205-3728-5

　　Ⅰ．①金… Ⅱ．①温… Ⅲ．①短篇小说－小说集－中
国－当代 Ⅳ．①I247.7

中国版本图书馆 CIP 数据核字(2022)第 176166 号

责任编辑：全秋生

出版发行：中国文史出版社
地　　　址：北京市海淀区西八里庄路 69 号　　　邮编：100142
电　　　话：010－81136602　　81136603　　81136606 （发行部）
传　　　真：010－81136655
印　　　装：廊坊市海涛印刷有限公司
经　　　销：全国新华书店
开　　　本：787×1092　　　1/16
印　　　张：16　　字数：248 千字
版　　　次：2023 年 1 月北京第 1 版
印　　　次：2023 年 1 月第 1 次印刷
定　　　价：58.00 元

目 录

CONTENTS

金子的声音

山谷原来是个河道，白杨河改道走了北面的缓坡后，河道就变成夏牧场里一条普通山谷了。

几个城里人肩扛着一些奇形怪状的东西，到山里来了一趟，在他放牧羊群的这个山谷里上上下下地用那个像照相机一样的东西照来照去，忙碌了一天，最后用瓶子装了山上的泉水和沙土。临走前，买了他的一只羊宰了，炖上羊吃肉时，说他放的羊，走的是黄金路，喝的是矿泉水，吃的是中草药，这肉都快成保健品了。他们走了新疆许多地方，每到一个地方，当地人都说他们的羊肉是新疆最好吃的肉，其实这次吃的肉才真正是新疆最好的肉了，肉筋道，还不膻。他听着这话很高兴。他们这样说着吃着，吃完了，却抹着嘴上的油对他说，你今后不要在这里放羊了，这个山谷里含有大量沙金。

他一脸茫然，不明白那些人在说什么。那些人也看出了他的无知，对他说，地壳运动就像人的生老病死一样，看不出来，就长大了、生病了、老死了。这个山谷的金床已经很浅，沙金丰满得都可以听到金子的声音了，过阵子国家就要来开采这个矿床，你还是换个地方放牧吧。

什么金子不金子的，他才不管那么多呢。他只知道这个山谷里有羊喜欢吃的草，他只管放他的羊。他们说有金子的声音，他侧耳听听，没有，山谷里静悄悄的，除他的羊发出一些软绵绵吃草的声音外，就只有风走过的沙沙声了。他等他们走了后，又趴在地上，耳朵贴在地上听了半天，确信还是没有听到一点他想象中的金子声音。他才不信那些城里人呢，城里人吃了他的羊，没给他几个钱，是拿话哄他呢。过后，他就忘了。

这天他的羊死了一只，没病没灾莫名其妙地死了。这是他今年春天转场到阿尔金山第一次死了羊，他想不通。那一夜，他失眠了。羊是他的命根子，他心疼死掉的那只羊。他想不通的事不太多，一般还没有什么事可以叫他想不通。他是一个心像草原一样大的牧人，死一只羊对他来说不算什么，他在心里告诫自己不再想那件事了，可还是睡不着，任凭他怎么努力，瞌睡都离他远远的，好像是他干了一件什么不好的事，无意中就把它给得罪了，要惩罚他似的。翻来覆去，在地窝子的毡上折腾到后来，他的头开始疼了，干脆爬起来喝几口酒，或许酒能让他的思维疲累些，能踏踏实实睡着呢。他摸黑抓到酒瓶子，咕咚咕咚灌了几大口，像口渴的人喝水一样，很畅快。喝了酒后，他在地上走了几圈，很气概地对自己说，不就死了一只羊么，他还有一大片羊呢，有什么大不了的！他重新躺下，酒劲慢慢地上来了，他感叹着酒的好处，迷迷糊糊睡着了。

第二天他起得有点晚，因为没睡好，头有点晕，但他还是坚持去放羊，将羊群又赶到这个山谷里。这个山谷里石头多，虽然有不少的泉水，草并不怎么好，是些稀稀拉拉的针茅草，还藏在石头缝里，羊吃起来很困难，不一定能吃饱。但羊喜欢吃针茅草，因为羊喜欢，他也就喜欢，他和羊都喜欢这个山谷。稀稀拉拉、碧绿幼嫩的针茅草像针一样，又细又短，吃起来费劲。他放了一辈子羊，知道羊爱吃什么草，他也知道羊吃这样的草，看似不起眼，却长膘。这才叫羊吃的是中草药，喝的是矿泉水，在这里放的羊杀了后，肉有嚼头，才好吃。当初，农场划分草场时，他要了别人都不愿要的这个山谷，为此，儿子还和他闹过别扭，说他傻呢，放着茂盛的草场不要，偏要这个没人要的破石头山谷。他不和儿子争，儿子也拗不过他，他乐意的事，儿子拿他没有办法。每到春天转场时，儿子不愿到这个山谷来，他就一个人来，留下儿子在家储备冬天的草料。儿子不来，他也没法，儿子越往大里长，就越不听他的话，他能拿儿子怎么办，总不能像驯马一样给儿子几鞭子。马是越打越听话，可儿子越打就离自己越远了。原来他也教训过儿子，可教训过后，儿子会赌气出去一两天不回家，他心里发虚，急得四处去找。每次找到了儿子，他想和儿子说句话，儿子根本不理他，受煎熬的只有他自己，过后，儿子依然如故，根本不把他的教训当回事。后来，他明白了和儿子不是一个立场这个道理，他就不教训儿子了。要是和儿子在一起，儿子会絮絮叨叨个不停，两人还得怄气，倒不如他一个人，乐得个清闲。山谷怎么了，草是瘦了一些，但却是养羊的草，只要羊喜欢，在哪儿不都是个吃草呢。他才不愿和羊过不去，羊是他全部的生活内容。

死了一只羊，他心里难受，无缘无故地死了，他更难受，要是有个先兆什么的，死了也就死了，羊最后的结局本来也就是个死，他也不会有多难受，可什么也没有，无病无灾的，羊就死了。早上还好好的，到了中午那只羊就不走动不吃草了，不一会儿就不行了，他还没弄明白那只羊到底怎么回事，就死了。那是一只刚成年的母羊，今年开春刚配上种，眼看着到了秋天生了羊羔，一只要变成两只，却死了。那时，如果给刚死去的羊放了血，羊肉还是干净的，一样吃得很新鲜，但他没有。他吃不下这肉，羊无缘无故地死了，他怎能吃得下呢。他抱着死羊坐在山谷的石头上，默默地想弄清羊的死因。山谷里很寂静，春天的阳光温暖地裹在他身上，像给他披上了一层细毛羊皮，柔软得心里都痒痒，可他那时感觉不到，心里只有隐隐地疼，只有莫名地伤心。这好好地怎么就死了？他曾这样问自己，也问怀里已经僵硬的羊，却得不到答案，山谷里的寂静让他的忧伤也是那样地柔软和安静。最后，他在山坡上挖了个坑，把不明不白死去的羊埋了。

这天，他在山谷里爬上爬下，还是坚决地想弄清楚羊的死因。他对这个山谷太熟悉了，多少年了，每年春天他都转场到这里来放牧，除羊得过一两次病他来不及医治死过几只外，还没有这样无缘无故死过羊。他想弄清羊死的病因，出了一身的汗，却依旧没有找到原因。他沮丧地坐在山坡上，抽自己卷的莫合烟发呆，太阳从他的头顶转到西边去了，阳光的那份温暖还在，他有点昏昏沉沉，差点就歪倒在山坡上睡过去，他的确有点困了。可他还是克制住了，死了一只羊，虽然不是什么大事，可不明白死因，却成了他心头的结，没有解开，他是不能这样睡着的。他挥了挥手，把阳光撕开扔了一地，那份温暖的瞌睡还围绕着他，却撕不碎，赶都赶不走。他站起来，还是昏沉沉的，本想摸出酒瓶抿上几口，提提神，可他没敢，他知道这个时候要是喝上几口，不但提不了神，还会助长瞌睡，只会帮他尽快睡过去的。

他强忍着挨到天黑，把羊赶回来，圈进圈羊的那个大地窝子里。山里的春天和别的地方不一样，太阳一落下去，地上的潮气泛上来，春夜很凉。今天似乎更凉，他把自己住的那个地窝子门上的毛毡取下来，给羊圈的门挂上。他宁愿自己冻着，也不能冻着羊，尤其是母羊，开春配上了种，可不敢冻，冻了会流产，会减少他的很多希望。他自己冷点没有什么，老骨头了，就是冻着了也不怕。为了御寒，他喝了一瓶子酒。酒使他全身像着了火似的燃烧起来，他在燃烧中心神不定地睡着了。

这天一大早，他感觉眼皮有点跳，到了该放牧的时候，他打开地窝子的门，羊们叫成一团，急不可耐地擦着他的腿钻出地窝子时，他发现圈里还卧着几只羊。一看到那黑乎乎的几堆，他的心忽悠一下提了起来，他咳嗽了一声，想镇定一下自己，但那种不祥的感觉还是紧紧地攥着他的心，他猫着腰轻轻地走进羊圈，来到那几只卧着的羊跟前。不敢想象的事终于发生了，又死羊了，这次是三只。比他想象的更可怕。他没有去动羊，像被什么东西定住一般，呆呆地站在原地，心狠劲地抽动了几下，泪水还是没有控制住流下来了。

伤心了好一阵子，想起活着的羊还要吃呢，他把伤心的泪水抹了抹，在衣服上蹭了，蹭得一身都挂满了伤心。走出羊圈，去放已经饿得咩咩乱叫的羊。这一天，他没有吃一口东西，也没有喝一口水，又死了三只羊的打击对他来说太大了，别说他没有一点儿心理准备，就是有，他又怎能接受这样一个残酷的事实呢。这个残酷的事实叫他手足无措，除了悲痛，他不知接下来该怎么办。

死羊的事接连几天不断发生着，他害怕了，照这样死下去，不出一个月，他的羊会死个精光。他不能眼看着羊一只只死去了，这天夜里，他把羊圈好后，骑着马连夜赶到山下的小镇，他在镇上找到认识的人给农场捎去话，叫儿子赶紧找兽医来山上看看。

过了两天，儿子很不情愿地和农场的兽医骑着马来了。兽医是个年轻人，听说是去年才从大学毕业分到农场的，一来就叫他抓了几只羊做检查，却没有在羊身上找到病根，问了一些羊的死因，他也回答不上来，就随着他到山坡上去看，羊吃的草长在石头缝里，稀稀拉拉的鲜嫩着。年轻的兽医拔了几根草，放在鼻子下闻闻，又放到嘴里嚼了嚼，没有找出草的毛病。这就怪了？大学生兽医自言自语了一声，看上去满眼的忧郁。他看着年轻兽医的表情，再看看儿子。儿子脸上看上去十分平淡，不但没有一点忧伤的意思，还一副幸灾乐祸的样子。他心头火起，这几天的痛苦煎熬使他真想冲儿子发一通火，可他还是忍住了。没忍住的，是他伤心和失望的泪水，不顾一切地流了下来，满满地溢出他那张沟壑纵横的眼。

兽医看了看流着泪的他，受了启发似的，走到一眼泉水边，细细地端详起泉水。他看到兽医似乎很悠闲的样子，心里失望极了，他对这个大学生兽医不抱一点希望了。

年轻兽医用手掬了些泉水，放进嘴里，眼神很悠远地品尝着，突然间收了悠闲的表情，忽地站了起来，兴奋地说，问题出在这泉水上，是羊喝了这水致死的。

他不明白羊的死跟这水有什么关系，眨着一双盈满泪水的眼睛，不解地望着因为有了重大发现而显出一脸兴奋的年轻兽医。

兽医说，我刚尝了这泉水，水看上去很清澈，却没有一般泉水的甘甜，而且还有股金属的味道，肯定是水里含有什么矿物质，而且这矿物质里含有对身体不利的成分。

兽医说到什么矿物质的时候，他突然想起不久前，从城里来的那些人说的话，他根本没把城里那些人说的话当一回事，可现在叫兽医这么一说，他心里就没谱了。

不会吧，他说，我每天都喝这泉水，怎么没事？

你不能再喝了，再喝下去，你也会有危险的。大学生兽医说。

他心里有点害怕，已经死了十几只羊，接下来该死的是他了。他这么想着，就把不久前那帮城里人来这里的事说了。

兽医一听，更加确定了自己的分析，来了精神，从泉水里抓了几把泥沙，在水里搓了起来，最后搓洗得手里只剩下几粒沙子，拿起来仔细看了，说，果真有沙金呢，沙金来了，这阿尔金山地下到处是沙金床，这下流到你这个山谷了，你就等着淘金发大财吧。

他还没反应过来，他的思维还系在他那些死去的和还没有死去的羊身上。他的儿子听到兽医的话，已经两眼发出了亮光，一把从兽医手里抢过那几粒沙子，对着阳光，兴奋地叫了起来：要真是沙金，我们就不用放羊了。

兽医也因为找到了羊死的真正原因，心里兴奋，说，连搞勘探的都说了，还能有假？

他没有儿子那么兴奋，还在想着剩下的这些羊，如果还这么死下去，可怎么办呢？哪天他也会和他的那些羊一样莫名其妙地死掉吗？

儿子看到他还在那里愣神，就看出他的想法了，没好气地说，别提你的那几只破羊了，死就死了吧，有了沙金，我们还放羊干啥，累死累活的，也挣不了几个钱。

但他认为他不能没有羊放，他要和儿子理论。儿子不理他，已经向兽医打听有关淘金的问题了。年轻的兽医因为上过大学，一副什么都懂的样子，从一个兽医变成了淘金子的专家，开始卖弄他的知识。

没人理他，这不要紧，关键是他的羊怎么办呢？春天才开始，还有一个夏天，一个秋天，这是羊的繁殖期和生长期，是一年最重要的时候，在这节骨眼儿上，什么沙金却出现了，来侵扰他的羊群，死了几只已够他心疼了，这是属于他的夏牧场，是他的这群羊一年食草、繁殖、成长的地方，有了这些可恶的沙金，他的羊到哪里去吃草？别人的夏牧场都放着一大群羊呢，谁也不可能让他的羊去吃他们的草。

他心里急得疼痛起来，眼泪又在气急且无奈中奔了出来，他站在春天的阳光下，想着他无处可去的羊群，默默地伤心垂泪。

兽医终于卖弄完了他的知识，发现老人伤心的泪水。年轻人奇怪地看着老人说，你哭什么？应该高兴才是，沙金来了，这是真正的财富。如果有人来开采，占了你的草场，给你的钱比你放羊多多了，你可以不费一点劲，就可以挣好多钱呢。这可是别人想都想不来的好事。

我不要钱！他气呼呼地说，我只要放我的羊，让这些沙金见鬼去吧。

儿子说，这由不得你，就让你的这些羊去见鬼吧，沙金多好。

他听着儿子大逆不道的话，愤怒了，举起手中的鞭子要抽儿子。他越来越发现，他的儿子不像牧人的后代，倒像一个金钱的后代。

兽医制止住了他的行动，把鞭子从他手中抢了去，说，你不要生气，这不是什么难题，你还可以放你的羊，山谷里的草上没有矿物质，羊照样可以吃，只是这里的泉水不能再叫羊喝了，喝了还会死的，因为水里有含沙金的矿物质，有毒。

他一听山谷里的草，羊还可以吃，他不生气了，也不跟儿子计较了，他抹把泪，孩子似的破涕为笑了。他像下保证似的说，我可以多经点心，不让羊喝山谷里的泉水，每天早上和晚上把羊赶到远处的白杨河里去饮水，这样我的羊就不会死了吧？

白杨河在山谷上面的一个缓坡上，离这有五六里地呢。

兽医叹口气，说，只要不喝这里的水，就不会有问题，只是白杨河离这儿不近呢。

没关系、没关系，远点怕啥，只要还可以在这放羊，羊不再死，多走点路，羊还长得结实呢。

儿子和兽医走了，留下他一个人继续放羊。这下，放羊不同以前了，早上把羊群放出圈，先要赶着走五六里路，到白杨河饮一次水，然后再赶回他的山谷里，羊吃草时，他再不能像以前那样清闲了，得不停地跑来跑去追赶那些想喝泉水的羊，一刻也不能停，稍有不慎，就有嘴贪的羊会跑到泉边喝水。山谷里的泉眼不少，他的羊群也不小，他不想再失去一只羊了。到了晚上还得把羊赶到河边再去喝一次水，这样放羊很累，一天下来，腿都跑酸了，连饭都懒得做，但羊的损失却减少了，除开始几天羊又死了几只外，慢慢地就不再死羊了。他的心里踏实了些，虽然累点苦点，只要不死羊，能平静地放这群羊，他就满足了。

慢慢地，他发觉把时间都浪费在来回喝水的路上了，这样羊就要少吃草，他在每天来回的路上琢磨着，得想个法子解决这个问题。他想到了在白杨河里堵个小坝，把河水往这个山谷里引过来。这个其实不太难，这个山谷本来就是河道，他都观察好了，水流起来会很畅通的。他就趁羊喝水时，开始在河里筑土坝了，但后来一想，山谷里有了沙金，就是白杨河里的水流到山谷，会不会也喝不成呢？这么一犹豫，就打消了引水的念头。他才不敢拿羊的性命下赌注呢。他想着还是平平静静地来回跑吧。

这样平静的日子维持时间不长，天就热了，夏天到了。先是太阳不再像以前那么温暖了，像火一样从天上泼下来，烤得他酷热难耐。以前的夏天也这么热，但他头上顶个衣服什么的遮遮阳光，静静地坐着不动，也不见得有多热。但今年不一样，他要不停地来回跑着去赶喝泉水的羊，活动量可比那一群羊大得多。每天早上一起来，燥热就包围了他，汗水几乎快淹没了他，但为了羊的性命安危，为了让它们能多吃点草，他起早贪黑，整天都像个水人似的。这都不算什么，最可恨的，还是他的儿子。儿子自从上次来后，回去就到处准备淘金的工具，并且在夏天刚到来时，带来几个像他一样的二流子，到山谷里来淘金子了。

他拦不住儿子，手里的鞭子可以管住一百多头羊，但管不住他儿子，还有那几个二流子，他们的力量显而易见比他强得多。他忍气吞声地只好随他们去折腾，只要他们不妨碍他放羊，他才不去生这个闲气呢。他早就看清楚了，儿子除和他怄气外，就没打算继承他的放牧生活。他也没有指望儿子能成为一个好牧人。

儿子和那几个人开始在山谷里淘金了。他们先把泉眼挖大，从中捞出泥沙，洗呀、搓呀，干得热火朝天。听了都叫他心烦，他便离他们远远的，只是偶尔拿眼瞅瞅，不去理会，他才懒得去问他们淘到金子没有呢。

他怎么也没有想到，儿子的这种做法只是个前奏，接踵而来的，是更多的淘金者拥到他的山谷里。他们是隐藏在阿尔金山的金客，听闻这里有金脉，纷至沓来，到这里淘金了。

这个山谷是农场分给他的夏牧场，他才不管什么金子不金子呢，他只管放羊。他每天得放羊，顾不上阻止这些金客，他的儿子却和那些金客接上了火，他们先是吵，吵闹不解决问题，后来干脆动了手，打斗起来。儿子还被打伤了一条胳膊。终因地盘是他的，儿子赶走了第一批金客。

看着儿子一脸的血汗，他还是心疼了，不管怎么说，儿子是他亲生的，他想去劝儿子别再淘什么金子了，免得再伤着哪里。他的话还没有说完，不耐烦的儿子把他推开了，儿子对他大喊大叫着，叫他今后不要管他的事。

放你的破羊去吧。儿子用这句话把他赶离了淘金子的泉边。他很生气儿子用这种粗鲁的态度对待他，他也像儿子对待他一样的态度对儿子吼了句，别想再打他的羊的主意。他窝了一肚子火，怏怏地去赶他的羊了。凭儿子对他的态度，他发誓不再管儿子的事了。当然他也管不了。

有了第一次械斗，就会有第二次。金客一批接一批地拥来了，他们在山谷里像土拨鼠似的到处挖沙土淘金子，并且挖了不少人住的地窝子，有了扎根于此的意思。他的儿子刚开始还和金客你死我活地争地盘，后来，金客多了，争夺的人多了，他打不过，还经常被打得头破血流，就不敢再争了。这么大的山谷，他也争不过来，最主要的还是赶紧淘自己的金子，就守着自己的地方，如果谁不来侵犯，就专心淘金子。因为金客越来越多，山谷毕竟有限，几乎每天都有打闹，整个山谷成了一个争斗场。儿子有时会赢，有时会输，慢慢地，争斗越来越激烈，经常有人被打伤，血有时会把泉水染得殷红，像是谁无意中扔下的一块红绸子，在山谷里红得耀眼。金客们的眼里只有金子，那稀疏碧绿的生物他们看不到，就是看到了，谁又会珍惜呢？只有金子才是最实在的，于是山谷里的针茅草随着淘金者的增多，被金客们挖得不成样子了。涉及草场，他不得不出面和他们论争了，但他的论争根本没人理，虽然草场是属于他的，他却像一个无理的人去和人家讲道理，没人听他的道理。金客们都忙得恨不得多生出几双手来，他们怎会为那几根只是给羊吃的草而停下找金子的手，去听他的道理呢？当然也有人很奇怪地看他，这满山谷都是金子，都是财富，他其实只要弯弯腰就可以捡拾，可他却无视这一切，只守着一群不值钱的羊和一片稀松的草。金客们无法理解他，也不需要理解他，但他们是绝对不会为了他而放弃寻找财富的。他就开始给金客们说好话，低声下气，像求人家一样。这样一来，他就调了个位置，似乎这片分给他的夏牧场原本就是金客们的，他成了强行闯进来要侵犯这片山谷的侵略者了。他经常被那些粗暴的金客粗鲁地推搡开，好像只要他一开口说话，就弄得金客们再也找不着金子似的。他在这山谷里倒成了多余的人。

这还不算什么，最受害的还是他的羊群。刚开始，那些金客还到他这里来买羊宰了吃，后来变成了偷。这下他忍不下去了，他们占了他放牧的山谷，破坏了他的草地，还来偷他的羊，他没法和那些金客理论，他可以不再卖给他们羊，他们出多少钱，他都坚持不卖。再后来竟变成了金客们来抢他的羊。有次都抢到他圈羊的地窝子里来了，幸亏他听到动静半夜爬起来了，不然，他们会把他的羊害死多少呢。他为了护卫自己的羊，没少挨金客的打骂。

他的羊像春天开始的时候那样，每天都在减少着。不同的只是那时候羊是喝了山谷泉水死的，现在却是被金客们抢去宰杀了。

为了护卫自己的羊，他干脆搬到圈羊的地窝子里来住，羊膻味熏得他快闭气了，但他强忍着还是在地窝子角落里给自己搭了个铺，想着只要他白天晚上都和羊在一起，就会保险些。

他想错了，他就是和羊住在一起，也保不住这些羊的安全。这天夜里，胆大的金客居然不顾他睡在羊圈，就来偷他的羊了。他被惊动了，要起来反击金客，就被金客们一拥而上，狠狠地打了一顿，他被打得连喊叫的力气都没有了。他们把他丢在地上，他只能眼睁睁地看着他们把羊一只只拖走。

这一顿打得可不轻，他趴在羊圈的地上整整一天都没有爬起来，羊们围在他的周围，饿得一个劲儿叫唤，他早上的时候还梦想着他的儿子会来看他，帮他收拾残局，可等了一天，也没见儿子的影子。他绝望了，趴在羊圈的羊粪上，想着羊被抢走了有二十多只，剩下的可怎么办？他甚至想到了退一步，把剩下的羊赶回家去，再想办法。可这么一群羊，赶回去给它们吃什么呢？他越想心里越愁，刚开始他还伤心地流泪，后来就不伤心了。伤心有什么用？伤心挽救不了眼前的这个局面。

被抢了羊的第二天，他硬忍着伤痛爬起来，拄着鞭杆把剩下的羊赶出羊圈，没办法，羊要吃呀，饿一天了，他不忍心羊饿着。赶出羊后，看到山谷里到处都是乱扔着的羊皮，他的那二十几只羊看来已经被这些强盗吃了。他一阵心酸，强忍了许久，才没有掉下泪来。更叫他心酸的，是他一瘸一拐地在山坡上找到他儿子，给儿子诉说自己被金客抢走羊还挨打的事时，儿子表现出的无动于衷，让他心寒。他知道儿子的心思全在淘金上，根本不会理他的几只破羊。他站了一阵，知趣地走了。他还要放羊，那些羊都等着他呢。

他把羊赶到了白杨河边，羊喝完水后，他没有要把羊赶回山谷里的意思。河边除石子外，根本没有什么草，羊喝足了水，慢慢习惯地往回走呢，他喊住了羊，他不想回那个可怕的山谷，也不想再看着自己的羊被那些魔鬼宰杀了。

羊在河边饿了一天，晚上他把羊赶了回来。这天夜里他知道那些恶魔不会再来抢他的羊了，他们前天夜里抢的还没有吃完呢，吃完了，他们还会再来的。这天晚上他甚至想着都可以不在羊圈里睡了。

他让羊在山谷里吃了最后一天草。他在山谷里放羊的时候，看着那些对他狞笑的魔鬼，突然觉得自己放这群羊，其实是在干一件无用的事情，这些羊是给这些魔鬼放的，他们需要了随时都可以来取。他一下子悟透了这个道理。他为自己能悟出这个甚至还有点兴奋。

羊算什么？羊迟早会叫他们吃光的。他们才不管这么多，他们只想着多淘些金子。连他的儿子在沙金面前都不认他这个老子了，谁还会在乎他这个放羊的老头呢？好像他就应该放着羊，给他们准备吃的。

他想得挺远的。

他想了一天，想的是一生中最远的一个想法。这天夜里，他把白杨河那个他筑的土坝缺口终于堵上了，他还想再叫一下儿子，他赶在水流到山谷之前，跑回山谷，摸黑找到儿子住的地窝子，儿子竟不在里面。他跑回自己圈羊的地窝子，发现儿子和一个二流子点着汽灯，在宰杀一只羊。他的出现儿子一点都不惊慌，还说了句，与其让他们吃你的羊，还不如我吃呢。儿子说完，继续宰羊。他想了想，对儿子说，你吃吧，反正都是个吃。儿子对他的话愣了一下，可能是不相信他会这么说。但也只是一愣，宰好了羊连个招呼都懒得打，扛着羊肉走了。

他对儿子走远的背影，又像是对自己说道，吃吧，吃了别后悔。

他赶着剩下的不足一百只的羊上到山坡时，白杨河里的水已经到了，水虽然不是太大，他想象着，也足够把这个叫他痛恨的山谷冲刷得一塌糊涂。那些恶魔，还有他的儿子，虽然不会被淹死，但他们淘沙金的地方，会冲得乱七八糟吧。

他这么想着，跟在羊群后面，上到山坡顶时，听到身后杂乱的叫骂声，还有水声，似乎还有一种声音，他听到了，但是什么样的声音，他不知道，他也没法知道。是不是那几个城里人说的金子的声音呢？他不知道。其实金子的声音，他从那些人一开始拥进山谷淘金时，从他们打得头破血流的争斗中，早应该听到了。

见　面　礼

　　只要是细舅来,不管是下午还是深夜,母亲第一句话总是问他"吃了没"?母亲从没换过别的词,她似乎也不打算换。为此,刚升小学三年级开始上了几天作文课的弟弟,从炕上爬起来,当着细舅的面纠正母亲:"妈,你能不能讲点逻辑,这三更半夜的问细舅吃了没,到底指的是明天的早饭还是今天的晚饭?"母亲顺手会砸向弟弟一些物什:"给你的逻辑。"有次,母亲手里拿着顶门杠,刚给细舅开门还没放下,要不是细舅反应快将顶门杠抓住,母亲没扔出去,否则弟弟就惨了。弟弟不长记性,下次细舅来,只要是母亲问"吃了没",他照样反驳。

　　母亲这样问自有她的道理,外公外婆去世早,还没成家的细舅跟着大舅一家过日子。大舅生性懦弱、木讷,对精明能干的大舅妈言听计从,大舅除了埋头干活,家里事情都是由大舅妈操持,自家子女的成长、学习都是如此。细舅在大舅家的屋檐下,得不到大舅的庇护,大舅妈心思在自家孩子身上,眼里哪有细舅的影子,细舅自然是矮人一头。幸好有个比细舅小两岁的侄女红娟,是细舅陪伴、保护着一起长大的,红娟视细舅为一家人,而且是长辈,以前一起上学放学,饭好了喊他,衣服破了帮他缝补,细舅才不至于经常饿肚子、穿破衣服。可细舅饿肚子的时候肯定是有的,比如侄女偶尔走个亲戚或者去知青点找那个女知青瑛子,俩人闲扯起来没完,经常错过饭点。舅妈做好饭从不喊细舅,爱吃不吃,她认为没有侍候小叔子的义务。

13

细舅生性腼腆，当然也懦弱，与大舅是一个娘，性格里怎能少了这一点。他有时从地里回来迟误了饭，红娟会给他盛好暖在锅里，可红娟不在家没人操心，回到家冷锅冷灶，连点残羹剩饭都没有，他又不便重新生火做饭，只能饿着肚子。尤其是晚上，白天干活体力消耗大，没点进食，饿得撑不住，就走三里多的路来我家，保证能填饱肚子。当然，细舅饿肚子也不是常态，红娟跟外面没多少交往，初中毕业后没考上高中，还不到下地上工的年龄，在家帮舅妈打理家务，对细舅缺不了照顾。只是到了晚上，大舅一家人钻在屋子里有说有笑，细舅一个人在自个儿屋里没事干，他又不能厚着脸皮钻进大舅他们屋子，凑上去听人家说话，睡觉又太早，实在无聊。红娟偶尔会进他屋说几句话，也是红娟说得多，特意找话，安慰似的，细舅也就应答，回应红娟的安慰。这样一来，倒让红娟越来越不知道说啥，说啥都让细舅回应得小心翼翼。就是说，细舅大多夜里来我家，打发夜晚的孤寂、排遣孤单的因素更多。可母亲不这样想，她固执地认为是舅妈不给细舅留饭，故意饿着细舅。母亲一边骂舅妈，一边点火要给细舅做饭，细舅拦不住，也解释不清，脸憋得通红，一着急便有些磕巴。弟弟有次偷偷地对我们说，妈再这样不讲逻辑，非得把细舅逼成磕巴不成。他背地里已经悄悄地叫磕巴舅了。

星期六晚上，父亲骑着自行车从公社回来度周末，母亲叨叨个没完，父亲为了不听母亲的唠叨，迅速扒拉完饭，打着手电筒带我们几个去打麦场学骑自行车。这是我们的节日，惹得村里的小孩围满了打麦场，他们羡慕地看我们兄弟几个轮流骑车，还是不怕摔坏的公车。

细舅经常会出现在那些观看的小孩堆里，只要一看见他，弟弟有些得意忘形，会大声喊起来："磕巴舅，磕巴舅，到跟前来，我这轮让给你骑。"

父亲听着不对劲，厉声制止，高举起的手落在弟弟头上，像柔软的梳子理顺弟弟的头发，并没制止住弟弟的张狂，他喊得更来劲，还腾出一只手冲着细舅的方向挥了挥，要不是一只手的控制力度不够，自行车开始扭七歪八地不听使唤，他大概还要继续挥手绕上一圈，享受这种被艳羡的快感。父亲面子上过不去，待弟弟把车子骑稳，才将射向自行车的手电光收回，忽地抢到细舅脸上，命令道："他细舅，过来！"

14

细舅扭捏着，从孩子堆中挤出来，一手挠着头，一手扯着衣服下摆，他只有在父亲跟前才这么紧张，可能在他心里，父亲不只是他的姐夫，主要是公社的干部。但细舅没法控制自己，走三里路来打麦场就是为凑这个热闹。

细舅走到我们跟前，无论轮到谁，都会把自行车让给细舅骑，可他连连摆手，身子像碰着火似的往后退，退到离自行车两三米的地方，着急起来更磕巴，惹得扶着自行车的弟弟狂笑不已。弟弟往前送，细舅向后退，一个坚决要让，一个坚决不骑，惹怒了父亲："回！"一字定音，我们只能悻悻地回家，心里埋怨着细舅。细舅讪讪地跟在后面，为提前中止我们的骑行体验而深感不安。但到了下次，相同的情景依然重演一番。

有个周六晚上，父亲突然放慢吃饭速度，对母亲说："哪天我给大队说说，让他细舅去南山看秋吧。"

母亲顿时眉开眼笑，给父亲夹了一筷子菜，说："这就对了，以前给你说，还给我扣大帽子，咱干部家亲戚不能搞特殊化。不就看秋吗，也不是轻松活，钻深山里冷清，夜里蚊子还多……"

父亲吸溜了一口玉米糊糊，烫到嘴似的："那就算了，别让他细舅去受这份罪。"

"别别别。"母亲急了，"你是干部，可不能这么快反悔。你看看，他细舅年龄小身子骨嫩，天天挣壮年男人的工分，个子越长越小了，回到家还吃不饱饭，不如去南山看秋，能混个肚子圆，好歹还有机会再蹿蹿个子。"

细舅去南山看秋了，刚开始那几天看不到他的影子，还不觉得什么，十天半个月后，尤其是到了晚上，看不到细舅瘦小的身影，听不到母亲那句缺乏逻辑的"吃了没"问话，我们心里空空落落。有天晚上睡不着，弟弟轻声对我说："也不知道磕巴舅想我不，反正我想磕巴舅了……"话音未落，弟弟莫名其妙挨了母亲一巴掌，他火了，吼道："我又说错啥了，就知道打人。"

母亲却轻声说："别以为你爸舍不得打你，我会手软。打你长点记性，啥磕巴舅？要传出去成了外号，你细舅找不到媳妇，看我不剥了你的皮！"

弟弟冲着我轻声说了句："咱细舅是磕巴吗？"

15

母亲听得明白，瞪起了眼："他哪儿磕巴了？他就是胆小。这要出去练练，练出胆来了，比谁都强。"弟弟没再吭声，悄悄地拉被角蒙住头，还装着打起了呼噜。

细舅的磕巴外号没叫响，却有人上门给他提亲了。大舅把这个好消息带到我们家也是晚上，白天大舅得上工，他又不会偷奸耍滑，回家吃完饭赶到我家时，我们快睡觉了。有两个多月晚上没人上我家的门，我们都很兴奋。母亲显然也很欢迎这时候来人，习惯性地问了句"吃了没"，猛然清醒过来，这是大舅不是细舅。大舅不会饿肚子。母亲瞅瞅炕上的我们，尤其在弟弟身上多停留了一下，眼神有些羞愧。弟弟不知道是时间长了忘了这句话没有逻辑，还是想念细舅而选择故意忽视，这次没有纠正母亲的错误，他很认真地看着大舅，想听大舅匆匆赶来要说些什么。

母亲知道，她要不问，大舅绝对能沉得住气不说一个字，他有这个本事。母亲叫了声"哥"，没什么好脸色，语气松散地问道："这么晚来，啥事呀？"

大舅扫了眼炕上的我们，不紧不慢地说："也没啥要紧事。就是，土桥坡爱说媒的那个——那个，你知道的，就是那个婆娘——"

弟弟的神情松懈下来，不失时机地嘟囔了一句："又是个磕——"自知不妥，将"巴"字硬生生捂死嘴里，憋得咳嗽起来。母亲居然顾不了，直勾勾地盯着大舅。

"不说那个婆娘了——就是她——她来给咱小弟说了个媳妇。"大舅终于说出了重点。

母亲惊愕地问："没说是谁家的女娃？咱见过没有？"

大舅顿时两眼放光，非常难得地不是把话挤出来，而是顺顺溜溜地说了出来："就是土桥坡大队支书康拉财的闺女康娜娜，那女娃咋能没见过？跟红娟以前是同学，还来过咱家里，眼睛水灵得能滴出露珠，个头比红娟还高。听红娟她妈说，媒人告诉她，是康拉财主动让她把闺女说给咱小弟呢。你说这么好的事咋让咱碰上了，我都不敢相信是真的，红娟她妈说是她和我前世修来的……"

母亲挥挥手，赶紧制止住大舅再往下说，她脸上明显不悦，嘴上却说：

"哥呀，是你和嫂子平时把小弟管教得好，小弟也确实惹人疼爱。可康拉财那么高傲的支书，要把闺女说给咱小弟，你还看不明白？他是看你妹夫在公社当干部，想攀咱的高枝呢。"

大舅点着头说，是呀是呀，有这层意思。又说了些筹备怎么见面，怎么送见面礼的事。这才是大舅此行真正目的，连我们都听得出来，他是舅妈派来索要见面礼的。要不，这么好的事，舅妈怎能不来！

母亲叹口气，说："哥呀，你又不是不知道，你妹夫现在还没转正，看着在公社当干部，可记的还是生产队的工分，同你我一样年底分成，他平时在公社食堂吃饭都是从家里背的粮换的饭票，不像他们那些正式干部每月有几十块钱工资。我这情况明摆着，四个孩娃都上着学。小弟是我的亲弟弟，他说媳妇相亲、送见面礼我得出力，可眼下就是能凑些钱，没有那么多肉票，到哪儿去买肋条肉啊？"见面礼除过一条烟、一瓶酒，最重要的得有四五斤的肋条肉。

大舅不吭声了，这个时候他的性格优势明显展露出来，不吭声意味着不退让。屋里的空气都凝固了，窗外的秋虫却叫得挺欢，一片声嘶力竭，欢欣鼓舞得像庆祝什么似的。我们几个在气氛凝重起来时已经躲进了被窝，大气都不敢喘。这个时候谁要是敢多嘴，母亲手里把正纳的鞋底握得很紧，随时都会毫无征兆地抽向谁。

沉默像面厚厚的鼓，带着挥散不去的沉闷气息。屋里听不到一点声音，像什么东西在吞噬着所有的声息。大舅歪着头，一门心思地盯着门后面的日历，好像能从日历上寻找到满意答案似的。那可是父亲从公社拿回来的日历，别人家不可能有的稀罕物。我们从被子里露出头，受不了气氛的压抑，又悄然扯住被子盖上头。最后，还是母亲打破了僵持的场面，她笑着说："哥，你先给土桥那个媒婆回话，这么好的事，咱高兴还来不及呢，让她订相亲的日子，见面礼咱一起想办法。没啥大不了的，肯定会有办法的。"

大舅要的就是这句话，心里顿时踏实了，他自觉这门亲是他和舅妈修来的福，已经是替细舅操了很大的心，剩下的不该是他们的事。这大概也是他不急不慌半夜来我家的意思，他吃透了我母亲对细舅的操持之意。大舅目的达到，站起来习惯性拍了拍屁股上的土，心满意足地走了。

送走大舅，母亲把顶门杠很重地砸到门板上，气道，人是你家的人，挣的工分在你名下，分成都在你手里攥着，却让我出见面礼，我上哪儿凑去！

话虽这样说，母亲还是不敢耽搁细舅的终身大事，这才星期三，她等不到星期六晚上父亲回来，便去大队给父亲打电话商量借钱的事。大队的那部黑色手摇电话一般不让人随便打，父亲不是一般人，母亲让会计给公社挂通电话，会计拿着话筒喊叫了半天，总机才回了句，父亲下去检查工作了，不在公社。

母亲焦急地等到周六晚上父亲回来，把情况还没说完，父亲已经不高兴了，他说筹备见面礼的钱他可以想办法借，这个不是太难，只是有钱也难买到肋条肉，得去县城找人。他大舅这样做不像话，太会算计了，平时都不给他细舅吃个饱饭，这会儿又一推干净。父亲埋怨着当即要去大舅家理论，被母亲拦下了，母亲说，就我哥那个屄样，能是他的主意？事情明摆着是婆娘让他这么做的。眼下不是理论的时候，咱先想办法凑钱应这个急，回头我去找那个婆娘说去，她至少得出一半吧。

父亲哼了一声，阴阳怪气地说，凭啥她出一半，她得全出！他细舅挣的工分可都落在他们家了。

母亲哭了，抹把泪说，谁让小弟和我是一个娘生的。可怜我爹娘死得早，不然哪用得着我为他操这份心。

土桥坡大队那个媒婆回话，定在八月初六双方见面，大舅来告诉母亲，还说红娟她妈找人看了，初六是个好日子。得给南山捎个话，让小弟初六前必须回来。

捎话的活自然落到我们头上，大哥大姐都用作业写不完为由不愿走山路，弟弟却很兴奋，像在学校上课似的，高高地举起手冲到母亲面前："我去我去。我去给细舅捎话。"母亲见此，也只能同意，不过担心弟弟路上贪玩，就把我搭配上星期天一大早跟弟弟一块儿去南山。山路不好走，我与弟弟走了半晌，满头大汗才爬到细舅看秋的山坡。细舅见我们来了，高兴得不知说啥好，连忙掰了一大堆玉米棒子，煮给我俩吃。山里的玉米棒长得小，却很香甜，我们一口气吃了四五个，还想吃，细舅却不让吃了，他说，留点肚子，我给你们找更好吃的去。

细舅给另一个看秋的同伴说声他去巡山，让我们留在看秋的屋里等他。过了两个多小时，细舅背着鼓胀的袋子回来，他走了十几里山路去一个叫石峡的山谷，给我们摘来一尿素袋紫色的野葡萄、红色的五味子，还有黄绿相间的苦李子。我们哪见过这么多好吃的，抓起来往嘴里塞，酸甜的五味子，甜得倒牙的野葡萄，还有带点苦味的苦李子，太好吃了，真后悔中午玉米棒子吃得太多。我边吃这想，难怪都争着来山里看秋，不光不用顶着日头干活，还有这么多好吃的，真是神仙过的日子。细舅瞅着我俩吃得欢实，他一脸满足的样子像是特别慈祥的老汉。

吃着吃着，弟弟突然想起正事还没说呢，于是，他咽下嘴里的东西，用手背在嘴上抹了一把，把相亲的事告诉细舅，又一五一十地把见面礼的来龙去脉顺便也说了。细舅听着听着，脸色先是羞涩地红了，慢慢地变黑，渐渐凝重得似下雨前的乌云。

天色不早了，细舅将袋子里的水果分成两半，分装成两个袋子，让我们背回家，叮咛我，一袋子留给我们，另一袋送给红娟。

父亲毕竟在公社工作，虽然不乐意，但他还是按捺住给细舅置办见面礼。父亲有这个能耐，他有时也很享受这种特权，通过公社供销社主任，竟然在县城屠宰厂订好了肋条肉，只是一时凑不够这么多肉票，先欠着。烟和酒都由供销社主任准备好了。

初四晚上，我们刚关灯睡下，外边突然传来"嗵嗵"的踢门声，紧跟着是细舅轻声唤我母亲。母亲跳下炕，冲过去拉开门，细舅一头撞进来，喘着粗气从背上甩下一个黑乎乎的东西。刚要问"吃了没"的母亲只来得及说了一个"吃"字，便吓得惊叫道："啊！这是啥？"

细舅嘿嘿一笑："我打到了一头野猪。姐，你看这个当见面礼行不？"

"野猪？"母亲不知怎么办了，"这个野猪……我不知道呀。对了，你吃了没？"母亲的惊讶还没消退，就惦记上细舅的吃饭问题，可见她对细舅的关心根深蒂固。

"没吃！"这次，细舅回答得很爽快，"这头野猪可能有八九十斤呢，死沉，我一路上歇了二十多次。"

母亲很高兴，俯下身又看了看地上的野猪，扯着细舅去洗手，她说立马就把饭做好。细舅却不动，转着身子躲避母亲的目光。母亲起了疑，硬扯住细舅走，发现他的右腿不对劲，蹲下身仔细瞅，突然惊叫起来："天哪！"细舅的裤子撕烂了好几处，血烟红了裤腿。

细舅在山里追野猪时，被另一头野猪撞倒，右小腿骨裂，他又一路急着负重下山，没有及时处理伤口，导致骨裂加重。母亲扶着细舅连夜去大队医疗站，把赤脚医生从炕上叫起，也只是清理了下创口，撒些消炎粉，吃了几粒止痛片。

细舅在家躺了一天，初六早上，在母亲的陪伴下，一瘸一拐地推着我父亲的自行车，驮着那头死野猪，去土桥坡相亲了。

用一头野猪作为相亲的见面礼，稀罕又隆重，弟弟和我忍不住走漏了风声，先是惹得孩娃们来围观，后来大人们也来了，细舅家外面的土巷子人挤人，很是热闹。母亲一会儿高兴一会儿生气，不知该打骂我们还是该赞赏。

挣脱众人的目光，母亲和大舅把细舅送到土桥坡村庄外边，母亲拍拍细舅的肩，没说一个字，转身走了。母亲不敢看细舅高低不平的背影，她的心里已经被细舅晃动的肩头动摇得没一点底气了。父亲却不这么想，从得知细舅扛回一头野猪，他更加自信，凭这么重的见面礼，康拉财在土桥，不，在全公社出尽了风头，腿瘸点算啥？再说，还有他这个公社干部身份的姐夫，这桩婚姻已经铁板钉钉了，他赶紧退了供销社在县城屠宰厂订好的肋条肉，及时将自行车送回家，供细舅驮着一头野猪的见面礼去相亲。

细舅得到了康拉财全家热情的接待。相亲回来，细舅心里高兴，伤腿也不觉得疼，从医疗站拿了些止痛片和消炎粉，非说玉米快成熟了，偷食的野物越来越多，同伴一个人顾不过来，当天赶回了南山。

中秋过后不久，天气渐渐凉了，大舅家的红娟说要给细舅送些厚衣服，本来说好要带着我一起去的，可到了周末，我因为单元测验不及格，被老师罚星期天补课，红娟便约知青瑛子一起去。瑛子早有此意，谎称生病，请假陪红娟去了山里。那时细舅腿伤好得差不多了，可不能长久走路，没法给红娟和瑛子采野葡萄，再说进入深秋季节，五味子和苦李子肯定落了，就是野葡萄也不好找，玉米粒早成熟得咬不动了。细舅苦于没有能招待红娟她们的吃食，在山坡上急得转来转去。秋高气爽的山谷里，凉风又黏又稠，细舅山上山下跑了几趟，急得出了一身热汗，他担心两个女孩受不住山里的凉风，咬咬牙便到邻队的地里偷刨了几窝红薯。山地的红薯真是好，烤熟后的香气塞满了整个山谷，吹着气咬上一口，味同板栗又面又甜，吃得两个女娃直不起腰。尤其是女知青瑛子，声称红薯是她的最爱，可她从没吃过这么好的红薯。细舅苦于自己在山里没种点红薯，又不好再去挖别人的，空着手遗憾地将侄女和瑛子送走。

寒露前后，收秋冬种，玉米成熟待收，腾出地种冬小麦，其实比夏收还忙，这个时候雨水又多，秋雨绵绵，好不容易天晴出了太阳，地里还是烂泥，人们为赶时间泥里水里地抢收，为播种下一季麦子争分夺秒。这叫双抢，属于平原土地上的收种。山里就不一样了，由于气温低，每年春夏只种一季玉米或者高粱，不能种冬小麦，所以，收获山里的庄稼就从容多了，把平原的收种利索，喘口气，才不慌不忙地进山收秋。

细舅在山里就得多待一个月。

这期间，土桥坡的媒婆捎来康拉财婆娘的话，让细舅抽空去一趟土桥坡，有话要当面说。大舅从媒婆嘴里多问不出一个字，便来给母亲说。母亲感觉不对劲，有什么事不能托人捎话，非要当面说呢。到底是女人的直觉，母亲有种不祥的感觉在脑子里闪，农忙季节，不可能抽出人去换细舅下山，大舅她打发不动，当然打发去了也不顶事。母亲没办法，只能去大队给父亲打电话。甭看母亲啥事都风风火火，说到底，很多事她都是依仗父亲去实施。母亲在电话里把情况一说，父亲当即给土桥坡康支书打电话。康支书像是一直等待这个电话似的，把准备好的套话说完，进入正题：知青点的邓名超一直在勾引康娜娜，康娜娜是跟我细舅定过亲的，他们一家人都是本分人，怎么可能看上邓名超。邓名超流里流气的根本不像个好人，三十多岁的人，年龄也太大。可是，这种事又不是想防就一定能防得住的，人家死缠烂打，谁知道哪天会出啥事呢。所以，康支书希望我父亲能够帮忙，让邓名超尽快返城，别坏了康家名声。

什么康拉财的婆娘有话？分明是康拉财本人有话要说，而且是说给我父亲这样有用的人。知青返城不像凑肉票订肋条那么简单，不然，知青们早都跑光了。父亲本来可以一口回绝，这种关乎政策的事，确实不是他还没有转正的公社干部能轻易办得到的。但他犹豫了一下，说出口的却是，他看看吧，能不能争取一下。

父亲在公社真好，他居然给邓名超争取到返城指标，而且很快办完手续，让邓名超从乡村彻底消失了。父亲认为这下万事大吉，才将事情原原本本告诉母亲。我想父亲的内心一定是有着某种得意的，谁能想到这么高难度的事情会被他做成呢。没料想母亲听后一点都高兴不起来，满脸担忧的样子让父亲也意识到了什么。父亲看了一眼炕上的我们，压低声音说，你担心啥呢，康拉财都赌咒发誓了，说他们一家人本本分分，难道他真的不要脸啦？

这次，让父亲不幸说中，康拉财的脸也没法要，他闺女康娜娜突然失踪了。康家的亲戚朋友分头去找，元旦跟前了连康娜娜的影子都没找到，反而听到一些传言，说什么康娜娜去城里找邓名超了，有人在集市上看到他们亲亲热热地搂抱在一起……

从山里下来不久的细舅，像被山里的重霜打蔫了一般，很少去上工，也不来我们家，整天提不起精神。

一天深夜，康拉财扛着一尿素袋红薯，揣着一条烟、一瓶酒，敲开大舅家的门，对一脸懵懂的大舅弯腰深深地鞠了一躬，放下东西，便转身钻进漆黑的夜里。

康拉财算是退回了细舅的见面礼。烟酒好说，还没享用，至于那头野猪，早进了康家乃至他家亲戚朋友的肚子，变成粪便，没法还了。怎么办呢，康拉财没法搞到一头野猪，只能硬着头皮，扛一袋红薯顶替。

康拉财太缺德了，野猪他是没本事搞到，可退回个肋条肉也说得过去呀。当然买肋条肉也需要一定本事。再不济，退回一尿素袋麦子或者玉米，也比红薯强啊，红薯才值几个钱？舅妈弄清情况后，踢着那袋红薯，越踢越气，把大舅骂得狗血喷头："一头百十斤的野猪，换回一袋红薯，你是猪脑子呀！"

大舅在舅妈的骂声中抽了半夜的旱烟，把嗓子抽哑了，第二天一大早来我家说这事时，我们还赖在热炕上没起来，竟然没听出是大舅来了。母亲听着大舅的话就来气，给我们的饭也不做了，解下围裙，跟着去了大舅家。

后来，我们听说，大舅来我家的这个时段，细舅早晨起来做的第一件事，就是扛起那袋红薯，去知青点当着众知青的面把红薯送给了瑛子。自始至终，细舅没说一句话。瑛子听说了细舅的事，也不好问，只是看着细舅把红薯放下然后转身离去的背影，瑛子的心一上一下跳动得很厉害，她为细舅急促离开的身影心酸，心里一片茫然。这是后来红娟告诉我们的，她说瑛子亲口这么说的。

本来，母亲去大舅家看那袋红薯，是准备向康拉财兴师问罪的。康拉财家不要脸在先，还让我们家成了别人的笑柄，现在又把细舅厚重的见面礼给轻飘飘地退回来，这也太瞧不起人了，简直就是把我们家的脸面掼到地上踩踏呢。母亲被气愤催促着，她想把那袋红薯砸到康拉财的脸上，让他的脸面无处可藏。细舅的举动让母亲的气无处可撒，他无缘无故地将红薯送给了知青，还是个女的。处理了康拉财背来的那袋红薯，等于认了退回的礼物。认都认了，母亲怎么去质问康拉财，怎么指着他鼻子撒泼？

听大舅妈说了红薯的去向，母亲的火气更大，只是风向突然变了，她只能让这把火去烧细舅。母亲冲进细舅的屋子。细舅的屋子除了炕没其他物件，炕角叠放着几件旧衣物。细舅在炕上躺着，或许是听到了母亲的声音，他把头蒙在被子里装听不见。母亲这次没操心细舅"吃了没"，一把掀开被子，质问细舅："你为啥把那袋红薯送人？"

细舅侧着身子，脸朝着墙，背过手拉扯过被子重新把自己蒙上，第一次给母亲犯犟了："你管不着！"

母亲回头看了看跟进来的大舅、舅妈，又把被子掀开："我就是要管！谁不知道我驮过去的是一头野猪，为这见面礼，瘸了一条腿。这下倒好，他康拉财退回来一袋红薯，他不要脸，我、大哥、大嫂还要脸呢，我得原样给他康拉财退回去。他康拉财做了不要脸的事，倒让我来受人白眼，让人嘲笑？凭啥？"

"够了！"细舅呼地坐起，难得地发起了脾气，"送回去就更没有脸了。要不要脸还不都是自找的。"随即把自己又摔倒在炕，扯过被子，蒙住了头。

"你、你，是怪我、怪你姐夫多事——"母亲哭起来，"我们还不是为你好，哪样不是考虑你，你当你姐夫有多大本事，他怎么低声下气求人的，康拉财那鬼心眼，将来他会有报应的……"

"我不怪你们，是我自己的事。你们就别管我了。"细舅蒙着头说，母亲的哭声像把锉刀，锉没了他心里刚刚冒出来的刺。他把红薯送人的勇气成为他刚强与坚硬的唯一屏障，屏障之内，所有的狂风暴雨都会悄然消退。而现在，他又仅仅只剩下盖在身上的这一床被子，能拒绝被子之外的所有声息，他觉得这才是安全的。

大舅悄悄地退了出去，终止哭泣的母亲只能无奈地与大舅妈面面相觑，她的怒火落在细舅熄灭的灰烬里业已悄然熄灭，她不知该怎么应付细舅的这种反应，反而伤心起细舅的伤心和无措。

大舅妈似有不甘，嘟囔着："就是不退给康拉财，也不能白送人呀，还是个知青。"

舅妈的意思，是便宜都叫知青占了，还不知个好歹。母亲白了大舅妈一眼，没再说话，默默地擦了把再度涌出来的泪水。

这次对细舅的打击是毁灭性的，他拒绝吃饭、喝水，也不去上工，把自个儿关在屋里，谁叫他都不理，红娟也一样。本来，红娟也生细舅的气呢，她也爱吃红薯，上次去山里吃红薯，细舅明明看到她也是喜欢的，为啥把整袋红薯都给了瑛子，也不知道给她留点。红娟本来想跟细舅赌气，不跟细舅说话的，可细舅一连几天不吃不喝，红娟害怕，放下自己的小心思，一遍又一遍去叫细舅。细舅躺在炕上，好像长在炕上一般，对红娟的喊叫无动于衷。

大舅不管，大舅妈更是懒得插手，还嫌红娟多事。红娟没办法，跑到我家来叫我母亲去劝。母亲气还未消，扔下一句"饿死了消停"，只顾忙自己手头的活，红娟只好含泪走了。

红娟一走，母亲反而失神了，不知道该干嘛。她的心里自然还是惦记细舅的，她想不出别的办法，竟然跑到知青点找瑛子。母亲磕磕巴巴把想法说出来，瑛子不知所措，又不好说推辞的话，试探着说，我还是把那袋红薯还回去吧？

"红薯"这会儿是敏感词，细舅当着众知青的面送给她红薯，大家后来都知道这袋红薯的来头，知青点里传得风言风语，瑛子一个红薯都不敢吃，也不知道怎么处理才好。

母亲看了看靠在墙根的那袋红薯，勉强笑了一下："红薯是我兄弟专程送给你的，再还回去，那是打他的另半边脸，要我兄弟的命哩。瑛子姑娘，跟红薯没关系。我没别的意思，你与我侄女走得近，我兄弟特别看重你，只要说起你，我兄弟的话多了，眼睛也亮了，我就想请你去试试。我们去都没用，或者你去了，他不好意思再赖着不起来。再这样下去我兄弟可吃不消，要是你帮忙能劝下我兄弟，我肯定不会——亏待你的。"

母亲当然是没辙了才会请瑛子劝细舅的。至于下意识里是不是还有别的想法，母亲其实也不知道，当务之急，是让细舅从炕上起来。瑛子没负我母亲之托，诚惶诚恐地去了细舅那里。瑛子跟细舅到底聊了些啥，没人知道，却起到了效果，细舅不但从炕上爬起来吃喝，还正常上工挣工分了。甚至从那以后，细舅不允许自己伤心，起码不允许自己流露出伤心的样子，也不允许自己产生难受的念头。他要自己看起来很精神，一点都不像被打垮过。

这是瑛子的功劳。母亲记着自己说过的话，她可不愿意像康拉财那样失信于人。找准时机，母亲趁父亲心情好时，说了当时趁着那劲给瑛子允诺过的事。父亲毫不犹豫地泼了凉水："门都没有！你以为返城指标掌握在我手里，想给谁就给谁？再说，你凭啥应答人家？你就一个农民，公社干部的家属。"母亲急了，跳起来冲着父亲吼道："我家属怎么了，农民怎么了？你偷偷给人办事，拆了我兄弟的台，我就不能指望你帮一下真正帮过我兄弟的人？"

父亲气结，话怎么能这样说，他把事办成了笑话，难道不也是为了帮细舅？母亲的不讲理却让父亲无力反驳。父亲并不是不愿帮这个忙，知青返城越来越敏感，尤其是女知青，比男知青更难。不过，父亲还是没有完全驳了母亲的面子，过了一段时日，他瞅准调整教师的机会，将瑛子安排进大队小学，当了三年级的语文老师，脱离了风吹日晒的田间地头。

父亲真正享受到权力的成果，是第二年的秋季，瑛子自愿嫁给了细舅。瑛子给红娟说过，她是心甘情愿嫁给细舅的。红娟不信，瑛子是知青，怎么可能甘愿嫁给细舅这个农民！瑛子微笑着说，你叔的见面礼我都收了，还能有假。

闲　　心

　　进来的是个辅警，没有警衔，从肩章上分辨出来的。他看上去年龄不大，三十出头吧，却一副很有经验的样子，不直奔大声哭泣的那个女人，却环顾一下餐厅四周，倒背着手仰起头大声问道："这里谁管事？"

　　哭泣的女人占据着靠窗的餐桌，那边也靠近饭店门厅，女人突然失控的哭声，对这个饭店的影响不言而喻。此时正是傍晚的饭点，已有几位食客一进门便被女人嘹亮的哭声吓退。那个光头男人，一脸愁苦相，沉浸在女人哭声给他饭店生意带来的负面影响之中，他背对着门肯定没看见进来的辅警。旁边的女服务员扯了下光头男人的袖子，他转过身来，将脸上堆积的愁苦立马移到头顶，闪亮的秃顶顿时不再刺眼，倒是他迅速替换的笑容使脸上皱纹密布，与他的实际年龄不相称。

　　"警官好，您辛苦了。鄙人是餐厅经理，免贵姓李……"

　　辅警始终望着天花板，没看李经理一眼，打断道："不要啰唆。是你报的警？"

　　"不是！是我手下……"李经理摸了下光头上愁苦的皱纹，自动放弃啰唆，"是我们。"他指着那个还在放声大哭的女人，痛苦不堪地摇摇头。

　　几个还坚持留下来吃饭的顾客放下筷子，起身前去围观。高老师欲站起来，见我无动于衷，便把已经欠起的身子放下来，往旁边侧了侧身瞅瞅，端起了酒杯。我象征性地抿了一小口，事不关己地说："高老师，您晚上失眠吗？"

高老师不满地扫了我一眼，过了会儿才说："别看我七十五岁了，睡眠却一直很好。不到万不得已，不知失眠是什么滋味。"

我差点问他什么才是万不得已，还是控制住了。这次回国，我除了看望父母，最重要的是见高老师，按他儿子高涛的话说，帮他拿个主意，解决目前最要紧的个人问题——续弦。所以，我与高老师见面还不到一个小时，不能刚开始就把气氛搞得紧张无比。我装作无奈地摇摇头，用筷子拨拉几乎完整的江团。这条江团是餐厅经理——那个光头强烈推荐的，什么无骨、没刺，今天下午才捕捞的，从青岛空运过来，鱼肉里还有股新鲜的海风味……

在高老师面前，我不能显示出粗野，更不能让他看出我小气，便挥手打断光头经理，让他上一条江团好了。结果，江团色泽鲜艳地端上来，高老师只吃了一小口，差点吐掉，说太腥咽不下去。我挑了一筷头塞进嘴里，眼睛余光扫到高老师望着我，便强忍着咽下，说了句，还行吧。心里恨死了光头经理。

窗口那边的哭声反而更大了，看来辅警也没法调小那个女人的音量。她大概是把自己当成餐厅的音箱了，哭声无休止地环绕着。光头经理愁得满头是汗，他的手在光头上狠狠蹭了几下，好像这几下能蹭出更多解决现实问题的办法。看来他是白蹭了，尴尬的表情已经确证了他的无绪。他想不出什么招来解决问题，只能继续给辅警赔着笑，以让报警的期望值延续下去。真够难为他的。我为刚才对他的恨，心里有点过意不去，随口责备起自己："无理取闹！"

高老师说："我不这么看。"他完全曲解了我的意思，指着哭闹成一团的门厅那边说，"这个女人不像胡搅蛮缠的人，你看她长相、穿着、打扮都很体面的，是不是她遇到非常悲伤的事儿了，不然不会在这种场合失态到如此地步。"

我端起酒杯，与高老师碰杯，没接他的话茬。我坐在柱子跟前，如果不探起身，根本看不到窗户那边的情景，我只能听到漫延过来的哭声，始终是一副事不关己，没一点想了解详情的兴趣。

"会不会是这个女人的男友出了问题？"高老师偏着身子，盯着门厅那边又看了好久，回过头与我商讨的语气，"是不是她的男友答应来赴饭局，临时变卦，这个女人下不了台……你看她那桌，六七个人呢，全是年轻人，也没人劝她，都埋头各顾玩手机。唉！"

的确，那边除了光头经理，偶尔说几句影响他生意的话，没人多说一句，任凭女人自由自在地哭泣。那个辅警在光头经理的注目和期待下，开始还劝说了几句，大意有什么事这么伤心，说出来看能不能帮忙出个主意，这样哭下去总不见得能哭出结果来吧。辅警的话起不了任何效果，便一副无可奈何的样子，倒背着手望着天花板发呆。

我是来陪高老师的，总得与他说点什么，不能冷场不是。便接了高老师的话头："或许是这样吧，但没必要当着这么多人的面，哭得如此较劲，这是跟自己过不去啊。"

高老师说："话不能这么说，刀子插在谁身上，谁知道疼。"

坏了，我跳到自己挖的坑里了。

果然，高老师继续说道："你回国之前，高涛肯定给你都说了，我清楚你担负的重任，你不光是我的学生，也是我看着长大的，用不着绕弯子。我现在明确告诉你，我不会去养老院的！说什么怕我孤单？是高涛为他自己考虑吧，把我塞到那帮老头老太太中间，他就轻松了，再没有我这个负担，了无牵挂。这样说吧，你师母走了已七个年头，我还不是一天一天地挨过来了，他们谁陪伴过我？眼下我身子骨硬朗，一个人自由自在，我过什么样的生活，怎么过，那是我自己的事儿，碍他们啥了？"

我挠着头，几根白发落在了桌子上，是否也落进了眼前的江团里，我拿不准。我尴尬地将桌上的白发拂到地上，呵呵两声："看我，就剩这几根白发了，动不动还弃我而去，再这样下去，很快会像他一样。"我指了指那边的光头经理。

高老师教了一辈子书，对如何掌控话语权绝对有一套，有本事不被我岔开话题，他瞪着眼说："不知道你们这代人咋想的，老觉得父母是拖累。我拖你们啥了？自己能买菜做饭、能去医院排队看病，我从来都没有因为自己而去要求过你们什么。为什么你们非要逼我去做不愿做的事呢？"

我哑口无言。

靠门厅窗户那边，那个女人的哭声持久而有力道，始终保持在高亢激越的水平线上，没往下降一个分贝。她对辅警的劝说置若罔闻，把他的存在也视若空气，倒弄得年轻的辅警不知所措，他已经放下刚才看天花板的姿态，站在了餐桌边，像个忠实的观众，瞪圆双眼，认真地看着哭泣的女人，似欣赏一场精彩的演出。光头经理对辅警的无能为力和角色的转换非常不满，但他又不敢对辅警表示出不恭，焦躁地走来走去，不断对仅剩的几桌顾客投以无奈的苦笑。当然，也有感激的成分。在这样的声源中还能坚持继续用餐，在他的眼里那一定都是真爱。当他走到我们桌边时，挠着锃亮的光头，轻声说道："没办法！连警察都没办法。我能怎么办呢？偏让我给摊上了，这大周末的，生意全给搅黄了。就这地段，全凭周末做生意呢，太倒霉了。本以为警察来了立马解决，可看这阵势……我连死的心都有了！"

我相信光头经理这样的话大概说了好多遍，跟祥林嫂一般，他只是期待得到坚守的食客们谅解。高老师却忍受不了，挥挥手，打断了光头的叨叨。我欠身往门厅那边看了看，说："老师，要不咱换个地方得了？"

"不换！"高老师坚定有力地说，"这鱼没怎么动筷子，不能浪费！"

想想也是，浪费对我来说比犯了罪还难受，何况高老师这个年龄的人，更容忍不了浪费。看着那条保持得还比较完整的鱼，我还是说："要不这样，我去给那个经理说说，让他给咱打个折，哪怕咱出门再去吃碗面条呢！"

高老师摆摆手："算了，别去烦他——那个光头经理了，这种情况也不是他造成的，凭什么让人家打折，没道理。忍忍吧，就当音乐听了。也不是什么时候都能听到这种效果的。"高老师也能幽默一把了。

还别说，那个女人的哭声立马显得不再刺耳，听着有了理查德·克莱德曼《命运交响曲》的意味，只是更激越了一些。

我扑哧一声笑了。

高老师曲解了我的笑，严肃地说："难道，你也认为我的做法非常可笑？"

我明显感觉到自己脸上的神经绷紧了，这误解对我来说不算什么，可怕的是高老师还没等兜出去，又折回身子回到了他的话题。我轻叹了口气，算了，也不想做任何解释，我与他不在一个频道，解释反而显得多余。

高老师说："我知道，你与高涛是一伙的。你也觉得我这个年龄，就应该去养老院，不见得是为颐养天年，而是为除去你们年轻人的后顾之忧。你们认为我不愿去养老院，另有想法。哼，实话告诉你吧，不管我有没有想法，还真有女人愿嫁我这个老头！"

"高老师，我……"

高老师喝了口酒，举着酒杯拦住我的话头："你先听我说。想必你也知道这个女人是谁，高涛肯定告诉了你。我刚告诉他，他就会说给你的，不然，他也不会让你来劝我了。你俩是什么货色，我还能不知道！"

光头经理不失时机地来到我们桌前，堆起一脸皱纹，诚恳地说："两位上帝，打扰打扰。今天真是不幸，千载难逢的倒霉事让二位碰上了。看到没有，警察都没招，我只能通过关系，借到了楼上茶苑的几个座位，麻烦两位起身上楼，服务员会将您的菜品原封不动地移到楼上。请吧！楼上请！"

我站起身，以积极响应光头经理的提议。高老师却纹丝不动，用眼神止住我的行动，对光头经理说："楼上不会让我俩单独坐了吧？"

光头经理挤出一丝比哭还难看的笑，道："您哪，真是明白人，楼上地方小，又是借的，只能拼……"

"桌"字还没出口，被高老师硬生生塞回光头的肚子里，他像交警拦截违章的摩托车，手势坚定而有力："停！"没一点商量的余地。

光头经理往后看了一眼，说："这……吵到了您……"

高老师不无幽默地说："她的哭声像极了交响乐，我愿意听。只是你不断地来打断我们的谈话，真的吵到了我。"

光头经理很识趣，再一个字没说，点头哈腰地退走了。

高老师看上去很解气，主动给自己满上酒杯，与我碰了一下，呵呵笑道："说什么好呢？我都不知道你与高涛是怎么想的，非要把我赶进养老院才算完事。"

绕了一圈，还是没绕开。我把酒一口干掉，硬着头皮说："高老师，您误会了，冤枉了高涛，当然也冤枉了我。我们没这个意思，只是担心您一个人生活孤单，万一有什么闪失，他心里不安。高涛确实给我说过……这个女人，其实他完全同意您找个老伴，两个人一起过日子，少了孤单，彼此有个照应。"

哭泣的那个女人似乎一点都不知道累，快一个小时了，她的哭声从激越、昂扬，向悠扬、缠绵转移，这会儿似到了过门阶段，缺少一定的乐曲主题，所以，她的哭声显得越来越虚假。我担心她会哭得索然无味，突然间停顿下来。我们——主要是高老师已习惯了她的哭声作为一种非凡的背景音乐，骤然间停下会给这个空旷的餐厅带来听觉上的断裂感，这种突兀显现出来的寂静使人的情绪也进入暂时的断层。更重要的是失去这个背景音乐，可能会直接影响到我和高老师的谈话质量。显然，我的担心纯属多余，那个女人并没有停歇的意思，她只在过门这儿放缓了节奏，一旦再次进入主题曲，她依然哭得抑扬顿挫，气势不凡。

这下，高老师的情绪显然受到了影响，他低下头沉默不语。话题刚进入关键部分，也是我最想避开的主题，高老师像知道我的心思似的，这么配合。他夹了一筷头江团塞进嘴里，痛苦地咀嚼着。他并不知道其实我更痛苦。

我举手向服务台，想招呼个服务员过来把江团端走热一下。服务台空空如也，餐厅的食客里，除那个哭泣的女人一桌外，只剩下我们了，那帮服务员全去楼上服务，女人和不肯撤离的我们，都已经不再是他们服务的对象。我收回手，失望地说："这江团凉了，加热一下就不太腥啦。可这餐厅，没服务员了。"

高老师摆摆手："凉了也好，倒不觉得腥了。千万别招呼服务生，免得招来那个光头经理，听他啰唆个没完。"

说什么来什么，高老师话音刚落，一道强烈的光影突然闪了过来，我赶紧站起来，挥手强行制止快冲到我们跟前的光头经理。太惊险了，我出了一头汗，仅剩的几根白发被汗水涸湿，紧贴着头皮。不敢想象，此刻我的头顶一定比那个光头经理更不堪入目。我的内心已接近崩溃的边缘，接下来不知该怎样才好。

高老师不愧是我的老师,他看透了我,却不直说:"你时差还没倒过来吧？怎么老是心神不定。"

我尴尬地笑笑，算是模糊了我内心的慌乱。

"我也不绕弯子，直接说吧，想要嫁给我的这个女人，就是当年你们班的李雪云，你和高涛比我更熟悉她。"说这句话时，高老师心里其实比我还要慌，嘴唇都在颤抖。终于说出口，他舒了口气，大概为了把这句话说出来，他内心挣扎了好久。他避开与我对视，偏过头，望向门厅窗户那边，似在欣赏那个女人哭泣的执着，竟然说："她真能哭，坚持这么长时间不歇口气，能进吉尼斯纪录吧！真是的，他们一起那么多人，怎么不知道劝，也不让她喝口水润润嗓子。"

直到高老师把"李雪云"三个字说出口，我心里顿时平静下来，先前的五味杂陈反而没那么强烈了。临离开多伦多时，高涛把李雪云与高老师的事告诉我，我脑子里一片空白，竟然一点都想不起李雪云的模样。想不起来不重要，关键是这事叫我无言以对。倒是高涛看得开，他安慰我，不要想那么多，师生恋也挺正常，只是咱们与李雪云是同学，才觉得不正常。你不知道我当时知道这个消息是怎么想的吧，荒唐！简直是荒唐透顶！先不说李雪云的年龄，她比我还小一岁；再说当年她与你——还有过恋情，不管时间长短，也不管你们结局如何，这事都叫我……咳，可一想到父亲七十五岁高龄，一人在国内生活得孤单，万一有个闪失，我……我在加拿大这些年，观念也不守旧，其实想通了也没什么，只要李雪云真心实意，能让父亲有个伴，我也没啥，愿意认了这个老同学当后妈。

可我怎么接受这个续师母？其实对我来说，三十多年过去，我经历了两次失败的婚姻，学校那种昙花一现的恋情，让岁月冲刷得早不见踪影，只要不刻意去挖掘，甚至我都想不起来和李雪云曾经还有过一段风花雪月。至于李雪云和高老师要走进一家门，更不存在我接受不接受，我又不和高老师他们一起生活，出于师恩逢年过节去看看他就行，没必要自寻烦恼。只是，高涛再三叮嘱，让我摸清高老师与李雪云到底是不是真心在一起，主要是李雪云，她有没有别的目的。高涛给我发誓，他说的目的不是指房产之类的财物，以他目前的状况，不会拿国内的这几处房产与父亲的晚年生活做对比。没那个必要。只要父亲能有个幸福的晚年，房产全部给那个女人——不，是给李雪云，都没问题。

我不怀疑高涛的这句话。不是高涛视钱财如粪土，我刚到多伦多与高涛聚会时，刚开始还像在国内一样，他请了我，下次我会请他，轮流买单，后来高涛提出 AA 制，我当时还在心里埋怨他太小气，我刚来没有固定收入，他收入稳定，太计较了，后来发现他是受国外生活的影响，尽管收入不错，他的理念已经基本西化，对财产继承之类并不像国内生活的很多人那样，死死盯着，生怕自己哪点吃亏。唯一让他操心的，就是母亲去世这六年，父亲独自一人生活得不容易。

"你怎么了？"高老师端起酒杯，与我碰了一下，"你看上去心不在焉，想什么呢？"还没容我回答，高老师接着说："你的情况小涛已给我说过，回来就回来吧，国外有什么好，吃得不习惯，压力还大。我就想不通了，怎么都削尖脑袋往外跑，国内哪点不好了？生活条件这么好，要啥有啥，人的想法还比以前通达——这么给你说吧，我与李雪云的事要放在以前，可不得了，她比我儿子还小一岁，我肯定成了众人眼里的流氓。说流氓还算是轻的，我儿子的同学，这不成了乱伦？"

我一口喝掉杯中酒："也不能这么说，鲁迅不也娶了他的学生许广平，还有……"本来想说杨振宁八十二岁娶了二十八的娇妻，但一想这差距太异类，不是普通人能接受的，一时又想不起来还有谁可以做现成的例子，我感觉那口酒卡在了喉咙眼里。

高老师说："小涛的意思我明白，你刚回国就来看我，知道你是带着任务，替他来劝我的……你先别说话，听我说完。你也知道这事的来龙去脉，小涛肯定也是前因后果都跟你说过，不然他也不会要你来劝我。尽管是李雪云主动提出要做我的老伴，可我不同意，坚决不同意！"

像是一出反转剧，我以为高老师是拒绝去养老院，他一开始就死死控制的话语权让我产生了错觉，使我对身负的重任有了某种羞怯，将出口的话也羞于出口，于是才有这兜兜转转的心思。高老师倒像个太极拳高手，看着他要出的是这拳，结果打过来的却是另一只拳，这太出乎我的意料，一时，我真不知该怎么办了。

"现在，你可以说了。"高老师做了个请的手势，望着我的双眼炯炯发亮。

"我——想知道您为什么这样做？"

"因为我不是鲁迅！"高老师说，"我只是个普通的中学退休教师，目前是七十五岁的单身老人。这样给你说吧，我并不守旧，也不怕别人乱说什么。我只是觉得李雪云不适合我。她原来是个好学生，学习好有上进心，后来为了爱情不顾一切去远方，这说明她的内心有足够多的激情和对美好生活的向往。她的婚姻失败了，可能一段错误的婚姻会让她失去很多东西，还会降低她对生活的期待和标准，所以她回过头来发现我孤单一人时，她觉得或者陪着我生活总不至于再经受挫折。她愿意走进我的生活、陪伴我，不是她对我有更多师生情缘之外的情感，她那是用另外一种方式可怜我、同情我。我不接受她的同情或者可怜，这就是我的态度。"

"高老师，我……"

"你不用再劝我。"高老师给我倒满酒，才给自己满上，"你如果愿帮我，那就听我的，小涛都告诉我了，你这次回国是那边的婚姻结束了。你如今也是单身，请你考虑一下你的老同学李雪云，她那么优秀，配得上你。只有这样，才能把我解脱出来。实话给你说吧，我的确想找个老伴，可得与我年龄相当，能伴随我余生的女人。因为李雪云的突然出现，我一直被困在这里，脱不开身。"

我被高老师的话惊住了，这一点一点往里推进的剧情，一点都不是我能猜想到的，一时间，我无法理清这头绪。我有些烦躁，一下子弄不清楚自己在高老师和高涛之间到底演绎着什么样的角色，我真的身负了重任或者叫责任的东西吗？

我苦笑一下："您的想法……"

高老师端起酒杯一饮而尽，重重地把酒杯墩在桌上："我以你老师的名义，请求你不要怀疑我！小涛也不相信我的想法，可我就是这么想的，他要送我去养老院，就是怀疑我，试探我的。所以，你们不要为难我，趁着我头脑清晰，手脚还灵活的时候，让我自己来主张我的生活，我不需要被安排，被照顾，至少目前——这几年不需要！"

这时，一道强烈的白光突然从窗口闪过，那个女人被惊到，哭声骤然停顿了几秒，弄明白只是闪电而已，很快续接上了前面的节奏。

"闪电了，过会儿可能有雨。"我站起来，做了个邀请的手势。

趁着光头经理不在大厅，为了不听他的啰唆，我们逃似的从饭店出来。还不到九点，街上冷冷清清，但很闷热，有点下雨前的迹象。尽管路灯把黑夜照得一点都不纯粹，可有了夜晚的样子，树木、建筑物在灯光下没那么清晰、真实。当然，也看不清天空是阴是晴，判断不出是否真要下雨。

高老师意犹未尽，站在街头还想给我说阵话，又一道闪电降临，将他的话头彻底打断。

我坚持要送高老师回去，被他强硬地拒绝了，只好把他送到大路口，看他迈着坚实的步子，慢慢地被夜色温柔地吞没。

少　年　游

　　鸡刚叫头遍，莫米尔被奶奶从炕上拎起。他站在炕沿上困得睁不开眼睛，迷迷糊糊被奶奶硬套上衣服，塞给他一个竹笼，打发他出门去扯猪草。这是莫米尔暑假每天固定的早课，奶奶定下的规矩，男人不能睡懒觉，否则太阳晒到屁股就吸走了你的阳气，叫你一辈子做不成男人。莫米尔才九岁，还不算男人，他不懂什么是"做男人"，听奶奶第一次这么说，便反问得奶奶张口结舌。后来再问，望着一脸稚气的莫米尔，奶奶躲不过去，左右看了看，把嘴贴在莫米尔的耳朵上说，像你叔似的，现在连半个崽都生不出来，眼看着要断香火，他就是早些年睡懒觉睡的，现在后悔了，心里难受才整天喝猫尿打发日子。莫米尔越发不明白，还想问男人也能生崽之类的问题，奶奶已无耐心，强硬地把他推出门。这个疑问却深深地埋在莫米尔的心底。

　　天才蒙蒙亮，太阳没露头，只有一线曙光映红了东边的天空，几丝云彩像被火烘烤着，破棉絮似的挂在天边，一点也不敞亮。让莫米尔眼前一亮的倒是婶子，她还穿着睡衣，在水池边刷牙，白绸缎睡裤透出里面的血红色内裤，随着她刷牙的动作，屁股似两团燃烧的火球，烘得人头胀，晃得人眼晕。莫米尔挪不开眼睛，他提裤系鞋带，磨蹭着不出院门。婶子早就注意到侄子的目光，她将刷牙的幅度增大，全身的肉都跟着抖动，惊得莫米尔忘记自己是谁，要干什么。婶子突然转过头来，吐口牙膏白沫说："看够没有？要不把你眼珠子抠出来，贴我这里。"莫米尔赶紧捂住眼睛，生怕眼珠子被抠出来贴到婶子身上去，那样的话他以后什么都看不到了。有一次，他看婶子刷牙的背影出了神，被奶奶瞅见，一巴掌拍过来，不重，却把莫米尔拍回到现实中。

莫米尔嘟着嘴，一脸的不高兴，好不容易盼来的暑假，想着补补一个学期积压的瞌睡，却让奶奶给搅黄了。村庄还沉浸在黎明的寂静之中，偶有几声鸡鸣，短促地，浮皮潦草，不像之前那般声嘶力竭，像完成最后使命似的，一听就是应付，敷衍了事。莫米尔对鸡鸣特别厌烦，奶奶每天清早把他从炕上拎起，都是鸡鸣闹的。奶奶还说鸡很诚实，不欺人。莫米尔才不信鸡的诚实呢，它们打鸣是睡醒、肚子饿了，不把人叫起，谁给它们喂食？可他还没睡够呢，为啥也得让这些鸡闹醒跟着起床，太不公平。鸡是邻居家的，他没法阻止别人家的鸡打鸣。奶奶爱干净，不养鸡，嫌鸡关不住乱跑，拉一院鸡屎，她只养了头猪，已经很大了，整天钻在圈里，赶都赶不出来。奶奶把猪圈清理得十分干净，比得上有些人家的院子了，她还经常给猪洗澡，边洗边对莫米尔说，这猪是留给你婶过满月的，容不得半点污秽。奶奶这样说过，突然盯着莫米尔的眼睛不移开。奶奶年轻的时候眼睛肯定不小，可是人一老，眼皮子松了，耷拉下来，盖住了一半的视线，这使奶奶的眼神看着有些恐怖。莫米尔心里发毛，赶紧避开奶奶的眼神，他担心冷不丁叫奶奶的眼神吸去魂，像电影里的僵尸一样。他的头刚低下，被奶奶一把扶起。奶奶压低嗓门儿，咬着牙说，孙子，睁开眼瞅好了，我是你亲奶奶，你爸妈把你留到我这，想有口饭吃，就得照奶奶说的做，别尽拣花哨处瞅，那个女人不是莫家人，她给你奶奶心口扎了一把刀，也给你叔扎了一把，你叔的那把刀更大、更深。要你叔断莫家的香火啊。

莫米尔吸了口凉气，别的他都能听懂，唯独这后一句有些疑惑，他问奶奶，你不是说，我叔睡懒觉被太阳吸走了阳气，生不出崽吗？他本来还想接着问之前的问题，男人怎么能生崽。怕奶奶生气，把后半截话咽回肚里。

奶奶的手还是举了起来，半空中收住，落下时改成了抚摸。她摸着莫米尔的头说，你懂啥，说是那样说……也只能这样说。唉，男人哪里会生崽，还不是……你不明白的。你只管每天早点起来扯猪草，喂饱这头满月猪。

莫米尔皱了下眉，怕奶奶看到他的不情愿，抓了把清早扯来的草送到猪

38

嘴边。听着满月猪的哼叽，莫米尔心里冷笑了一下，奶奶以为他真的什么都不知道，婶子的肚子平坦得像足球场，看来她的这个满月遥遥无期了，那他也就不能睡懒觉，得每天早起去割猪草了。不过，莫米尔的暑假是有期限的，到秋天一开学，他就不用扯猪草了，至于谁接替他，那不是他操心的事。他有时却毫无来由地操心婶子的肚子，怎么看着一点不见长呢，哪像母亲，有了二胎政策后，立马怀上了弟弟，在他眼皮底下，母亲的肚子气球似的一天天增大，母亲抚摸着肚子，要求父亲买这买那，光是女孩的花裙子就买了一大堆，小小的出租屋里每天都在上演花裙子展览会。父母想生个女儿都走火入魔了，看到电视里出现个女孩子，无论干什么，会搁下手里的活计挤在一起边看边议论，一脸的憧憬。结果，母亲生下个男孩。真是想啥没啥，怕啥来啥。弟弟的出生，仿佛是场灾难，将这个家庭击溃了，沮丧使爸妈对于未来生活的期待都没了，默默地收起那些花裙子，给小儿子连满月酒都没摆，一儿一女的美好愿望泡沫一般破灭。从此，爸妈看到眼前的两个儿子，像看到两座大山正缓缓地朝他们压过来。想到要扛起这两座大山而拼命攒力气，再也顾不上好好享受生活，他们心里直犯堵，呼哧带喘只想发火。爸妈的情绪没法儿梳好理顺，最先被作为牺牲品的是莫米尔，在城里上学，二年级第一学期一结束，爸妈迫不及待地将他送回老家托付给奶奶照看。年还没过完，爸妈象征性地说了些言不由衷的话，带着弟弟匆匆返回城里。毫不知情的莫米尔当时被奶奶带到邻居家串门，错开了与爸妈的告别。爸妈曾信誓旦旦要将他培养为城里人，永远脱离农村成了一场笑话。两个儿子，将来在城里要买两套房，娶两个媳妇，即使有基业继承的城里人都感到吃力，何况他们是成千上万普通的打工族，想要实现膨胀了的梦想，简直是天方夜谭。爸妈带着他们无法抵达的现实和再不能伸手碰触的梦想，心烦意乱地返了城，暂时抛下莫米尔，也成了他们在两座大山的压迫中，能稍微通畅呼吸的手段之一。

　　莫米尔对乡村并不陌生，他是奶奶带到两岁，才被父母接进城过起了城市生活，学说普通话，上幼儿园，与小朋友手拉手做游戏，排着队坐滑梯、荡秋千。农村生活的印记迅速在他身上磨灭，他说话的声调、神态以及举止，已然与城里的孩子一样，直至上学。可弟弟的出生，不仅击碎了父母对于未来的憧憬，犹如一记重拳把他重新打回乡下。

过完正月十五，奶奶牵着莫米尔去村小学报名，才知道自己村的小学也要转学证明的。不管是什么学校，每个孩子都有自己的学籍档案，没有学籍，学校怎么会收一个底细不明的学生？奶奶傻了眼，她以为莫米尔是她的孙子，这是谁都知道的，自己的孙子来村小上学理所当然，怎么还要开证明，她上哪里去开转学证明？莫米尔在城里待了七年，见多识广，他比奶奶有经验，问校长什么是转学证明。他说的是普通话，与校园里那些叽叽喳喳的小学生显得格格不入，校长斜了一眼，懒得搭理他。有本事去说普通话的地方上学！这句话校长没说出口，莫米尔却感觉到了，他拉了奶奶一把："奶奶，我们走，不在这儿耗时间。"

一脸愁苦的奶奶甩掉莫米尔的手，可还是跟着孙子出了学校大门。莫米尔连推带拽，把奶奶带到离学校不远处的武侯祠门口，奶奶再次甩开孙子的手："别耍鬼心眼，这里可上不了学……"

奶奶话音没落，收门票的是个年轻女人，她扫了一眼这一老一少，啥也没问，用手中的卡给奶奶刷开门。奶奶还在犹豫，莫米尔将她推进去，奶奶满脸通红，浑身不自在地对收门票的女人说："我今天不上香，也不找儿子……"

收门票的女人耷拉下脸，转过身，没搭理。

奶奶牵起莫米尔的手，在他的胳膊上拧了一把，往里面走了些，才狠狠地说："瞅瞅，咱没买门票，你叔把人情欠下了，瞅那婆娘，驴脸长得能挂竹笼。"

武侯祠现在叫文管所，进门得买三十块钱门票，莫米尔的小叔莫文进是文管所聘用的会计。会计的娘和侄子哪用得着买票，可做娘的每次进这个门，心里都不踏实，但她从不主动掏钱买门票，就这么一进一出，三十块钱没了，不值当。她会换位去想，收门票的让他们免费进来，没挣到钱，心里肯定不高兴，态度当然不会好。反正，左右都是损失。所以，如果不是初一、十五这两个上香的日子，她绝不到武侯祠来。

这次算是来对了。莫文进今天没喝酒，看上去很清醒。没等侄子把小学校长的态度说完，莫文进挥手打断，掏出手机走到一边，不知给谁打通电话，只说了两句，便挂断手机过来说，去吧，上学的事说好了。

小学校长也有亲戚友人，谁不想来武侯祠免个门票？何况莫米尔本来就是村里的户口，不能因为他父母在外打工，跟着在城市生活了几年就抹去了他在村小上学的资格。这样的道理说得通，只是奶奶被转学证明吓住了，她以为那是比莫米尔上学更难的事情。

莫米尔顺利走进村小学二年级教室。一学期还没过半，他的普通话越来越拗口，在学校外面的网吧与爸妈视频时，妈妈意识到他口音的变化，叮咛他一定要把普通话坚持下去，否则前功尽弃。莫米尔嘴上答应，可说普通话需要良好的语境，没这个语境怎么可能仅凭自己的坚持就能做到呢！到本学期结束，莫米尔已完全讲顺了家乡话。

变化最大的，还是奶奶的态度。奶奶越来越觉得莫米尔是个好帮手，不光能去给猪扯草，更重要的是对她的陪伴，爷爷去世十几年了，奶奶跟着小儿子两口一起过日子。小儿子在武侯祠文管所工作，看似离家不远，却很少见面，他说工作忙经常住文管所宿舍不回家，偶尔回来，不是喝醉了酒，就是深更半夜进门，天不亮出门，娘俩碰面的机会很少，说句话都难。就是有说话的时间，又说什么呢？生不出来孩子，说啥都没用。不生育的原因早已查清，是小儿子的原因，做母亲的心有偏袒，不肯承认儿子有问题，固执地认为是媳妇生不出来。婆媳之间长期冷战，像这个家她们婆媳才是一起过日子的人，矛盾都让她们给制造和扩大了，反而莫文进置身家庭之外，冷眼旁观这个家冷冷清清，缺少活生生的气息。奶奶每天处在孤寂落寞中，她试图把日子过得热闹些，也力不从心，况且她也跳不出对儿媳的埋怨。她活着的最大希望就是小儿子的这脉香火，除过催促儿子不停地服药，每逢初一、十五这两个日子，她提前三天吃斋净肠，然后雷打不动地去武侯祠上香、拜佛，祈求观音菩萨能让儿子有生育能力，解除儿子的痛苦。她能做的只有这些。

武侯祠原本只有武侯塑像一尊，后来改为文管所，扩大了祠堂的规模，增加了不少与武侯有关的人物塑身，可游客依然稀少。再后来，为吸引游客，增加收入，又圈了周边几亩地，修了观音殿、迷惑阵，每年二月办次庙会，香火慢慢旺了起来。尤其是观音菩萨殿，成了十里八乡的朝圣之地。

莫米尔不知道，奶奶把全部的希望寄托在观音殿，她要以她的虔诚和真诚打动菩萨，她坚信，有朝一日，菩萨会显灵，给她小儿子一个延续香火的崽子。

每逢初一、十五，武侯祠的香客多了，门口偶尔会增加一个收门票的工作人员，这个收票人不固定，大多是临时凑的，有不认识奶奶的，会摆出一副公事公办的样子，拦住奶奶要门票。每当这时，那个固定收门票的女人低着头，装着收验门票很忙，不抬头往奶奶这边看，更别说出面招呼一声，替奶奶解释几句，大庭广众之下奶奶很无措，满脸通红，觉得在众香客面前失了体面。奶奶不敢给儿子说祠院门口的尴尬遭遇，儿子易怒，怕他去门口寻收门票的人吵闹。奶奶心里堵得慌，夜里说给孙子听。莫米尔不高兴了，他在城里见惯了别人的脸色，能想象到奶奶当时的难堪，扬言明天放学后要去武侯祠找那收门票的理论："我叔是会计，专门管钱呢，哪能叫一个收门票的给会计他妈脸色！"奶奶将孙子揽进怀里，热泪一股一股地往外涌，哽咽道："心肝啊，有你这话就够了，咱不去找他，不给你叔添乱，他心里够苦的。咱不去找那些人论理，有菩萨在那看着哩。"奶奶没告诉孙子，她舍不得掏三十块钱买门票，却舍得给观音像前的功德箱里投钱，正常每次要投一百块，如果感觉自己的祈求会得到菩萨的接纳，她给红色的功德箱里要投进去两百块钱。

莫米尔当时被父母留在奶奶身边时，奶奶虽没说什么，莫米尔能看出她的不情愿，他能感觉到奶奶的情绪，可他有什么办法，只能偷偷流泪，到村口茫然地望着父母离去的那条路，他自知没能力独自去找爸妈。城市离老家太远了，坐了汽车坐火车，下了火车又坐汽车，路上得走两天时间，他根本不知道怎么乘车、转车，他也没钱买车票。父母有没有给奶奶留下钱他不知道，但奶奶一定不会给他钱的。莫米尔垂头丧气，刚开始留在老家时，想去找父母的念头很强烈，只是这念头像风从树上刮下来的叶子，还没等落到地上又被风刮跑了。他不是不懂事的孩子，也从来没认为爸妈不要他，而是有了弟弟后，爸妈遇到了非常大的难题，是什么难题他不清楚，但他能懂得爸妈把他留在老家肯定是迫不得已，弟弟那么小，怎么能离开爸妈呢。莫米尔想到这些时，时常叹口气，鼻腔里泛起来的酸涩慢慢就退了下去。在城里跟着爸妈生活了七年，莫米尔幼小的心灵深处过早地烙下了人分三六九等，是哪类人，就该过哪种生活，像他爸妈，还有他和弟弟，虽然生活在城里，却与城里人有很大的区别。莫米尔听爸妈念叨过好多次，在城里打工的收入比在老家种地多很多，只要能吃苦就可以挣更多的钱，将来在城里能给他买房子。有了房子，才有进入城市的基础，以后在城里娶妻生子，再不受他人的异样目光。他们将真正融入城市，血管里淌着的不再有乡土气。

那时，莫米尔还没把爸妈对于未来的畅想完全地听到心里去。他对城市的体验没有爸妈那样强烈，他只知道，城市现在还不是他们的地盘。至于什么时候才会成为他们的地盘，莫米尔没法想象，一个跟他不贴心不贴肉的地方，他为什么要去想象呢。

所以，莫米尔对留在奶奶身边也没抗拒。当然，抗拒了也没用。离城市越来越远，却离奶奶的心越来越近。奶奶不像妈妈那样，天天问他的课堂提问，督促他写作业，还逼他学奥数，唯恐他在学业上落后于人，总想让他高人一筹。可他哪里超得过他人，就算使出吃奶的劲，他在班上能保持中上水平已很不错了。奶奶对莫米尔的学习根本不过问，她也不懂学的是啥，她每天按时做好三顿饭，保证孙子吃好、睡好，不生病，算尽到了责任，至于莫米尔学习好坏，将来能否考个好学校有出息，那是他自己的命，她左右不了。奶奶不操心莫米尔的学习，或许正是这样的散淡心态暗合了莫米尔，他不用把吃奶的劲全使出来，毕竟他在城里的见识用来对付乡村小学的学习绰绰有余，他便把更多的心思用在和奶奶的相处上。不到半年，奶奶对莫米尔的冷漠一点一点消融，祖孙的感情越来越深。奶奶冷清的日子发生了巨大变化，莫米尔不再是她身边的一个附属，他像个暖手壶，在严寒里驱散了她的冰寒之气。奶奶慢慢体验到了天伦之乐，那不是可有可无，而是揪心扯肺的一种疼痛。奶奶回归到奶奶的角色里，越来越离不开孙子。快放学时，她早早去村头的路口等着，远远地望见孙子与一群小孩走来，会不由自主地迎上去，拉住孙子的手，问饿不饿，冷不冷，今天开不开心，几个月前那种动不动粗暴地挥一挥手，拉长着脸、恨不得对方赶紧消失的感觉已经踪影全无，剩下的只有祖孙相依的温暖。

立冬后不久，气温陡降，接连下了三天毛毛雨，天阴沉着脸不见一丝晴光，傲慢的细雨将泥土路泡得酥软，通往学校的土路有三四公里，被学生们踩成了泥淖，今年刚上学的小孩太小没劲，踩进泥里拔不出鞋，加上又湿又冷，冻得哭了。留守的爷爷奶奶们只好背着他们到学校，放学后再背回来。泥泞对莫米尔根本不算什么，他甚至在泥泞里可以拔腿跑动，虽然摇摇晃晃像只企鹅。可奶奶不放心，没说要背他，也背不动，却要拉着他的手，把他亲自送到学校。莫米尔不干，他已升到三年级，让同学看到奶奶送他上学，他的脸往哪儿搁？与奶奶僵持不下，他急了眼，第一次给奶奶发了火。看着奶奶满头的白发在冷风中飘摇，一副苍老憔悴的样子，莫米尔哭了，他扑进奶奶怀里，哭得很伤心。哭过之后，莫米尔与奶奶达成一致意见，奶奶可以不送他去学校，晌午不让他回家，要他去武侯祠叔叔那里吃饭。为此，奶奶还在村头的小卖部拨通儿子的手机，专门作了交代。

莫米尔与叔叔平时接触非常少，偶尔见到叔叔，两个人都不冷不淡。他不想去叔叔那里吃午饭，又怕奶奶担心，更不想奶奶在泥泞中来回奔走，他只好硬着头皮去武侯祠找叔叔。在武侯祠门口，他主动报了叔叔的名字，那个收门票的女人眼皮都没抬一下，刷卡放他进去了。

叔叔在宿舍早等得不耐烦，见莫米尔突然出现，瞪着眼说："你奶奶快把我的手机打爆了，你要再不来，她非追过来不可。"边说边扔过来一双拖鞋，叫莫米尔换掉沾满泥浆的套鞋，端过来倒扣的碗，打开说："饭打来有一会儿了，摸上去还热着，你要是嫌凉，我去灶房热热？"

莫米尔赶紧接过来，挑了一筷头饭塞进嘴里，望着浇在米饭上的肉块，说："不用不用，还很热，吃着正好。"

叔叔不再说什么，把莫米尔摁到桌前坐下，自己点上一支烟。过了会儿，见莫米尔吃得很慢，走过来说："如果不爱吃，我让灶上师傅加个蛋给炒一下。"莫米尔端起碗，生怕叔叔抢走似的："不了不了，我爱吃。很好吃的。"

"要说实话，不然你奶奶可有唠叨的了。"叔叔丢掉抽了半截的烟，从床

44

下掏出一个酒瓶，拧开盖子，猛灌了一大口，牙疼似的吸着凉气，在地上转了一圈，顿了顿，从莫米尔手中抽出筷子，夹了几根土豆丝，塞进嘴里嚼着，边嚼边对愣神的莫米尔说："咋了，嫌我吃了？"

"没有没有，你再吃。"莫米尔把碗举到叔叔跟前，叔叔龇牙一笑，轻轻推开碗，示意他快吃。

那一刻，莫米尔觉得叔叔并不像表面那样暴躁和戾气，其实对他还是很亲切的。莫米尔心里紧绷的弦终于松弛下来。他很喜欢这样的松弛，在自己的亲人面前，不再是难以融合的陌生和抗拒感。这让莫米尔心里有了种柔软的感觉，他现在每天最盼望的，竟然是去武侯祠叔叔那里吃午饭。

过了几天，气温回升，久违的太阳出来了，冬天的太阳失去了威力，可还是将路上的泥泞慢慢晒干了。路能走了，莫米尔却不想晌午回家吃饭，他对奶奶说，为吃顿饭把时间都浪费在路上，不如去叔叔那里吃顿午饭，还有时间复习功课呢。奶奶顿感失落，短短的几天，莫米尔由被动到主动，她有种被孙子遗忘的酸楚，漫长的白天——她觉得冬季的白天比夏季还要漫长，晌午少了莫米尔回来吃饭，她不能用孙子来熨帖内心，不能把酝酿了一上午的情绪宣泄一下，还得强忍着和儿媳一起度过一天，心里有种纠结不清的东西，使她呼吸都不畅快。

这个月初一，奶奶去武侯祠上香，进门先到儿子那取功德钱。因为是给儿子祈求生子，功德钱一定要儿子拿。谁的钱谁得福。奶奶拿上钱要走了，突然说了句："米尔这崽子，晌午爱上了你这饭菜，你不会烦他吧？"

儿子看着母亲说："有啥烦的，这小子挺灵光，我一下子觉得有个人让我操心，挺有意思的。"

当妈的听了，喜上眉梢："儿呀，你心里真是这样想的？"

"哄你做啥。"儿子丢下以往板着的脸，竟然有了笑意，说道，"他来我这吃过晌午饭，还要去迷惑阵耍会儿，我怕他进去出不来，带他去钻了几次，这小子聪明，只用两三分钟自己就能钻出来了。"

奶奶没想到会是这种结果，她惦着孙子除了心里泛起的祖孙之情，最为忐忑的就是小儿子会厌烦莫米尔，那长年累月只阴不晴的脸会变成雨雪交加。

45

现在她看到的却是儿子晴朗的脸，像春天一般，有了温暖的阳光。儿子哪怕是如此微小的变化，也叫她兴奋得眼泪在眼眶里打转，抬手抹了把眼睛，手伸向儿子："来，再给一百。"

儿子犹豫了一下，又掏出一百块钱。

奶奶满心欢喜地去拜菩萨，往功德箱里塞了两百块钱，然后在祠院走来走去消磨时间，她想等到晌午，见到莫米尔后再走。以眼下的心情，她很难等到晚上。

莫米尔不知道奶奶在等他，像往常一样冲进叔叔宿舍，嘴里喊着"冻死了冻死了"，甩掉鞋子跳上床往叔叔的被窝里钻。不到一月，他已经与叔叔不分彼此了。奶奶轻轻唤了一声，莫米尔这才发现衣架后面的奶奶，起身要下床，奶奶过来按住他，慈祥地看了眼孙子，把目光移到儿子那边。儿子一脸平静，摁灭烟头，拿上碗要去给莫米尔打饭，临出门了，却对母亲说："妈，我去打两份饭，你也在这一起吃！"

奶奶捂住了嘴，怕自己哭出声来。多少年了，小儿子没给她说过这样的话，没问过她是冷还是暖，他像个冻透的土疙瘩，又冷又硬。没想到，莫米尔的出现却轻而易举地把这块冰疙瘩给融化了。奶奶心里叹息了一声，到底还是孩子最能柔软人心，莫米尔如同一束阳光，不仅把她照耀了，也把阴冷的小儿子照亮了。

喜悦过后，奶奶心里有了个打算：把莫米尔过继给小儿子。反正，大儿子二胎生的还是小子，多了个续香火的，过继一个给自己亲弟弟，肉炖在一个锅里，香味缭绕在自家，将来还少了份负担。这个想法在奶奶心里一旦生根发芽，就没法阻止它成长。奶奶等不到过年时大儿子回来了商量，她到村头小卖店给大儿子打通电话，说出自己的想法。为堵大儿子的嘴，她还说了自己身体越来越不好，活了今儿个没明儿个，老二眼下这副样子，她死了怎么闭得上眼……

大儿子耐心听母亲唠叨个没完，见缝插针地说了一句，这么大的事，总得让我给米尔他妈说一声吧？儿子是她生的，只要她愿意我没意见，她要不愿意，咱们也不能擅自做主是不？

这倒也是。奶奶扔下一句："明儿个，我再给你打电话。"

没等到明儿个，半下午大儿子主动把电话打到小卖店，说他们夫妻俩商量好了，他们听母亲的。母亲这辈子不容易，他们可不能背上不孝的骂名。当初，他们生下二胎，原是想要个女儿，有儿有女才是个"好"嘛，结果又是个儿子，感觉日子一下子萎靡了。奶奶还在想莫不是大儿子两口子早就有这打算，只是不想主动开口说，把大小子留在老家，说不定就等这一天呢。

大儿媳接过电话，没说话倒先哭了，哭得伤心至极。奶奶安慰大儿媳："儿子都是娘身上的肉，可老大家的，咱又不是把孩子过给旁人，是他亲叔，还在一个家里呀。我说老大家的，你只是没见，这叔侄俩好着呢，老二总怕孩子的饭凉了，专门买了个电炉子；怕孩子冻着，离晌午还早呢，插上电热毯给孩子暖着被窝。啥时见过老二这样？他对我都不问冷热，连句话都懒得说，这要不是缘分，那啥是缘分……"

大儿子两口子同意，这事就好办。奶奶心里头热乎——不，简直是有团火，熊熊燃烧，烧得她浑身上下一片透亮。等不及，挂断大儿子电话当即又拨给小儿子，要把好消息告诉他。电话刚接通，来了个要打电话的老头，站在她身后等着。奶奶怕老头听到她的话乱传，便变了话头，问儿子吃呀喝的，没一句正经事。本来，她想叫儿子下班了回家再说，可她等不到夜里，多问了句，你在呀别出门，我这就去说个事，要紧事。

莫文进听母亲说了哥嫂的态度，当即抱着头哭了，他哭得很压抑，也很畅快。奶奶站在边上，抚摸着儿子的头，任由他哭。哭够了，莫文进扯过纸巾擦干眼泪，对母亲说，这崽子招人疼哩，天生像我的儿。

奶奶含着热泪，点点头："与猫狗相处时间长了，还有感情呢，何况你们是亲叔侄。"

"前阵，我有意问过这小崽子，他说喜欢老家，有奶奶，有我这个叔，他爱在这上学，和这帮人做同学热闹，更爱到我这来吃饭。他不喜欢城市，住出租房，上打工学校，讨厌城里人看他的眼神。"莫文进喝了口水，呛到似的咳嗽起来，"果真能过继，我再不喝酒了，好好工作，将来为他打算。"

"你哥嫂都答应了，你刚说的，崽子那里应该不会出差错，你还有啥不放心的？"

莫文进避开母亲的目光："我肯定放心，包括给小崽子说清这事，我都能说。只是，荣荣那里不知她会咋想？"

奶奶嘘了口气："你只管给小崽子说，荣荣那里有我呢。"

话是这么说，奶奶心里却没了底。这几年，与小儿媳同在一个锅里搅稀稠，早已搅出一肚子的辛酸。刚结婚进门时，小儿媳对婆婆还算敬重，地里、家里的活做得有板有眼。一年后，她没生出来一男半女，亏心似的抢着干活，话不多说一句，让她吃药就吃药，叫她拜菩萨就拜菩萨，可肚子不争气，办法想尽也没使她的肚子鼓起来。后来小两口儿一起去医院检查，女方身体一切正常，是莫文进的问题，说是男人的种子不合格，再肥沃的地也出不了苗。这下可不得了，天翻过来了，被不生育的事实压迫得快窒息的儿媳昂起了头，不再低眉顺眼、忍气吞声，像要把受过的委屈通通宣泄出来。有时候，她跋扈得没一点从前的影子，还动不动闹离婚，说这日子不是正常人过的。劝她几句，她扬言要把真相告诉所有人。

这是奶奶最气短处。她可以任由儿媳不去地里干活，在家里睡懒觉、不做饭，也可以不尊重她这个长辈，但她绝不能让他们离婚，不能毁了儿子。以前，叫儿媳吃药、拜菩萨，现在反过来换成了儿子。起初儿子不配合，她以死相逼，儿子才勉强接受，心也冷了，随她摆布，人却越来越像根冰柱。

过继的事，看来只能是她亲自给儿媳提了。奶奶心里着急，却知道这事对儿媳妇急不得，得找机会，她不能把好事搞砸。

机会来了。天气阴冷，儿媳受凉感冒了。奶奶熬碗姜汤，放足红糖端过去。儿媳有点惊诧，丢开手机，从被窝坐起来双手接过姜汤。

奶奶笑眯眯地说："趁热喝，比药管用。"

儿媳妇吹了吹，喝了一口，辣得伸出舌头，口腔、喉咙、肚腹顿时热乎起来，说不出的舒坦。她一口一口接着喝下，直至头顶冒汗。

奶奶觉得是时候了，她递过毛巾，说："荣荣，有件事想跟你商量。是这样，你哥你嫂愿意将他们的大崽子，过继给你们当儿子……"

"那咋成？"儿媳妇把姜汤碗"咚"地放下，坐直身子说，"这不告诉所有人，是我不能生育，才过继他们的崽子？"

"这——"奶奶竟然无言应对。顿了顿，她堆上笑容赔着小心说，"别人咋会这么想，是你想多了。"见儿媳不为所动，奶奶抹起了眼泪，"妈知道你受了委屈，那咋办呢，谁叫咱摊上这事。也是我的命硬，把不好带给了你们俩，我常给菩萨说，一命换一命，让我去死，给你们换个崽子来……"

奶奶越说眼泪越长，简直要成河了。儿媳妇闭上眼睛，捂住了耳朵，拼命摇晃着脑袋，像要把奶奶的话和眼泪一起甩开似的。过了会儿，她索性倒在炕上，扯过被子，把自己蒙得严严实实。

奶奶心里垮了，尽管她知道这事不会那么顺当。但有些话一旦说出口，就像面对一座险峻的高山，不尝试翻越，还抱着期待，一旦失败，内心的挫败感则无法消弭。她不知怎么走出儿媳屋子，回到自己炕上的。她忘记了烧炕，躺在冰凉的被窝，不知道冷，不知道困，不知道饿。如果不是想着还有个孙子要照顾，她就会一直躺下去。

这天，快到晌午了，奶奶才想起今儿个是农历十五，昨儿个还记着呢，临了却没记住。她不能错过上香的日子，匆忙收拾东西，往武侯祠赶。

儿子一直在等消息，却不肯回家问，他知道过继的事不会像说得那么简单。奶奶心里不顺畅，没心思给儿子细说，却告诉他，你媳妇退让了一步，说过继能行，只要你哥的那个小崽子，不要这个大的。她说大的懂事了，眼神跟公狼似的，养不亲。

"她是故意的！"儿子跳起来，喊叫道，"她是不想让我心里舒坦。"

奶奶张口要制止，莫米尔推开门走了进来，他放了学来吃晌午饭。奶奶不好再说啥，摸了摸孙子冻红的脸，把他往床上推："快，上床暖暖，脸冻得跟冰似的。"

莫米尔望望一脸怒气的叔，又看看躲避他眼神的奶奶，迟疑着上了床。外面的确太冷了，西北风刮了一夜，到现在还没停歇的意思。

奶奶围上头巾，伸手向儿子："拿来！今儿个迟了。"

儿子慢慢地掏出一百块钱，递过去。

奶奶不接，望着别处说："再给一张！"

儿子又掏出一百，奶奶接过攥在手里，拉开门走了。

莫米尔不知发生了什么事，奶奶没招呼一声走了，脸色也不对。再看叔叔，也是那种冷冰冰没有温度的样子。顿了顿忍不住，他还是问叔叔："奶奶还回来吗？"

"不知道！"

"那她吃过晌午饭了吗？"

"我不知道。"叔叔不耐烦，克制住情绪说，"你是不是很饿，我这就去打饭。"

莫米尔摆摆手："我不饿，可是叔叔，奶奶为啥要往那个箱子里投钱？"

叔叔犹豫了一下，才说："人有很多欲望……呃，就是很多想法，有些想法一时半会儿实现不了，就会求助于各路神仙，希望通过神仙的帮助来实现或者加快实现。"

"神仙还要钱吗？"

"神仙不要钱，捐钱只是表示诚心。人总得有寄托，对吧？"

"捐了钱，就有寄托了？"

叔叔苦笑了一下："有些事做了和没做，心里的感觉是不一样的。"

莫米尔想了想，点点头："我知道这种感觉。就像我对奶奶和你一样，我喜欢和你们在一起，看到你们，我就没那么想爸爸妈妈了。刚开始留在家里，我是很想他们的。这就是感觉对吧。"

叔叔愣了愣神，莫米尔领悟力简直超出了他的想象。他苦笑得更深了："对！米尔真聪明。"

莫米尔受到表扬，有点得意："叔叔，我一直想问，你给奶奶的钱，她投进那个箱子里，神仙又不要钱，最后叫谁拿去了？"

"你问这干啥？"

"那些钱加起来肯定很多了。"莫米尔若有所思地说。

叔叔放下手里准备去打饭的碗，走到床边："是很多了，那是谁也拿不走的，都交给文管所了。"他抚摸了一下莫米尔的头，他对这个侄子更加怜爱，

"不过，你奶奶投进去的钱，每次我都取回来了。你别忘了我是会计，那些钱都是我从箱子里取出来的。不过，我只拿自己的那份。"

莫米尔望着叔叔，叔叔脸上漾着淡淡的笑意。莫米尔的脑袋忽然有些晕，他想奶奶有求于神仙的，叔叔却把奶奶捐出去的钱又拿回来，是不是说，叔叔把奶奶的愿望又撤了回来？莫米尔张了张嘴，到底没说出口。

叔叔拍了拍他的头，端上碗去打饭了。

最熟悉的陌生人

这已经是第三次催了。

"我知道了。"方佳瑶摸了摸小倩的头，说，"你快去写作业吧。"

女儿把肩膀一斜，书包扔在沙发上，有气无力地说："你总是作业作业的，烦不烦啊，你就不能替我想想，我每天都要面对朱老师呢，你再不给人家回话，明儿我干脆不去上学算了，免得他老盯着我要给你带话呢。不过，妈妈，我想问一下，朱老师叫你给他回什么话呢，能说吗？"

方佳瑶转身走开的时候给女儿留下一句："大人的事，问什么问！写你的作业吧。"

小倩在后面嘟囔，方佳瑶装作没听见，她回到卧室，打开手机给朱老师发了条短信。不一会儿，朱老师把电话打过来了。方佳瑶捏着手机，看着上面的号码，犹豫着要不要接。这时，小倩听到铃声跑了过来："妈妈，你怎么还不接电话？吵死人了。"

方佳瑶慌了一下，说："是个陌生号码……"随即，摁下了红色键，挂断电话。小倩不满地看了妈妈一眼，又嘟囔了一句"早不挂了"。这才磨磨蹭蹭地去写作业。

为了女儿，方佳瑶狠下心，给朱老师又发了一条短信，叫他明天中午一点在校门口等着，她送钱过去。

上次开家长会，朱老师把方佳瑶叫到教室外面，对她提出了借钱的事。

当时，朱老师告诉方佳瑶，他的妻子脑子里长了个瘤子，良性，想动手术切除，医院都联系好了，就是缺手术押金。按说他家里拿出万把块钱不算个啥，可他把钱存了死期，想着给年底交工的住房预备着呢，提前支取不划算。

方佳瑶脸上的表情明显地犹疑了一下。

"年底我就还给你，一天都不会拖欠，我那笔钱交房款绰绰有余。你放心吧，我是小倩的老师，说话绝对算数。"朱老师拍着胸部保证。

方佳瑶赶紧表白："看朱老师说到哪儿去了，我怎能对老师不放心呢。只是一下子要拿出两万，我还得筹措一下，你知道的，我刚装修完房子……"

朱老师明显有点不悦，他转过身说："你要暂时没有，那就算了。"

方佳瑶急了："朱老师，你别……你能开这个口，我再怎么紧，也得想法子啊，我这几天就给你信。"

接下来几天，方佳瑶心里乱急了，这钱是得借，人家有病要动手术呢，朱老师能开这个口，肯定是到了没有法子的地步，不然，这做老师的咋会跟家长谈借钱呢？她记得以前过教师节时，她曾给小倩的一个班主任买过几斤水果，那老师死活都不肯收，好不容易收了，第二天竟让女儿把水果钱带了回来。老师都是自尊心很强的，只有被逼无奈的时候才会放下自尊去求人的，这个道理方佳瑶明白。而且她也想着，女儿明年就要中考了，万一自己不借钱给朱老师，他一生气把小倩扔下不管，以小倩放任自流的脾性，中考不砸锅才怪呢。这紧要关头，千万不能让女儿放松下来，这一放松，以后可是多少钱也是买不回来的，那时她可是哭都无门了。方佳瑶心里清楚，这钱是必须要借的，之所以犹豫，是她确实有难言之隐，和丈夫离婚后，她把这么多年的积蓄全用在了装修房子上，现在手头上的这点钱，是前夫每月付给女儿的抚养费，她都按时打进女儿的卡里，留着将来女儿中考后交补课费呢，她一直不敢乱动这笔钱。装修房子时，本想换个冲浪式浴缸，这是女儿早就梦想的，可算了算费用，得多拿出七八千块，女儿主动提出拿自己卡上的钱垫付，方佳瑶咬着牙还是顶住了，浪可以不冲，那笔钱绝对不能动，教育可关系着女儿的一辈子呢。她这辈子已经是这样了，唯有女儿，是她全部的希望，女儿将来出息了，她的生活再苦也值得。

现在，朱老师一下子要借两万块钱，除了女儿卡上的钱，方佳瑶没有一点招了。她的工资每个月才一千二，没有个三年两载，攒不上两万块钱，何况，她们母女每天还要吃饭呢。精打细算下来，她一年又能攒下几个钱？

可方佳瑶还是不想动用女儿卡上的钱，这笔钱是她的一个寄托，有了这笔存在银行不动的钱，她心里就不会发虚，就像她身后的一堵墙似的，不论外面有什么暴风骤雨，她都能挺过去。方佳瑶决定先从外围再想想办法。她回了一趟父母家，想从老人那里多少借上点。父母对方佳瑶的冷淡程度，叫她不想再踏进这个家门半步。当初，在方佳瑶与前夫离婚的事上，父母坚决持反对态度，叫她不要太冲动，快四十岁的女人了，离了婚再嫁人，哪有那么多好男人等着你？不管怎么说，她的前夫好歹也算过得去，再有不是，又哪里能找得到十全十美的人？但方佳瑶坚决要离，她无法忍受丈夫在外面有女人，回到家里心不在焉地应付她，还常常没个好脸色，跟她说话一副阴阳怪气的腔调，自己做错了事总不认为自己是错的，倒像她方佳瑶有着万般的不是。母亲翻着眼埋怨女儿，咋不看看你自己，四十岁不到，邋遢得像五十岁老太太，穿个衣服没颜没色，对自己的男人一点热情都没有，他不在外面胡搞才怪呢。父母的意思，好离不如赖过着，孩子都十五岁了，逞什么强呀。鞋子合不合脚只有自己知道，痛的是自己的脚，别人体会不到，她不想等到鞋子把脚夹破，血淋淋地露出来所有人都能看到时，再脱掉鞋子。

"跟我们借钱？"父亲像看陌生人一般看着方佳瑶，把脸拉得老长，"你可从来没往家里拿过一分钱啊，就我和你妈的那几个退休费，你们兄妹几个在月头就盯上了，呼啦回来一大群人，吃完还要带上走，我和你妈平时想吃个红烧肉，都得精打细算才行……"

没容父亲说完，方佳瑶已经转过身走了，她的心里后悔极了。

两天没有给朱老师回信，他已经叫小倩给方佳瑶带话了。她怕朱老师把借钱的事告诉女儿，便给朱老师打了个电话，叫他再等几天，她答应的事一定不会食言，只是不要对她女儿说这事，免得她对此有看法。朱老师答应了她，但还是叫小倩给她带话。

是第二次朱老师让小倩催促时，方佳瑶忍辱负重地给她的前夫打了电话。

前夫听完她的意思，竟笑呵呵地说，你真会找人，如今借钱这种事，亲兄弟都躲着呢，亏你还想到了我，我跟你现在是什么关系？能不拖欠女儿的抚养费，我算是仁至义尽了，我哪还有瞎钱给你去玩……

后面的话，前夫是对着挂断的电话说的，方佳瑶没有听到。她眼里盈满了泪水，摔掉了电话。

也真是无路可走了，如果不是女儿的老师借钱，方佳瑶才不会找这个气受呢，在打电话之前，她已经想到了结局，一切只为了女儿。那一天，她连饭都咽不下去，多么恶毒的话她都骂过了，还是没有解决问题。

方佳瑶想，换了个人，哪怕人家把刀子架在她的脖子上，她都会豁出去宁愿让人家捅了也不会去跟人借钱，现今这世界，什么都是假的，唯有钱才是真的。但谁让这人是自己女儿的老师呢，另当别论的也只能是与女儿有关的一切人与事了。方佳瑶叹了口气，心里就像有了一片沙漠地，举目四望，除了茫然，除了荒芜，连个方向都没有了。

除了女儿的钱，方佳瑶再也没有别的招可使。她不能再叫朱老师催了，再催下去，只怕把钱借出去，朱老师心里也不高兴。

从银行取出钱来，方佳瑶在学校门口把钱交给朱老师时，脸上笑着，心里却是疼痛酸楚，手抖得厉害。朱老师接钱时感觉到了，还问她是不是骑自行车太快，手都抖呢。她的鼻子一阵酸涩，竟还点了点头，客气地对朱老师说，到时，她再到医院去看望病人。

朱老师没顾得上看方佳瑶的脸，他埋着头数完钱说："不了不了，我替老婆领情了，当老师的给家长不能添麻烦，我知道，就这，已经叫你为难了。这样吧，我给你打张欠条。"

方佳瑶表面上推让了一下，没有完全拒绝。钱的事，还是有个证据好。对老师再信任，该有的程序还是不少为好，这也免得以后真要出了什么问题不好说。

朱老师把打好的欠条交到方佳瑶手中，她在上面扫了一眼，心里踏实了点，心想这做老师的就是有原则，一码是一码，一点都不含糊。

朱老师把钱借走了，虽然揣着借条，可不知为什么，方佳瑶的心好像被掏空了一般，她望着小倩户头上为数不多的几个数字，很是茫然。现在她只盼快快到年底，到了年底，朱老师的存款到期，那时就会把这笔钱还给她，她心里才能踏实，这日子也便正常了。毕竟，对于她们母女俩而言，两万块钱的分量是多么地实沉啊！

这天，小倩放学回家，书包还没有放下，凑到厨房对方佳瑶说："妈，你是不是和我们朱老师——那个呀？"

方佳瑶不懂，也没有心思去猜小倩说的"那个"究竟是哪个，她的全部心思仍然在那笔让朱老师借走的钱上。为了小倩！她看了女儿一眼，继续炒菜。

小倩却不在乎妈妈的冷淡态度，她抓住这个话题不放，笑嘻嘻地扯着她妈说："妈，你真有眼光，我们朱老师可是一表人才，我们女生都喜欢他呢，只是他总板着个脸，像谁欠了他钱多少年没还似的。要是你和他好上，我举双手赞成，有了这个后爹，我学习肯定会很顺心，也省下辅导费了……"

方佳瑶白了女儿一眼："小丫头片子，乱说什么，小心我给你一铲子。"

"哎，妈妈，看来是你没有和朱老师那个的意思呀，可他这几天动不动就在课堂上表扬我，我还奇怪呢，以前他可是很少这样可着劲儿表扬我的。今儿个放学时，他冷不丁还对我说了一句'你妈真不错'。"

"闭嘴！"方佳瑶手里晃着炒菜铲，对女儿说，"朱老师的妻子有病要动手术，人家家里有事还这样认真给你们授课，你居然还胡说。"

小倩伸了一下舌头，退出厨房的时候又探回头说："被表扬的感觉真好。我都想着每天都是朱老师的课就好了！"

方佳瑶心想，这个朱老师真是的，怎么能对孩子这样呢。可看到女儿一脸的兴奋，又一想，可能是解决了他的燃眉之急，为了表达心里的感激才这么做的吧。孩子终究是孩子，得了老师的表扬干什么都来劲，觉得有了动力，学习更是如此，这对一向有些懒散的小倩未尝不是一件好事，自己为来为去的，可不就是这一个目的！

一下想透了这个问题，方佳瑶的心里为解决了朱老师的难题，又让女儿受了表扬有了学习的动力而感到欣慰，几天来为用掉女儿卡上钱的压力，随即缓解了不少。同时，她对自己当初借钱给朱老师耿耿于怀的心态而感到羞愧。她想着，哪天，还是要上医院去看看朱老师的老婆，人家住院做手术呢。这样也可以更加深朱老师对女儿小倩的好印象，不然，明知道人家老婆住院，却无动于衷，情理上也说不过去，说不定还会让人家朱老师觉得自己在摆债权人的谱。

但方佳瑶不知道朱老师的老婆住在哪家医院，和朱老师见面时，因为心里一直放不下钱的事，忘了问，或者说根本就没有心思问。但她不想让女儿去问朱老师，现在的孩子自尊心可强了，万一让她明白这其中的缘由，会觉得很没面子，好像老师的表扬是换来的一样。方佳瑶不想让女儿知道她的心思，便给朱老师的手机发了个短信，等了一天，朱老师都没有回。她打通朱老师的手机，也没有人接，连拨几次，都是无人接听。方佳瑶不甘心，晚上问小倩，朱老师今天给他们上课没有。

小倩说，朱老师好几天没来，也不知他有啥事，只听代课老师讲，朱老师请假了。

方佳瑶明白了，朱老师妻子可能已经动了手术，他忙得顾不上接电话，这个时候，可不正需要做丈夫的出力嘛。这样想着，方佳瑶对朱老师的好感又上升了一层，能在病中给老婆体贴照顾的男人，才是真正的男人。她又连着给朱老师发了几个问候的短信。

过了两天，方佳瑶收到朱老师只有两个字的手机短信：谢谢。看来，朱老师妻子的脑瘤手术很成功，方佳瑶盯着这两个字看着，心想，虽然没有去成医院看病人，但自己也算是尽了礼节，今后，女儿在学校的心情会越来越好，有朱老师在，对女儿的学习自己就不用过多操心了。

快过中秋时，突然下了一场暴雨，紧跟着，天气凉了下来，早晨能看到树叶上的霜，在阳光下像银子似的闪着光。晚报上报道，有一股来自西伯利亚的寒流袭来，中秋节前后，还要降温，请市民朋友注意天气预报，注意增添衣服。尤其是出门驾车的朋友，一定要谨慎驾驶，早晚路上有霜，小心路滑。

放下晚报，方佳瑶翻箱倒柜，给女儿和自己找了两件薄点的毛衣，以防到时手忙脚乱。

女儿哼着蔡依林的《七十二变》回来了，她在母亲跟前晃了晃，便到客厅写作业去了。方佳瑶奇怪小倩今天这么乖巧，不用她催促，也不说累，就打开书包写作业，这可少有。这一阵子来，小倩每次都要和她说一说发生在学校班里的事情，当然，常常强调的是朱老师又表扬她了，然后才去做作业。方佳瑶手里拿着刚找出来的毛衣，走过去奇怪地看了看女儿。

小倩停下手中的笔，说："看什么看，没见过你女儿写作业啊！对了，妈，这下你女儿可要惨了，朱老师刚对我有了好感，开始表扬我，我也觉得对学习有着前所未有的兴趣，可他却出事了。"

方佳瑶的心一下子悬了起来："朱老师出事？啊，他出啥事了？"

"叫公安给抓走了。听说是赌博和抢劫，你也想不到吧，我们都想不到呢，平时朱老师那么严肃，可他……"

方佳瑶差点晕过去，她脑子里闪过的第一个念头，就是自己的两万块钱怎么办。她浑身一凉，哆嗦了一下，手里的毛衣掉在了地上。惊得小倩偏过头，看了看地上的毛衣，又看着方佳瑶说："妈，你怎么了？发什么愣啊？你跟我们朱老师又没发生什么事。"

方佳瑶摇了摇头，对女儿说："天凉了，妈有点冷。"她捡起地上的毛衣，双手抖着，将毛衣披在自己身上。

"妈，那是我的毛衣，你穿错了。你的毛衣还在地上哪！"小倩跳过去捡起妈妈的毛衣。

方佳瑶跌跌撞撞地从厨房给女儿端出饭菜来，说："小倩，你一个人先吃，妈突然想起要给一个阿姨带个话，我去去就来。"她慌乱地穿上外衣，出门骑着自行车向学校冲去。

学校门口已经聚了好几个家长，正在和看门的老头交涉，老头坚决不给开门，说是早就放学了，校长教师都已经回家，他不能随便让人进去。

方佳瑶上前一听，这些家长全和她一样，都是为朱老师而来。他们都给朱老师借过钱。见方佳瑶来了，多一个人，便凑过来问她借出多少钱。方佳瑶已经紧张得连话都说不出来，拿出那张借条，给他们看。有个男家长接过去看了说，你才两万，比我少多了，我可是三万五呢，都背着儿子借的，那老师不让我告诉儿子，说是怕学生知道老师借钱的事就不好管理。我老婆下岗三年，我两年前也下岗，东挪西借才租了辆车开出租，这钱可是我们省吃俭用好不容易才积攒下的，要不回来可咋办呀？这个家长一脸的愁苦看得方佳瑶心里也是一片风雨凋零，秋意阵阵。她茫然地望着其他的家长，家长们个个都愤愤不平，脸上写满了悲凉和无奈。方佳瑶怕冷似的抱紧胳膊，她的泪已在眼眶里打着转转，秋风萧萧，几片落叶漫不经心地掉下来，落在她的身上，她看着那失去了绿色又被熬干汁液的枯黄叶脉，整个身心都恍惚起来。

有个女家长忍不住哭了，上气不接下气地说，朱宏祥这个王八蛋，这下可把我害惨了，钱要是拿不回来，我老公非打死我不可，当初，他就不肯借，为了儿子，是我偷偷借给他的……

方佳瑶想着自己筹措这两万块钱的过程，自己这钱的出处，泪水也滚滚而下。她跟在几个家长的身后，与看门的老校工交涉。

老校工看着大家可怜，便小声把校长家的地址说了，他叮咛大家一定不要说是他说的，不然，他有可能被学校开掉，他找着这份工作不容易，还请大家也体谅体谅他的难处。

家长们找到了校长家里，校长态度挺诚恳，他做了检讨，向大家表示了歉意，但他确实也没法给大家解决这个问题。朱宏祥借家长的钱是个人行为，学校虽说有失察之责，可毕竟当初哪个家长也没有说出来这些事啊，何况，朱宏祥借的那些钱加在一起，共三十七万之多，校长给大家怎么解决？不过，他出了个主意，说朱宏祥已经构成了诈骗罪，叫大家联名上诉法院，听候法律判决，说不定，从朱宏祥家里还能搜出些钱，补还大家的欠款。

到这种时候，无计可施，也只能这样了。大家商量着，根据各人的工作性质，分了一下工，谁去找律师，谁去法院上诉。

方佳瑶在档案馆工作，什么力也出不上，第二天，只在联名诉状上签了自己的名字。她像其他人一样，焦躁地等待着法院方面的消息。

中秋节到了，方佳瑶没有回父母家去，连个电话都没有打，倒是她母亲打了个电话过来，质问她怎么不过去吃团圆饭。

方佳瑶敷衍了几句，泪水涌了出来，她怕哭出声来让母亲听到，便匆匆地把电话挂断了。

这一天，小倩放学回到家里，气愤地对方佳瑶说："听说朱老师被一帮家长联名告了，说他犯诈骗罪。朱老师已经够惨了，赌博被抓，这下，听说学校还要开除他，我们班的同学都很气愤。朱老师为人那么正直，妈，你说，朱老师怎么会是诈骗犯呢？他的样子一看就不是那种奸诈的人，肯定是那些家长给老师送过礼，现在听到他出事了，便落井下石。哼，大人就会干这些乱七八糟的事，电视里就这样演的。"

方佳瑶心里很想跟女儿说，外表正直的人并不一定就是真的正直。但她没有吭气，她不知该怎么给女儿解释这件事，那两万块钱像一坨铅块压在她的心里，时时扯得她的心绞痛，而她只能独自承担这一切，不能叫女儿知道一点点。

小倩看出母亲表情上的变化，她疑惑地盯着方佳瑶追问道："妈妈，你不说话，是不是你也是告朱老师的一名家长啊？你回答我。"

方佳瑶还是没有吭气，她别过消瘦苍黄的脸，闭上了眼睛，避过女儿，让一汪清泪含在眼眶里，强忍着没有落下。

划过秋天的声音

中士的心被那声尖厉的鸣叫刺激得一颤一颤，像高悬在树梢上的叶子在风中飘浮，没有了踏实感。

已过中秋，温暖的秋阳把厚厚的热情铺洒下来，中士走在这荒滩上，似踩在柔软的阳光里，能听到鞋子与阳光相撞发出轻微的"扑哧"声。被踩得乱溅的阳光，像一团团金黄的蜜蜂，轰地飞了起来，绕着中士的身子，飘来飘去地晃个不停。中士被一层层热热的暖流包裹着，他的心在热流里慢慢升腾起来，像一股被太阳烘烤出的蒸气，升上晴空，向远处流去。

他的心追随着那个声音的余韵，已飞到远处，正向遥远的喀什靠近。

喀什在中士的心目中，因为那个声音在南疆的大地上出现，并且那个声音是奔喀什去的，喀什就变得异常神圣。

以前，喀什对中士来说，并不重要。中士虽然没有去过喀什，但他能想象得出，除过街道、高楼和拥挤的人群，喀什和别的城市没什么两样。中士当兵前一直生活在和田。和田比喀什更遥远，但中士一点都不觉得和田就比喀什差，可能是他生在和田长在和田，更偏爱和田的缘故，他对兵们一提到喀什的那种向往神情，常表现出不屑一顾。单就和田市中心矗立的那尊一个老农民扛坎土曼的雕塑，中士就觉得和田非同一般，在诸多城市中，哪个城市中会竖起一尊农民的雕像呢，还是和田朴实。

但那声鸣叫是奔着喀什去的，这一点叫中士起初一点也想不通。想不通也没有办法，中士对那个声音的向往由来已久，他像所有南疆人一样，对那声浑厚的鸣叫所牵引出的联想，已超出了久居大漠的人们的主观情感。因为能发出震撼大地叫声的火车，对南疆人来说，太神圣了。

那个声音的出现，拨动了中士的心弦。在中士的人生阅历中，火车是一个非常神秘的物体，以前在电视上看到火车，他就非常激动，他认为火车是最伟大的交通工具。乘坐的那些人就更了不起，他从来没敢想过自己有一天会见到真正的火车，更别说能在上面坐了。所以听人说火车要通到喀什，中士就很激动，特别是秋天刚开始的时候，他第一次在荒滩上听到火车的鸣叫时，他的心由于兴奋而颤抖。过后，中士将听到的火车鸣叫声给兵们讲了不知多少遍，那些没有见过火车的南疆兵像他一样激动，几个人天天晚上围着连队的那台电视机，搜寻着有关火车的画面。但电视只能收到一个频道，有好长一段时间不见火车出现。他们渴望看到火车的情形，叫那些坐过火车的士兵不知嘲笑了多少回。

但中士一点也没有放弃对火车的期望，那种浑厚的鸣叫声更加重了火车的神秘感。中士一个人在荒滩上时，总想着坐在火车上是什么感觉呢？

中士的工作比较特殊，他放牧着连队的一群羊。这个工作看起来非常简单，每天早上吃完早饭，带上中午吃的干粮，赶着一群羊到荒滩上去放牧，太阳西斜时，羊吃饱了，中士也饿了，就赶着羊群回来，一天就这么过去了。只有冬天的时候，荒滩上没有羊能吃的草了，中士才待在连队里，依然是伺候着羊，将秋天储存的干草，一抱一抱地运到羊圈，喂养着他的羊儿。待到一大堆干草垛被他抱完的时候，春天也就到了，荒滩上已有了冒尖的嫩草，中士就又赶着羊群，去荒滩放牧了。

这样循环往复的工作，中士一干就是两年。两年来，和中士一同入伍的战友，有的当了班长，上了军校成了预备军官，有的复员回去已经结婚生子，过上了另外一种生活，但中士还在连队一如既往地放着这群羊，他的生活秩序像条令条例似的，一点都没有变。唯一有点变化的是他的军衔从上等兵升到下士，从下士升到中士，就再升不上去了。因为他没有班长职务，虽然是第四年的老兵了，中士这道门槛他一直没有跨过去。

变得最厉害的是中士放牧的羊群。两年来，羊群还是这么大一堆，看起来没有增加也没有减少的样子，别人不太注意，只有中士心里最清楚，一年中母羊生了多少羊羔，每逢节假日，连队就宰杀多少老羊改善伙食，中士掌握着生杀大权，都有记载。每年到年终总结时，司务长总会给连里提出，为中士授嘉奖，缘由只有一个：实在。

　　中士放牧了两年羊，不光与他实在的工作作风有关，更重要的是中士的一条腿有点问题，中士的腿是他当兵第二年的秋天受的伤。受伤的原因很简单，为迎接年终支队的军事考核，中队组织的几对倒功配套对打，中士那时候还是个上等兵，但他的军事动作在同年兵中出类拔萃，如果不出意外的话，中士后来当个班长没一点问题，中队干部有意识把中士当作苗子培养，他的班长就选中了他，和他配对练习。中士和班长的配套对打动作相当精彩，是全中队最看好的一对，他们每天利用两个课时到离中队很远的荒滩上去训练，荒滩上有干枯的牧草，摔在地上也不怕伤着。他们将高难动作也练得相当熟练。

　　有一次，在温暖的秋阳下，中士和班长练得正起劲时，一声高亢的鸣叫声从远处骤然冲来，那是火车的鸣叫声，据说是通往喀什的铁路正式试车。中士和班长的对打正进行到要紧处，中士被那企盼已久的声音惊得分了神，本该班长跳起来飞腿踢向中士时，中士一个连环腿躲过侧扑在地，但那个声音使他忘记了正在进行的连贯动作，他一愣神，左腿慢下来，被班长一脚踢中，中士当即跌倒在地，抱着左腿蜷成了一团。

　　中士的左脚骨错位，轻微骨折，当时没有治疗条件，后来送到五十公里处的巴楚县医院，接上骨后，中士的左脚就开始瘸了。为此，中士哭了几天，他的班长也受了处分，被免去班长职务，下放到炊事班烧火，年底就复员了。

　　中士再不能参加训练了，中队给他申报伤残待遇，却一直批不下来，中士在中队闲了几个月，一瘸一拐地在伙房出出进进，要帮他的老班长烧火，老班长死活不肯，中士就要求去放羊。

　　这一放，就放了两年羊。中士服役期满，伤残待遇批不下来，中队干部就留中士继续服役，等待批复。中士就又留了一年，继续放羊。

中士对那个声音的敏感，就是从他受伤的那一刻开始的。只要那个声音一出现，中士的心就慌了，起初受伤后，他对那个声音曾经充满了恐惧和仇恨。慢慢地时间一长，中士就不再恐惧和仇恨了。相反，他对那个声音以及对火车的向往比以前更加强烈，甚至产生了想拜谒那个声音的渴望，其实他想通过那个声音的引导，一心想去亲眼看看能发出这种叫声的火车。

这成了中士两年来最大的愿望。他的伤残待遇一年又一年地没有批复下来，对他来说都变得不重要了。

中士在荒滩上放羊，一个人独处时间长了，慢慢地他变得沉默寡言，他的想法和愿望一直压在心底，他认为这是他一个人的秘密，不能对任何人讲，包括那个对他心存内疚的复员老班长。

中队的所有人都认为中士整天沉闷着早出晚归，脾性越来越古怪，是他伤残后心里难受所致，加上伤残待遇一直批不下来，中士心理上不平衡，所以也没有人在他面前提问过什么。

其实，中士心里的想法有时连他自己也说不清，除了放羊，他更怕到操场上去看兵们走队列、练倒功、配套对打，他的心里非常复杂，对自己昔日过硬的军事动作和梦想当个班长的前景破灭，他一度在心里恨过老班长，但细想想，不能全怪老班长，是自己分神，确切点说，是火车发出的那声鸣叫使他受了伤，怪不得别人。但他总不甘心。有一段时间，他一个人偷偷地在夜里起来练单、双杠，以使自己体质能够保持在良好的状态。但他再怎么练，伤残的左脚已不能够使他成为一个训练尖子，当班长的梦想一直就是个梦想了。为此，他偷偷哭过几回，哭过，心里也就想通了。

中士在一次无意中发现，他是完全可以用另外一种方式实现当班长实施自己的指挥才能的。那是他刚接手放羊不久的一天，他突然发现自己放牧的一群羊可以任凭他的指挥，说走就走，说停就停。这个发现令中士兴奋了很长时间。

于是，中士就开始训练他的羊群。他先将羊群按大小排成三路纵队。起初，羊们不习惯，中士就按班长在操场上的口令一遍又一遍地训斥。碰上实在不听话的，他用红柳枝上去吓唬，不真打，条令上规定不能动手打人，羊不是兵，但中士严格按条令规定训练着这群羊，他用正确的口令，不厌其烦地训练羊群。三个月下来，中士的羊群已经能排着队列在荒滩上行进和停止了。中士嘹亮地下口令指挥着排列整齐的羊群，并且每天收操后返回时，他还要在羊群队列前做一番讲评，他给每只羊起了名字，这些名字大多都是他以前的同学和朋友的，他把这些名字硬叫每只羊接受了，这样讲评时才能指名道姓地表扬这个，批评那个。

羊群训练得像一群兵那么听话时，中士得意地用目光扫着眼前的羊阵，羊阵由六十四只羊组成，足够两个排的数字。就是说，中士已经指挥着两个排的兵力，权力够大了，这样的兵力，比一些中队都要多。中士心里非常自豪，他不光是一个班长，一个排长，他完全可以是一个中队长了。尤其是在中队和荒滩往返的路上，中士走在队列侧面带队，他看着羊队整齐的步伐，不时喊上几声"一二一"的口令，心里舒坦极了，唯一有点遗憾的是这些羊不能像兵们那样扯着喉咙吼上几声"一二三四"。但不时从羊队里发出羊的叫声，也叫中士心里够激动的，他也曾试过，想叫羊同时发出叫声，但都失败了。每次，只有他早上到羊圈去放羊时，羊们发出的叫声使他心里充满了温馨。

在能够放牧的日子里，中士的心里就很充实，他把羊群带到草最好的荒滩上，实施完他的一套训练后，让羊群解散，拣草厚的地方吃个饱。中士自己在荒滩上走来走去，也不找个地方坐下歇息，俨然一个监督的领导，不时说说这个又说说那个，遇到哪只羊吃饱了躺下，他走过去，用手摸摸羊的肚子，还要劝上几声再吃点，羊就起身再吃几口草。中士用欣赏的目光打量着一只只羊，日子在他的目光里变得不再漫长，一晃，两年就这样悄悄地不见了。

在荒滩上，每到接近中午的时候，那个声音出现之前，中士的心就跳得快了，有种等待的慌张。为了掩饰自己的慌乱，他总是在原地站定，凝神静气地倾听远处，期待着那个声音。

这时，羊只被主人的举动所吸引，也都停下啃草，头抬起来，静静地望着中士，直到火车的鸣笛声响过，羊才像听到命令似的，释然地埋下头吃起草来。羊的这种做法叫中士很感动，有几次，中士都把自己对火车的向往和南疆人对火车的陌生讲给羊听，他把火车的形状和功能一遍又一遍地讲解着，虽然羊们听不懂他讲些什么，但凭它们专注的神情，中士认为羊们已经理解了他的意思。

曾经有一阵子，中士从那些出差探家回来的兵们那里得知，喀什已经通上了客车，以前过往的都是货车，中士的心里就更慌了，那种想看到真火车的愿望更强烈。其实，中士放羊的荒滩离火车路并不算太远，二十几公里，在新疆这不算什么，中士出去放羊也很自由，他完全可以赶着羊去一趟铁路边，看一回火车。但中士没有这样做，他不愿违反纪律更不愿耽搁了羊吃草，他也不能把羊们扔在荒滩上自己一个人去看回火车。按说这荒滩上几乎没有人烟，被他训练出来的羊们，也不会乱跑的，但中士始终没有这么做，他更明白自己的职责。

进入仲秋以后，即将复员的老兵们开始议论复员的问题了。中士晚上回到中队后，偶遇上老兵们一堆一堆地议论，他也过去听上几句，老兵对中士说你不用听，你的问题没得到解决，又不复员。中士想想也是，自己的伤残待遇批复没下来，中队肯定不让他走，就说他想听听今年老兵复员怎么走。老兵们说咋走也是中队长说了算，不过咋走还不是个走，只要能回到家就行。

中士说这很重要。他就去问中队长。中队长对中士说，支队早有计划，内地的兵在巴楚集中，然后乘火车返回内地，本地的在巴楚集中后，分头回家。中士急问和田的兵怎么走？中队长认真地说，中士你又不复员问这干什么？中士说我只想知道和田的复员兵走不走喀什。中队长笑了，说怎么会走喀什呢。绕一个大弯子太远，到时从巴楚走莎车多近。中士急了，说这么着他们就坐不上火车了。中队长说坐那玩意儿干啥？火车有什么好坐的。

中士有点失落，心里空荡荡的几天都不得劲，心想着和田的老兵太可悲了，现在离火车近了，却没有机会坐一次火车，一回到和田，今后还有机会乘坐吗？

中士在荒滩上给羊们讲评时，说出了自己的苦闷，羊们无动于衷地列队站在他面前，他讲了半天，也没有给他出一个主意出来，他和羊根本不可能交流。中士再听到火车鸣笛声时，心里一颤一颤地难受。

中士跟在羊群后面，那些凸起的沙包和一些孤独的红柳丛，就像秋天的背景一样贴在他的面前。在这个背景的后面，他听到秋风在红柳梢制造出一种悠长的哨音，带着秋天的遗憾从他心尖上轻轻划过，他的心颤抖着在秋风中飘来荡去，仿佛飘到了遥远的和田，他看到走在和田大街上同样披挂着阳光的人身上，仿佛总缺少点什么。

中士的眼睛模糊了。他的目光被秋风燃起的烟尘阻隔在生活的这面，这面永远是南疆荒芜的秋天，一切变得异常淡黄，地上的荒草在由绿转黄的过程中水分已经减少，有些已经枯干的草叶在风中轻飘飘的，只要是在秋天的景象里，天一下子就显得高了不少。所以一到秋天，人们就变得异常惆怅。

中士踩着秋天阳光的碎片，他的脚下一高一低的全是秋天留下的坑凹，这些坑凹上升到中士的心里，将会在他心里留下永久性的纪念，这些纪念会叫他怀念一生，他不会有半点抱怨。中士已经遗忘了过去的伤痛，他在牧羊的两年时光里，通过他自己的努力，从对羊群的训练已感知到了一个士兵一生的荣耀。中士知足了。中士在心里谋划着在这个秋天应该有些新的想法，是什么想法他还没有头绪，如果在他的这个想法思谋成熟后，唯一让他感到遗憾的，是他没有能在此之前去一趟喀什。

你看到了火车吗

如果仔细去看，兵营在所有当过兵的人一生的旅程中，确像一个码头。兵们从这里上岸，驻步，作长久的停留，然后，又从这里下船，各奔东西。

每到秋天的时候，中士面对一批批退伍的老兵，总有种站在码头上送别亲人的惆怅感。为此，中士几天内心里都是沉甸甸的。和他一起入伍的同年兵已被他送走了，剩下他一个真正算作老兵了。他在荒滩上放羊的时候，有时会有种孤单感。一回到营区，虽然中士很少和兵们在一起相处，却有了群体感，那种只属旅人的来而复往的心态就平静了下来。

这种平静往往能维持很长时间，甚至一年，一旦到了老兵又要退伍的时候，中士的心里又动荡不安起来。这一次，中士要送走的将是比他晚入伍的兵们，他们在中士眼里曾一度是以新兵的形象存在着，现在他们也要离开这个码头了，他这个老兵还要在这个码头坚守多久？

中士这几天早早地就把羊群赶回了中队，趁还没开饭的工夫，在中队营区里走来走去，这里看看，那里瞅瞅，最多的时间是去各个班转转，和那些将退伍的老兵说上几句话。中士以前可不是这样的。以前，中士回来后，不是清理羊圈就是梳理那一大堆用来给羊过冬的干草。他总能把干草码得像军被一样整齐。今年的干草垛还零乱地堆在羊圈旁，中士从旁边走过，像没看见似的。为此，司务长都提醒过中士几回了，说要派些人帮中士把干草码起来。中士总是说不急，等草干透了再说。

秋天的暖风已经把干草里的水分榨得够净了，那些绿里透黄的干草在温热的阳光下散发出淡淡的香味。中士在草堆前走来走去，草的香味跟随着他荡来荡去，他呼吸着股股清香，却没有要动草的意思。

终于有一天，中士自发地唤来几个老兵，把干草堆码了起来，像往年一样整齐，用梳子梳过似的。帮中士码草的老兵们奇怪，中士从来都是自己一个人干这些活的，他一高一低地瘸着，忙乎出一头汗水也不要别人帮忙，今年中士有点反常，他是不是厌倦了放羊？从中士对羊群那份细致上，一点儿也看不出他有丝毫的厌倦，夜间的自卫哨发现，中士最近比以前更勤快地每晚要到羊圈去几次，一会儿给羊加些饮水，一会儿又添些夜草。

中士的举动也引起了中队干部的关注。中队长还没有来得及找中士谈最近的情况，中士倒先找中队长了。

我要退伍！

中士是这样对中队长说的。

为什么？中队长一惊，急道，你的伤残批复没有下来之前，中队确定你继续留队服役。

中士平淡地说，我不想要伤残批复了，这样一年一年地留着，对中队是个负担。

什么负担不负担的，你别动退伍的心思，只要我当一天中队长，就得给你解决了问题才放你走。

中士从中队长无法改变的语气里读出了一种坚定的硬度来，他软了下来。

中队长趁机对中士说，你最近有点反常，如果是为退伍的事，就趁早打消念头吧。我也知道让你放了两年羊，很辛苦，等老兵走了，找个新兵换下你吧。

中士强硬地说，不叫我走，我还放羊吧，只是……

你说吧，中队长用鼓励的目光望着中士，说，有什么话就说，你一直工作得都很认真，我们很信任你的。

中士就说道，中队长，能不能组织退伍的南疆老兵去看一次火车？

中队长一愣，随即哈哈大笑道，这是什么话？组织去看火车，这话传出去会成大笑话的。

中队长，中士认真地说，南疆人大多没见过火车，现在火车通到喀什了，铁路离咱营区就二十多公里，去看看真火车也算没有白出来当一回兵。

中队长打量了一下中士，说，中士你是想家了吧，这火车一叫，谁心里都动了。这样吧，你四年了没回一次家，我批你的假，你回去探家吧。

中士说，我是说这些老兵中有些还没见过火车，我探不探家不重要，他们退伍时不走喀什，就没机会见到火车了。

退伍走的路线是支队定的，中队长说，这个我没法更改，但我可以接受你的请求，组织老兵去铁路边看一回火车。

真的？

我什么时候说过假话？中队长说，不过，中士，你还是探次家吧。你这种情况，回去一次看看也好……

中队长说不下去了，他为自己没能力催上面尽快批下中士的伤残证明而自疚。

中士站着没吭气，来来回回地在地上走着。

中队长望着中士一高一低晃动的身影，那些从窗口钻进来的秋阳，像金黄的沙子撒向中士的身上，被中士一高一低的肩膀撞得四处乱溅，有一些飞进了中队长的眼里。他的眼睛涩涩的，涌起一股股酸水。他强忍着，半天才说，我命令你探家，明天派人接下你的工作，后天你就走！

中士就收拾东西准备探家了。

兵们听说中士要探家了，都跑来看中士。有些老兵开中士的玩笑说，这么突然急着回去探家，该不会去相亲吧？

中士脸红了，支支吾吾地说，没有的事，我只是回家看望父母。

有个知底的老兵说，相亲就相亲，这又不是丢人的事。我们都知道，中士你一直和一个叫什么玲的女同学通着信，恋了好几年了。

中士急了，胡说什么呀，去去去，别妨碍我收拾东西了。

老兵们还要取笑，中队长来找中士，才把一帮老兵轰走了。

中队长给中士送来一条红色的真丝巾，说，把这个带上，回去找机会送给你的那个女同学，如果她收下了，就有戏了。

中队长的这条丝巾是他托人从巴基斯坦口岸上买来的，非常精致，他很喜爱，曾几次拿出来炫耀过，说要送给他远在乌鲁木齐的爱人。

中士不接。

中队长说，叫你带上就带上，说不定能起点作用的，现在的女人都喜欢外国货了。

中士说，这是你给嫂子买的，我咋能要呢？

她已经有人给她买了更好的，不需要我的了。中队长神情黯然地说。

中士早就听说中队长和他爱人闹矛盾，两地分居，那个女人好像有了外遇，具体是什么结果，他不太清楚，但他拒绝接丝巾。

中队长火了，拿上！推什么推？哪像个当兵的样子。说到这里，中队长语气又软了下来，对中士说，你别有想法，腿脚有点毛病，千万不要自卑，好女人多得是，说不定那个什么玲就是个好女孩呢，凭你的人品，她会喜欢你的。

中士想说什么，又没有说。他心里明白，他的那个女同学刘玲和他一直通着信，却没有建立别的关系。他也曾想过和刘玲说些别的，但一直没有好意思写出那些话来，尤其是后来他的脚受伤残疾后，他更不敢想了。只是他有意地在信中提起过这事。他把自己的伤残编在别人身上，写信给刘玲，刘玲回信还说脚有一点儿伤残怕什么，一个人最重要的是品质，刘玲的观点让中士感动了好长时间。但这次自己瘸着腿回去，刘玲见了，会是怎样的反应呢？中士不敢想那种场面，尽管他和刘玲之间没有什么承诺，但他想刘玲会受不了这个现实，他毕竟没有告诉过刘玲，那个脚受伤残疾的人就是他自己，他有种欺骗了刘玲的感觉。

中士不再多想。他一直坚持不探家，就是怕自己瘸着回去见亲朋好友。他不知该怎样向他们解释。现在要回去了，心里却坦然了，迟早要面对他们，怕什么？自己又不是干下丢人的事。

中士就接过了中队长的丝巾。

中士为了不叫别人送他，一大早起来就一个人提着包走了。他不想叫别人送，一个原因是他不想叫别人去场部借牛车什么的太麻烦。从营区到公路上有二十多公里地，不通车，一般他们都是借场部的牛车当运输工具，很不方便。另一个原因是中士心里有一个不想告人的秘密，他想去火车路边，乘火车去喀什，绕道回和田。中士一心想着乘坐一次火车，这在他的经历中，其实在南疆大多数人的经历中，是个空白，就像许多人一生没乘坐过飞机一样，到死也是个遗憾。

中士步行着，走在石子铺成的简易便道上，四周全是荒滩，有的地方稀稀拉拉地长着一些茅草。这些草中士再熟悉不过了，他赶着羊群在荒滩上的草丛中穿行了两年，对草的喜爱也绝不亚于羊群。

中士看到路边的草都不太好，可能是有人割过，有草的地方不多，倒是那些无所顾忌的红柳一丛一丛地长了不少。秋天正是红柳花盛开的季节，红柳花不大，米粒一般紫红色的花朵像一串串燃烧的火焰，拥挤在一起，共同怒放在这个即将凋零的季节里，给萧瑟的秋天增色不少。荒滩上的秋天因为红柳花的粲然开放，行进速度缓慢得多了，这样的季节比荒滩上的春天丰富多了。唯一叫人神伤的是那些已经开始干枯的茅草，预示着一个季节即将远行。空气十分温和，黄灿灿的暖阳洒下来，那些枯黄的茅草上像泼了一层金粉，闪闪发光，直耀人的眼目。

中士因为没有羊群跟着，不用操心它们吃草，心却有点空落。他已经过惯了每天赶着羊群放牧的生活，对这种轻松自由的行走起初有些不太适应，就像过惯了军营生活的兵们一到外面的世界，看到前面有人走路，无形中就倒换了自己的步子，和前面的人走成一样的步伐。中士的心里装着中队的羊群，就格外注意周围的草地，又加上他腿脚不太灵便，二十多公里的路程，他整整走了六个多小时，但他一点儿都不觉得累，没有停下歇息过。

直到中士看到高出荒滩许多的路基横在面前，他才停下步子，仔细看了看，发现那就是在自己心里想过无数遍的铁路了。中士兴奋地喊叫了一声，一瘸一拐地跑上了路基。他看到了两条坚硬的铁轨平铺在路基中央，向远处伸去。他前后看了看，铁轨长得看不到头，像电视上的一样。

这就是铁路！

中士激动地蹲下身子，用手摸着铁轨。铁轨的半边亮得晃眼，另一半却生着锈斑。中士知道亮的那边是火车轮子摩擦亮的，就专注地用手摸着发亮的那面，手指感觉特别光滑。中士在铁轨上坐下，凝神望着远处，等待着火车的到来。

等待的时间过得很慢，中士按捺住心里的激动，不时地抬腕看看表，离他每天在荒滩上听到火车鸣笛的时间还有一个多小时，他的心已经开始慌慌地跳了。为了掩饰自己的慌张，中士不断地到路基边上尿尿，自己镇静着，心想都当四年兵了，咋还像个小孩子似的，第一次见个火车也这么紧张，真是没出息。这么想着，心里有点悲哀起来，都世纪末了，火车已不是新鲜事物，他这个南疆人却为见个火车这么激动。如果过一会儿火车来了，自己坐上去，还不知激动成什么样子呢。

一个多小时太难熬了，但还是熬了过去。

当中士感觉到脚下的铁轨开始震颤时，他看到东面的铁轨尽头已有了一个烟头一样的黑点在晃动，金色的秋阳下，那个黑点异常明显并且在不断地生长着，逐渐长大。

那是火车！火车来了！

中士惊叫了一声，兴奋地在铁轨上跳了起来，两眼紧盯着那个越来越大的黑团，那种早已在电视上熟悉了的火车行走声正从远处传来。中士不能自已地上蹿下跳，不知怎样才能表达自己的感情。

在秋阳蒸腾下似水汽般飘忽的远处，黑团逐渐长大了，一下子，在中士眼前变成高大威猛的火车头，那"哐当哐当"的响声像血液一样正渗进中士的血管里。他兴奋极了。

突然，一个念头跳了出来，中士冷静了下来。

火车要是不停怎么办？

这是个现实问题。中士一回到现实中，才感到问题严重了。他看到电视上的人都是从火车站上的火车，这里没有站怎么办？中士要坐火车去喀什，他要探家回去的。

火车的轮廓已经明显地出现在中士目光里了，中士急了，冒出了一头的

73

汗水。中士头蒙了，以前没想过这个问题。

怎么办？

中士在火车越来越逼近的时候，突然冒出了个念头：向火车招手。

中士认为这个念头不错，就举起手，使劲向远处的火车招手，他想他的这种举动会引起火车司机的注意。他认为火车会像汽车一样在他面前停下来，他可以从容地走上火车，坐在上面，一直到喀什。

火车越来越近了，脚下的土地簌簌地颤动起来，铁轨也隆隆作响。中士已经看到了火车头后面一长串墨绿色的车厢，他拿着行李跳到路基边上，侹劲地挥动着手。

那种哐当声怒吼着向中士冲来，一股黑色的劲风猛地扑到中士身上，差点被推倒，他倒退了两步。

乌黑的火车头呼啸着从中士的面前一闪而过，车轮和钢轨发出刺耳的尖叫声，震得中士头都木了。

中士不相信眼前的一切竟然就这样发生了。火车从他的面前一节车厢一节车厢地奔了过去，他甚至看到了每节车厢里旅客的身影，有的还向他挥了挥手。中士望着一闪而过的车厢，他的右手还举着，那种叫作悲凉的东西爬满了他的心头，从没有过的巨大失落感使他差点岔过气去。他傻愣愣地站在那里，对火车的美好想象一下子全成了粉末，飘浮在秋天的空气里。

中士失望极了，望着远去的火车尾巴，真不知该怎么做才好。

这时候，一声尖厉的鸣叫声骤然响起。这声响彻晴空的叫声像一把锋利的刀子将秋天劈开，那种延长的汽笛在秋天的两半里冲来撞去，一下子就撞在了中士的身上、头脑里。

中士醒了，这是火车，这就是火车！

中士听到秋天的空气被火车的尖叫劈开后落在地上的响声，他的心一下子也给吸引住了。他理解了火车，火车有它的规律，不然咋叫火车，就像秋天咋叫秋天一样，肯定有它一定的道理。中士当了四年兵，更应该明白这个道理。

火车在中士的心目中又神圣了起来。

那声汽笛传到遥远的荒滩上，跌落下来，消失了。中士望着远去的火车又变成黑黑的一团，那种哐当声在逐渐减弱的时候，中士想起了什么，从怀里掏出中队长送给他的那条红丝巾，向远去的黑点使劲地挥舞着，致意着。他在心里默念着：我看到火车了，红丝巾也看到火车了！

　　泪水模糊了中士的视线，他看不到那个小黑点了。中士收回红丝巾，捧在手里，泪水滴到丝巾上，洇成了两个黑红的斑点，像两个又大又圆的眼睛。中士看着丝巾上的湿点，像看到他的同学刘玲那双美丽的大眼睛，正深情地注视着中士。中士心里一热，说了句：刘玲，你看到火车了吗？

天　气

　　今年夏天，我出差路过老家，事先给哥打了个电话。哥说，顺道回一趟家吧，你又有一年半没回来了，父母都很想你。

　　父母越来越老了，人一老，似乎感情也越来越脆弱，对于亲情的依赖也就越来越深，如果过上三五天不打个电话回去，父母他们就在家里坐卧不安，还要充分地发挥他们丰富的联想，以为我出什么事了。到最后实在忍耐不住，逼着哥给我打电话，要问清我到底是怎么回事。大凡这个时候，我都是用工作忙搪塞，大概也只有用这样的理由才能让他们的心真正安静下来。其实我一点都不忙，只是我怕给家里打电话，更怕回家，原因是这几年只要我回一次家，父母准得吵好长一段时间的架。他们吵架也不是他们之间有不可调和的矛盾，其实都是别人的事情惹的祸。这些事情都与我的父亲有关。父亲原本不是个很虚荣的人，我从乌鲁木齐调到北京，在村里许多人看来，北京几乎是他们一个遥不可及的梦想，甭说在北京工作，就是来趟北京，那也是值得炫耀的一件大事。所以，有一个在北京工作的儿子，父亲受到了许多村人艳羡的目光。这使父亲十分受用。父亲是一个很热心的人，如今他的儿子又到了北京，他的热心就发挥到了极致，便经常地而且十分得意地揽些村子里左邻右舍儿女们要当兵、考学、提干、转士官的麻烦事来。母亲在学识上不如父亲，可母亲却比父亲更能体谅我的难处，她是用同情的心态来看待我的，或者是我常说的工作繁忙让她更多地对我有了心疼的成分。她骂给我揽这些

76

事的父亲。父亲不服，他一点也不觉得这是在给我添麻烦，而认为只要能把他揽来的这些事办成，这是为我，也为他在村里人面前争光。父亲就和母亲吵，说母亲目光短浅，根本不懂这些人情世故，他们一吵起架来，全家人都毫不犹豫地站在母亲这边。父亲孤零零的一个人，势单力薄，显得很可怜。我虽然也能理解父亲，甚至也同情父亲，可我只是一个记者，并没有父亲想象中的那么有能耐，去帮他达成愿望，办成这些事。没办法，我只好尽量减少回家，也只有这样，才能减少父母为别人的事吵架的次数。

这次看来不回家是不行了，从家门口经过，不回去说不过去。大禹当年治水三过家门而不入成为史谈，如今，我还要玩这个的话肯定落人话柄，成为笑谈。所以开完会后，我顺道回家，主办会议的单位出于好心，派了辆车送我回去。车是桑塔纳，小轿车，对既没权也没势的我来说已经够不错了。车子刚到我家门口，村人围了过来，我推开车门走下来，有许多目光落在我身上，我看到他们脸上写着不同的内容，可一律都是带着笑意的。我忽然心里一热，自豪感竟像气球一样，慢慢地膨胀起来。这种感觉，还是很美妙的。我掏出了一包精装的"红塔山"，准备一下车就给众人散发，好风光一把。可在这时，有人突然说了句："哟，回家来咋还雇了个出租车啊！"我连忙说："没有啊，这是人家单位上的车。不是出租车。"那几个人上来，从我手里接过香烟，一边点火，一边不停地瞅着车说："这不，红色的，不是出租车还能是啥车？"一下子，倒把我给问住了。送我的车确实是红色的桑塔纳，跟北京城满街跑的红色出租车一个颜色，也和我们老家县城街道跑的红色夏利车颜色一样，他们见到的出租车都是红色的，所以他们认为红色的车都是出租车。既然这样，那又有什么理由说这辆红色的车就不是出租车呢？送我的驾驶员那天刚好没穿军装，从车上下来手勤脚快地拿着抹布不停地擦车，看上去还真像爱车的出租车司机，我跟眼前的这些人咋能解释得清呢？

干脆，我不解释，冲着那些人笑笑，叫上司机穿过那些目光走进了家。

我父亲却留在外面，非要给那些人讲个明白。这个时候，车是部队单位的车不是出租车对他来说，反倒比我回到家显得更重要一些。也不知他到底讲明白了没有，过了一会儿，父亲回来了，一脸的不高兴，往沙发上一坐，闷头抽起了烟。

我知道父亲也解释不清，那些人压根儿就不相信，不相信不说，反觉得父亲非把一辆出租车说成是部队的车，是在向他们炫耀。父亲为此生了一肚子闲气，母亲一见，却高兴地对父亲说："这下，你该没话说了吧，整天揽别人的事，还和我吵架呢，看你吵得值不值，现在知道了人家是咋对待你的吧。"母亲一副幸灾乐祸的样子。

我生怕父亲为这事又要和母亲吵起来，赶紧岔开话题，问今年麦子的收成咋样。

谁知这一问，父亲不高兴了，冲着我说："你这个时候回来干啥？麦子刚割完，你就不能晚回来几天？"

我刚要解释这是会议上安排的时间，不是我自己能决定的。母亲却说："你爹是不想叫你回来干活。这不，麦子割完了，还没有碾呢，你这个时候回来，赶上这活，怕你受不了……"这时母亲倒又和父亲站在一条战线上了。

"这有啥怕的？"我说，"你们放心吧，我还能干。以前我又不是没有干过。"

父亲看了我一眼，说："我没说你不能干，只是这活……磨人。你前几天打电话回来，我就给你哥说，叫你别忙着回来，这时回来在家也待不长。我和你妈只想等你放假时，你和媳妇孩子一起回来，一家人热热乎乎地……"

我心里一酸，说不出话来，眼眶里立马有些涩涩的感觉，我赶紧别过脸，看着别处。

父亲看出了我的心思，忙又说道："你既然已经回来，别人也都看到了，你不去干点活，别人会说闲话的，你就到打麦场上转转吧，给送送水啥的，就成了。这点活，哪要你插手呢，一家人几下就做完了。"

我赶紧说："这哪行呢？回来既然赶上了，就得干点活，不然，我这心里……不好受。"

父亲吸一口烟，等烟雾散尽了，才说："有啥不成？你看那些坐办公室的，谁还干这种活呢，就是干着也不像。"

我忙说："我咋是那种人呢？我还是去干些活吧，免得让别人说闲话。"

父亲白了我一眼道："你如今也算是个县团级了，咋不懂我和你妈的心思呢，你啥时候才能像个领导似的，也摆摆谱，叫别人看着你出息了呢。"

我一听，有点哭笑不得："我只是一个记者，也就是搞文字的，哪里是什么领导。"

"北京那可是首都，就算你不是领导，可也比一般人强吧，那地方能是一般人待的？再说了，你不是领导，人家能用小车大老远专门把你送回来？"父亲言之凿凿，他的表情看上去很自豪。

我听了，一时还找不出合适的来说，又怕说重了，让父亲难堪，只好什么也不说算了。

第二天，我像个领导似的起得很早，全家人都还没有起床，我轻轻地打开大门，到外面去跑步锻炼。天刚蒙蒙亮，村子还处在一片寂静之中，像个仍在熟睡中的婴儿，偶尔从遥远的方向传过来几声狗叫或者鸡鸣，乡村味浓极了。我深吸着这种久违了的气息，跑了一阵，感受着乡村的宁静和安详，心中升腾起一种温馨的感觉。

天边的黛青色在一点一点地褪去，东边的天际泛出丝丝淡红，周围的天空则显出那种清亮的蓝色来。从闷热的气流里，能肯定今天是个好天气。我围绕着村子转悠着，想找一个能施展腿脚的地方，不时碰上一两个早起的人，不是背着书包的小学生，就是刚过门不久看人都带着羞涩神态的小媳妇，我全不认识，我离开家太久了。他们大概知道我是谁，想和我打个招呼的样子，我微笑着迎上去了，他们又赶紧躲避开。我知道我的微笑有点像快离休的领导脸上的那种，是虚假的热情，他们看清楚了，认为不值得和我打招呼。

我只好讪讪地收起虚假的笑容，很无聊地走了。

来到村子东头，在一个打麦场上伸胳膊踢腿地锻炼了一会儿，正要拿着架势打一套太极拳时，从麦垛后面冲出一个老头，从他走路的姿势和速度上，可以看出他是冲着我来的，并且气势汹汹的。

我忙收起拳路，愣在那里。

老头冲到我跟前，我才认出他是建成叔，便叫了他一声。

建成叔的头发白得差不多了，头顶剩下的那点灰发，就像扣了个花帽子，两个鬓角白发乱七八糟，像寒冬里衰败的枯草一般，衬着他那张同样泛着淡黄的脸色。他一看清是我，愣怔了一下，头顶上的"帽子"感觉就要掉下来了。他抬起手，没有去扶正"帽子"的意思，而是擦了擦眼窝，好像要把清晨纠缠在里面的一些杂碎清理掉，以免影响他的视力，他擦拭完眼窝，又眯着眼很仔细辨认了我一会儿，紧绷的脸才松弛下来，他说，原来是你呀，我就说呢，这村里哪个年轻人能起这么早呀。

我笑笑，说，建成叔，看你的来势，是不是把我当成了偷麦子的贼呀。

他的脸红了一下，绕开我的眼神看着旁边说，看你说的，我——这是路过呢。你这是——锻炼呀？你接着练，我还有事呢。

说完，他急急忙忙地走了。

我看着他一摇一晃的背影，他头顶上的那个"帽子"一跳一跳的越来越小了，我的心很空落，打太极拳的兴致一点都没有了。村子里传来各种各样的声音，很多屋顶有了袅袅的烟岚。清晨的寂静已经结束，我该回家了。

回到家里，父母已经起来了。母亲看着一头汗水的我说，你就不多睡会儿，起早了还到外面瞎跑啥呢，这天气，跑一头的汗。

父亲不满地白了母亲一眼，说，你知道个啥呀，这叫晨练，城里人都这样呢，尤其是当领导的，把锻炼身体看得比啥都重。

我没有接他们的话，却说，今天看来是个好天气，咱们趁早先把麦摊到场上，吃过早饭就可以先碾一场了。

父亲抬头看了看天，说，不急，等等再说吧。

还说我是领导呢，这点权都不放给我。我开玩笑地说。

母亲看了看我的脸色，说，这天说不准呢，回头，还是叫你哥先到建成家麦场上去看看，咱们再定今天碾不碾麦。

我刚才在村东头的麦场上，碰到建成叔了。我奇怪地说，咱家碾麦，看别人家麦场干啥？

父亲没搭这个话，他问我，你刚才到他家麦场上去了？他看到你，没有生你的气吧？

我摇了摇头道，我不知道是不是他家打麦场，我在那里练了练拳脚，他生啥气呢？

父亲说，看来你还真忘了，全村人碾麦，都要看你建成叔家呢。

母亲说，也难怪，你出去都二十年了，从来就没有赶上碾麦时回来过。你建成叔可是个活天气预报呢。

母亲这么一说，我才恍然想起以前的建成叔来。母亲说建成叔是个活天气预报，说来也是一件怪事，夏天收割完麦子总是要碾的，可是不管看上去多晴朗的天，只要建成叔家摊开麦子，过不了多久天就会变，而且非下雨不可，他家的麦子每年都淋雨，大多发霉变质了。他家碾麦子就表示天要下雨，这比广播里正儿八经的天气预报还要准确。以前，也不知道是谁先发现了这个邪门事儿，村子里的人每到碾麦时，都要去看看建成叔家摊麦子没有，如果他家摊开了，太阳再怎么红彤彤的，大家都宁愿守在家里也不摊麦。曾经也有人不信这个邪，看着天气挺好的，就和建成叔家一起摊开麦子，可碾着碾着，天就突然变了，不一会儿就来了雷雨，场上的麦子没少淋雨。经过这样的几回，就没有人不信这个邪了。后来，大家碾麦时，都以建成叔家摊不摊麦子为准，只要他摊了，全村就不会再有第二家摊。为此，建成叔又羞又恼，没少和人吵架。我原来在家的时候，为看建成叔摊没摊麦子，还挨过他的骂呢。没想到，二十年过去了，天气预报都精确到了一定的地步，大家还要看建成叔对天气的感应呢。

哥披着衣服从屋子里出来，打着哈欠说，也有失灵的时候，去年不就有一次，建成叔家没摊麦，大家都纷纷摊了，可摊着摊着，天下雨了，反倒是建成叔在一旁窃笑。不过即使有失灵的时候，大家还是宁愿迷信他，而不信天气预报。

想想也是，这二十多年来，我在城里，天气预报对我来说，也只是添减衣服，偶尔碰到有大雨就带把伞而已，基本上就没有细想过，夏天里正是艳阳高照、晴空万里的天，突然来场雷阵雨，这会叫多少人措手不及，乡村里又有多少麦子被无辜地泡在雨水里。反正，在城里吃的都是没有霉变的白面。

父亲瞪了哥一眼，说，你瞎咋呼啥呢，快去看看你建成叔家摊没摊麦子。

哥嘟嘟囔囔，十分不情愿地去了。

父亲对我说，唉，你建成叔也不知道是啥变的，日怪了，他咋就这么倒霉呢。

咋了？不就是他碾麦子天会变么，这么多年都过来了。

母亲叹口气说，你不知道，他一直不顺。几年前，他的儿子柱子，你可能都记不起他了，你离开家时，柱子还是个屁大点的孩子，后来长大成小伙子，却是个愣头青。那年夏天，为碾麦子的事，柱子嫌你海兴叔的儿子去他们家麦场上看了，两人发生口角，柱子在气头上，把你海兴叔的儿子失手给打死了。谁都知道，你海兴叔的儿子有先天性心脏病，可那是个独生子啊！

后来呢？我一惊，急问。

父亲说，就为了点闲事，惹下这么大的祸，柱子给抓走了，判了十二年刑。你海兴叔那一阵子每天还上你建成叔家去闹，要寻死寻活的。柱子他妈差点气死，躺下后一直病到现在。你建成叔愁啊，才几天工夫头发就白了一半，身体也不如以前了，还不知道他能不能等到柱子从监狱里出来……

母亲接过来说，这还不算，你建成叔有个丫头，叫瑛子，念了个初中，就懂啥法了，也不好好念书，非要嚷嚷着到县里去告状，说啥，他哥打死的人有病，又不是故意的，要给他哥减刑。县里没有人听她的，她又跑到省里，还是没有人听，但她还是告，说是要到北京去告呢。她这一告吧，这死了独生子好不容易才安下心的海兴又开始闹了，和建成天天干仗，闹得建成没法子，把瑛子狠狠打了一顿，关在家里，不准她再去告状。那丫头倒好，记恨起她老爹来，竟然翻窗户跑了。这一跑，就再没有回来，有几个年头了吧。

父亲附和着说，嗯，三年多了，那确实是个偃丫头。

这时，哥回来了，他插上话说，你们是说瑛子吧，她偃个啥呀，前阵子听林旺说，他在河南郑州见到了瑛子，她出去混了几年，早就没有给她哥翻案的心思，林旺说她在歌舞厅当三陪，挣大钱呢……

父亲跳起来，冲着哥道，你胡说啥呢，去年不是听去过西安的金祥说，瑛子在西安呢，说这丫头在想法子挣钱，告状需要钱啊。一个姑娘家，已够不容易了，你还尽往坏处说人家。

哥强辩道，我往坏处说她啥了，前一阵子听跑生意的有财从广州回来说，他在广州的……那种地方，都碰上瑛子了，她打扮得像个妖怪，在接客呢……

我听着心想，幸亏我们村里的能人少，只去过郑州、广州，不然，要是还有出国的，可能会在美国、俄罗斯碰到瑛子在外国干什么呢。

爹还在愤愤地说着，好像他这样说，就能够减少建成叔的苦难似的。

现在的人，有钱谁不会挣，哪个还愿意为一个没有结果的事费尽心机，到处奔波？瑛子也不是傻子，她还能想不通这个道理，何况做那种事的人，赚的钱可不少……

哥仍自顾自地往下说。父亲很生气，见哥还要喋喋不休地说下去，就冲着他吼道，就你话多，我叫你去看建成家摊麦子了没有，你去了没有？

去过了，他家还没摊呢，不知吃了早饭摊不摊。

你们就不知道，别人在西安碰上瑛子，也是在那种地方……哥似乎意犹未尽，还在往下说。

父亲打断哥，说，洗你的脸去吧，吃过饭再去看看，如果你建成叔不摊麦，咱就摊！

夏天的天气就是小孩子的脸，说变就变，看似晴朗的天，不高兴了眨眼之间就飘来一堆乌云，几分钟内会下一场暴雨，把摊在场上的麦子泡在雨水里，这对忙碌了一年的农人来说，是最伤心不过的事了。谁也不愿看着自家的麦子泡在雨水里，可天气预报里报的天气情况总是没有现实中的天气变化快。为了一年的收成不泡在雨水里，大家都盯着建成叔，虽然他的不幸让大家也很为他难过，可毕竟生活更重要些，农人生活的最大一部分就在粮食上，而建成叔在摊麦子的事情上，那无比灵验的验证使大家慢慢地对他形成了一种依靠，这的确叫建成叔有点哭笑不得，每年的夏天他就成为村里人备受关注的目标。

建成叔为此非常恼火，对全村的人几乎都发过火。可发火有什么用呢，他谁也阻止不了，大家依然还是看着他的行动，就是建成叔的儿子失手打死海兴叔独生子那一年，大家虽然也抱着同情心却依然还是这么做，不敢明着去建成叔家的麦场上看，就偷偷去看，没有人愿拿一年的收成当儿戏。村里人出于无奈，却伤害着建成叔的心。听父亲说，建成叔为了报复大家，经常搞一些突然袭击，比如有时到大中午了也不见他摊麦子，大家都放心地去摊自家的麦子了，午后，建成叔突然召集全家摊开麦子，弄得大家惊慌失措赶紧收拾自家的麦子，以防被暴雨袭击。建成叔偶尔碾一场好麦子，只是这样的机会非常少。建成叔像他家的麦子一样，一直活在霉运里。

我去看了一次建成叔。

是个晴朗的午后，太阳热辣辣的，像个火球，这样的天气，怎么看都不像会下雨。当时建成叔顶着个白头颅，正在他家的麦场上摊麦子，一看我来了，他像见了上面来检查工作的领导，慌得停下手里的活，我……你的……嘴里嘟囔了半天也不知该说什么。

我看了看他摊的麦子，随口问了句，建成叔，你摊麦子啊。

建成叔脸唰的一下红了，他低下头，不说话了，闪烁不定的目光也移到了别处，他那枯草一般的白头发，却让我又一次真实地看到了他的凄苦。

我无意识的问话刺中了他的要害，心里很难受，赶紧补充道，叔啊，我不是这个意思，也不是来看你家……我家的麦子早已碾完了，我……是来看看你。叔……你还好吧？

建成叔抬起头来，对我勉强笑了笑，说，大侄子，我早就想过去看你，只是我……一直忙呢……

叔。我叫了一声，却没有话说，那些话就像哽在了喉咙里，怎么也吐不出来，我随手从地上抓起一个麦捆，想帮他摊麦子。建成叔一看，惊慌失措地从我手里抢下麦捆，说，这可不成，可不敢叫你干这个，听说你调到京城去当大官了，咋能叫你干这个呢。

我只好又给他解释了一下我的情况。

建成叔当然不信，他对我晦涩地笑了一下，说，你骗叔干啥，叔又不找你办事，现在的人，都顾自己呢。其实，我那天看到你回来，都看见是省城部队里的车送你回来的，他们都说送你的是出租车，我去过省城，知道那可不是出租车，你给叔装啥呢……

他还在嘟嘟囔囔地说些什么，我的脸已经在发烫了，我无心再听他说这些，支吾着，赶紧离开了他家的麦场。

这几年，我最怕村里的人用这种口气跟我说话了，他们都认为我混出息了，有了各种各样的难事时，他们只管去找我父亲，让父亲给我施加压力。终了事办不成，就以为我在拿架子，不愿意帮他们的忙，在背后埋怨我，却从来不管我也有不顺和难处呢。

回到家里，我把去看建成叔的事给父母一说，他们听了都不说话。我的心里挺不是味，想着自己在外，虽不是如履薄冰，步步维艰，可也是谨小慎微。如今的社会是一个竞争非常激烈的社会，人和人之间的关系再也不可能透明得如同一块玻璃，谁也不知道今天对你一脸热情真诚的笑脸人，明天是不是就是把刀插进你软肋的人。一个人无论表面上多么风光，他的背后总有不为人知的艰难，何况我还真不是村里人说的那种风光人物。

我埋着头一个劲儿地抽烟，父亲看我不高兴，就说，你也别往心里去，建成这样说，也是随意说的，没别的意思。

母亲也开导我说，你建成叔也不容易，儿子进了监狱，闺女又没有下落，他心里难受，说几句就说几句吧……

我对父母说，我没有怪建成叔的意思，只是我……

我没有再说下去，父母也都明白我要说啥话，父亲微微地别过了脸。不一会儿，父母便扯起了别的话题。

我却心不在焉。

父母看出了我的心不在焉，他们自己说着也没啥意思，就不说了。

这时，突然传来一声炸雷，我们都被这声炸雷惊动了，相互看了一眼，我看到父母的眼神都很平静，父亲还淡淡地说了句，建成今天摊了麦子呢。

真是日怪了，这老天咋就死活和建成叔过不去呢。

顷刻间，暴雨降临。雨下得很猛，我们一家人站在屋檐下看着猛烈的暴雨发呆。我能想象出，此时，建成叔在他家麦场上的狼狈样子。

母亲叹了口气，说道，建成真是可怜，上辈子不知干下啥事情了，让老天把他记得这样清楚。

我看了母亲一眼，母亲的脸上还挂着对建成叔怜悯的表情。沉默了一会

85

儿，我对母亲说，我想帮建成叔一个忙！

母亲看了父亲一眼。父亲看着我，满眼的期待。母亲也看着我，似乎等我说话。

我说，我可以想法子给建成叔登寻人启事，帮他找找瑛子。

这回，父母没有为帮别人办事吵嘴，他们都表现出空前的兴致。父亲对我说，要是能帮这个忙，可算是办了一件大事呢。

母亲还欢喜地补充了一句，要能把瑛子找着，让她回家，可不就是帮了你建成叔的一大忙么，说不定从此以后，他的运气也就转了，以后我们摊麦就得多关注天气预报了呢。

不知是父亲还是母亲，把我的话告诉了建成叔，他到我家里专门来了一次。那天我刚好不在，去看我的老姨了，回来后听父母说了，我本想去建成叔家里找他，想了想，还是没去。我怕我去给他说了，如果找不到瑛子，不就是把他给骗了，也就真成了他眼里的只顾自己不愿帮助别人的人了吗？

回到北京后，我利用当记者的便利，给全国各地的朋友打电话，发电子邮件，在全国范围内展开了寻找瑛子的活动。

三个多月后，我的一个朋友在河南洛阳有了瑛子的消息。只是瑛子已经在一个叫阳水泉的村子里结婚，并且生了个儿子。瑛子是被人贩子贩卖到那里的。

进一步核实后，我赶紧给我哥打电话，把这个准确消息叫他赶快转告建成叔。

建成叔得到这个消息后，当天就带几个亲戚赶到车站，去了河南洛阳那个叫阳水泉的村子，找他的闺女瑛子。

后来，我听我哥给我打电话说，建成叔他们终于在阳水泉找到了瑛子。阳水泉是洛阳一个僻远的村落，虽然山水比我们村子要葱绿一些，可村子却尽是一些东倒西歪的房子，非常破烂。建成叔找到瑛子时，瑛子怀里抱着她的儿子。看到她爹，瑛子愣住了，而后哭得跟泪人似的。可到最后，说死说活，瑛子拒绝跟她爹回家。建成叔和几个亲戚只好含泪回去了。一回到家，建成叔就病倒了。

　　我想，可能是瑛子怕她的婆家难为她的家人，才这样的。我本来还准备托朋友找当地政府部门，帮助瑛子回家呢，可我哥说，建成叔让他转告我，不要再为这事忙乎了，瑛子愿意在那里，就叫她在那儿吧，她有了孩子呢。我的心里怅怅的，可到底这也是人家的事，也就放下了。

　　第二年夏天，快到割麦子的时候，哥突然给我打电话说，建成叔死了，他自从河南洛阳回去后，一直病着，这不，说死就死了。

　　我哥还在电话上说，建成叔这一死，今年打麦碾场时，可咋办呀？

　　我没好气地说，咋办，你不会看天气预报？！

风中的叙述

我要告诉你的，是我一生中很重要的一段经历。

这几天，我一直考虑要不要把它告诉你。我的脑子里尽是这些念头，不过这也不是实话，我其实很想告诉别人这个经历，只是话到嘴边，就不想说出口了。我怕一旦说出去，对她不好。她对那段往事一直不愿提及，不想去触及在她心中存放了很久的伤痛。可是她对我灵魂的那种冲击使我一直念念难忘。我曾想着让过去成为记忆，永远存放在心灵深处，可时间越长，感想越发多，想给谁诉说的欲望也越强烈。

你也看到了，我每次想说什么的时候，就很激动。为了控制住自己，我到盖孜河边去，把你们的目光甩到身后时，我才允许自己回想以前的那份甜蜜。眼下我什么也不想，只感觉到自己一个大男人站在河边独自伤感没有出息，好像这河边就应该是一个被人类遗忘了的世界。高原上起风时，河边的草地上发出沙沙的声音，河水翻腾着从我面前流过，是不是也会停下来陪我一会儿，听听我的往事？这条河能使我烦躁的心绪平静下来，倾诉的大门也随之打开，但我一直没有找到可以倾诉心曲的人，哪怕是一个傻瓜也好。在这寂寞的高原上，人怎能不倾诉呢？倾诉在这里是一泓清澈明净的泉水，能帮助我们这些高原上的人洗涤心灵里因为寂寞因为生活的枯燥带来的厚厚的记忆尘埃，使心灵变得开阔和平和……

现在，我遇到了你。

我自认为你是愿意听我诉说的，因为我发现你不是一个爱说三道四的人；从来没有听过你在背后议论谁，所以我才打算把这段经历告诉你。

我要说的是我和纯的故事。纯没有当过士兵，她是从地方大学毕业后，特招到基地医院政治处工作的，所以她对部队的一切规定不怎么懂。入伍的第一个夏天，她就以穿凉鞋而不穿袜子引起了大家的注意。政治处主任知道后去问纯穿凉鞋为什么不穿袜子，纯当时表现出不屑一顾的样子回答说，主任你关心下属真关心到家了。这么热的天，我不穿袜子你都得管？主任没有被纯的口气激怒，相反很耐心地对纯说，这不是我关心不关心的事，而是条例上规定军人必须穿袜子。难道你忘了你现在是军人了？纯这才低头看了看自己身上的军装，小声嘀咕了一句，难道部队上连穿袜子都有规定？主任说，你以为呢，不然怎么叫部队！

纯就这样因不穿袜子而出了名。我那时在基地机关工作，因为工作的性质，我经常去医院了解一些先进事例，看能不能写些报道之类的文章。和纯认识很偶然，那年我想写一篇地方大学生到部队后有什么认识的稿子，就到医院找到了这个穿凉鞋不穿袜子的纯采访。从那时候，我们就认识了，后来就成了好朋友。

最初认识纯的时候，我觉得她是个非常纯净的人。她对什么事都感兴趣。部队上单调、枯燥的事一经她的嘴里说出来，就会变得鲜活起来。每次她来找我时，总是毫无顾忌地说个不停，也笑个不停，弄得我的同事们对我很有意见。他们还认为我和纯有了另外一种关系。我已经是个有家室的人，有那种关系就不正常了。他们有时用这种关系捉弄我，开我们的玩笑。直到有一天，传来纯要结婚的消息，同事们才明白我们原来不是他们想象的那样，就不捉弄我了。

纯嫁的是她大学同学。他们上大学时就有了这层关系，所以他们各自工作上有了保障不久就结了婚。这一点儿都不奇怪。奇怪的是纯结婚后，和他的那个大学生丈夫一点都合不来。这个时候的纯已经习惯部队的生活，她已不是那个光脚穿凉鞋不穿袜子的大学生了。她喜欢早上起床后把被子叠得像豆腐块，家里的任何东西都按内务条令规定摆设得整齐有序，一日生活也有一定的规律，早上定的钟声一响必须起床。而她的丈夫却一点儿也适应不了她，经常把东西随便乱扔乱放，根本不顾纯的这种喜好。两个人先是从这些琐碎上开始提醒，后来她的丈夫对她的这种做法不屑一顾，说她不像个女人，是个被军事化了的机器。纯听后很生气，说一个男人如果对整洁和规律都到了无法接受的地步就不像个男人了。纯的丈夫听纯说他不像个男人，更是大为光火。后来就由拌嘴发展到争吵。时间一长，又相互赌气。纯是个争强好胜的人，她的丈夫受不了她的"军事化"生活秩序，不愿意遵守她的这一套生活方式，连她的这点习惯都忍受不了，往后的生活会怎样呢？而她的丈夫则更想通过这些事来改变纯。两个人都不习惯对方的性格和爱好，都想改变对方，可又都做不到为对方让步。这样吵了有一年多，两个人感情上出现了裂痕，到后来纯实在受不了她丈夫的喋喋不休和无理取闹，最后闹到提出离婚的地步，可她的丈夫却坚决不同意和纯离婚。那段时间，是纯最痛苦的时候，她的父母不在身边，她在单位又没有特别知心的朋友可以诉说自己的痛苦，于是，她就把我当成了她最好的朋友，遇到心情不好的时候，来找我诉说。我对纯的遭遇很同情，但我除倾听她的诉说，用一些苍白无力的语言安慰她劝她忍耐之外，没有办法帮她。这种事，说白了，怎么帮呢？

可事情却发展到我非帮纯不可的地步。有一天，纯突然给我打电话，说有重要的事要跟我说。我在电话上问她有什么重要的事，她却不说，非要我出去约个地方当面才能说。我不知道是什么重要的事，就去她指定的地方和她见面。一见面，我还没有问纯是什么事，她先伤心地大哭起来，哭得毫无顾忌。当时我们两个人都穿着军装，惹得周围的人不知道我们发生了什么事，都来围观，弄得我很难堪，赶紧拉纯到一个人少的地方。好不容易劝她止住哭声，问她到底发生了什么事。纯哽咽着告诉我，她丈夫打她，并且打了两巴掌。我一听就来气，这太过分了，她丈夫竟然动手打她。如果是一时冲动打一巴掌，还有情可原，可他竟打了她两巴掌。难怪纯这么伤心，在大街上哭了。她用一双悲切的目光望着我。我被她的目光打动了，她的目光温柔地包裹着我，像有隐藏的火在里面无限地燃烧，最终烧化了我的理智。在这种情况下，我如果不做出什么表示，就有点枉对纯的一番信任了。我就对纯说，你先别哭，我去找这个王八蛋。

在一个什么艺术中心，我找到纯的丈夫。她的丈夫长得白白净净，是个很有艺术气质的年轻人。我问他，你就是纯的丈夫吗，他傲慢地看了我一眼，很不屑地说了声是。我就质问他为什么动手打纯？没想到这么一个很有艺术外表的人根本不讲一点儿艺术行为和手段，对我的质问当即恼羞成怒，骂了一句脏话后就用轻蔑的口吻反问我关我什么事。我说原则上是不关我什么事，可你打人就是不对。他扫了我一眼说，既然不关你的什么事，那我原则上就有打人自有我打人的道理，不用你多管闲事，你走开，我们这儿不欢迎无理取闹者。我一听，气不打一处来，二话没说，上去就给了他两巴掌，还说了声是替纯还给他的，就转身走了。

我替纯还了这两巴掌的结果是，推进了纯的丈夫对纯更进一步打骂的程度。这个王八蛋还找到我们部队，向我们领导告发了我，弄得我挨一顿批评不说，还硬着头皮去给他道歉。

纯对我为她的事所受的委屈非常内疚。她来找我，要我和她一块儿出去，说是有话要对我说。我就请了假和她出去。没想到一出办公楼，纯似乎很自然地用一只胳膊挽住了我的胳膊。我当时没有在意，只想着纯被婚姻折磨得太累，需要一个依靠。我们就这样从办公楼前的院子里走过，直到走出大门口，我给哨兵还礼时，从哨兵看着我的眼神中才发现，我和纯穿着军装挽着胳膊是多么不合适。我刚为纯和她丈夫的事打抱不平，现在就和她挽着胳膊从机关大院里走过，会招来人们多少非议啊。可我没有管那么多，谁爱怎么说随他说去，我才不在乎呢。

从那以后，纯和我的关系更进了一步。我说的更进一步，其实也就是纯把我当成了一个可以依靠的人。在当时的情况下，她确实需要一个可依靠的好朋友，我自然而然地就充当了这个角色。

可是，时隔不久，就有些风言风语传到了领导耳朵里。领导找我很认真地谈了一次话，要我一定要注意影响，别到时搞得不好收场。我明白领导说的不好收场是什么意思，但我没有理他。我自认为心里没有鬼，才不管什么影响不影响呢。

可我万万没有想到，我的妻子竟听信了那些风言风语。在多次质问我和纯到底是什么关系，得不到她想得到的答案后，竟闹到机关来，在我们办公室里大吵大闹一番，还去找了领导。我在同事们用另外一种目光看我的时候，狼狈不堪。

就这样，我心甘情愿毫无怨言地卷进了纯离婚的旋涡之中。后来为了能使纯尽快脱离那个王八蛋，我还主动担当起纯的婚外恋角色，不断去和纯的丈夫交涉。纯的丈夫又不断地为此去找我的领导反映，领导只好不断地找我谈话。找来找去，最后的结果我就成了破坏别人家庭的第三者，被组织上处分后，调到这个寂寞的高原上来了。

尽管为此我走出了繁华热闹的都市，到这个广袤而荒凉的高原，尽管这个高原旷世的冷寂曾让我有种要疯狂的感觉，但我并不感到后悔。因为我的介入，纯尽快地从那场痛苦的婚姻中解脱了出来。作为一个男人，为了一个真诚的女性朋友，为了能让她从苦难中脱离出来，忍受点寂寞又算得了什么？你不知道，纯终于离婚后，她对我受了处分感到特别内疚。我想我受处分是为了帮助一个朋友，也就心安了。我和纯彼此没有什么不正当的关系，也没有什么承诺，自始至终我也没有动过离婚的念头。虽然直到现在我仍被妻子误解着，家庭关系很紧张，但我想也值了。

我今天将这段往事告诉你，就不怕你知道我的过去，对我有什么看法，因为我坚信，我没有做错。相反，我做的那些将是我一生中值得自豪的事，我常常为那段往事而深深地怀念过去。在高原的风中翻洗往事，会将往事翻出一些新的东西来。不怕你笑话，有时候我就为我的这些往事而深深地感动着，为这些感动而执着。在来到高原的这些孤寂日子里，我一面体会这种蚀人的孤寂，一面却在孤寂中满足着、充实着。

后来，我结束了高原之行，回到城市，有好长时间缓不过劲来。倒不是几天的高原生活使我对山下城市的空气有什么不适应，而是我在盖孜河听到的那个故事，使我心里一直像搁着什么似的，放不下来。我想了好久，很想把这个故事写出来，可动了几次笔，都没有写成，总觉得故事太单薄，无从下手，可不写出来，心里一直动荡不安，好像欠着谁一笔债似的，让我不得不尝试着要用尽全力去还。思前想后，最后，我决定还是去一次基地医院，找到纯，从她那里再了解点儿故事的细节，说不定，能挖掘到更深的内容，写出一篇好东西呢。

我去了基地医院，很容易就找到了那个刚入伍时穿凉鞋不穿袜子的大学生军官纯。纯那份冰清玉洁、冷傲的美丽很出乎我的意料。想象中纯的美丽，该是暖色调的。纯听我提到帕米尔高原上那个军官的名字，竟毫不犹豫地说，她不记得有这么一个人了。她说来基地医院住院的人实在太多，根本记不住谁是谁，况且她又不在住院部，就更不知道这个人了。我着急地提醒纯，我说的这个人不是来住院的，他是基地机关的。纯思索半天，说机关那么多人，我又不是个个都认识，实在想不起他是谁了。我对纯的这种无所谓的表现非常失望，就很认真地对她讲了我在高原听到的那个故事。

纯很认真地听我讲着，中间她没有打断我一次。听完后，她才笑着对我说，你讲的是一篇虚构的小说吧？

我说，不是，是我亲耳听到的关于你和他的故事。是在高原上，高原上的风很大。我就是在高原上刮起的风中听到这个故事的。

那就是那个中尉一定是写小说的，我只不过做了一次他小说中的道具！纯突然露出疲倦的神态，很不屑地说，写小说的人尽会瞎掰，我哪里闹过离婚呢，我的爱人就在医院里，是外三科的医生，不信，你可以去问问他……不过，你讲的我刚到部队不愿穿袜子的事，倒是真的。可这证明不了我就认识他和他发生过那些故事。因为不穿袜子这件事在当时传得大家都知道，有一阵子，我简直就是"不穿袜子"的代名词。所以，编造这么一个故事是很容易的。高原上的风很大吗？那就让风去替他证明吧。不过很抱歉的是，我真的不认识你说的这个人，更没有那种精彩的故事发生。其实我也希望我的生活中能有这样的故事，可这几乎不可能！

我无话可说，难道我还需要去问一下纯的丈夫，证实一下他是纯的原配还是第二任丈夫？我还没有傻到这种地步。

可是，高原上那天傍晚的记忆老是令人心乱地萦绕在我的脑际。我愿意承认，那段往事的情调与那个人的讲述有一种无法解释的联系。虽然我弄不清楚那个人的讲述是否是他的臆想，但我很尊重他的讲述。或许那种在高原上风中的讲述，就是他在孤独中聊以自慰的形式吧。我开始怀念那个人沉浸在美好的怀想之中的那种心境，那种怀着自豪和诚挚的感情。

我想起高原上的风刮过之后，因为没有受任何污染，高原上的一切变得清新亮丽，高空之中是一片蔚蓝，像画片似的空旷，无尽的色彩舒徐有致地缓缓映入眼中，四周光秃秃的群山似乎也鲜亮光洁了，使人能生出一种无比纯净的亲切感来。但这只是一个外来者一时的心境，长期驻守在那里的人，他们已经对周围的自然环境麻木了，无法摆脱的只有空寂的孤独和冷清的日子。

我又想起了高原上那个给我讲述故事的神情忧郁的中尉。

岁 月 如 水

　　随着时间的推移，往事已经很难被人们记住，偶尔有人提起，也只是一瞬间就过去，没有人再细细品味，深深地叹息了。只是日近暮年的老人见了赵千里在地里孤单单地耕作着，望着他灰白了的头说："千里，你也老了。"就再无语。赵千里就停下手中的活路，看到明净的日光下，潮湿的土地上升起一股股薄薄的雾气，袅袅娜娜地升腾着，把一个远去的背影，还有苍老的声息缠住了，不再漫延。

　　赵千里把走远的目光收回，放到地里正绿得可人的庄稼上，那心思也就没了，无精打采地锄起草来，难免就把秋庄稼当作旺盛的青草连根挖了。挖了也就挖了，已无心去疼了。只是一抬眼又看到了远去的老人，他刚才说的那些话，赵千里心里就越发不是滋味，他是老了，七十好几的人了，不老才怪。可他一直没有这样的想法，在内心深处，他从来没有认为自己会老。老对他来说是一件非常遥远的事，与自己没一点关系。可他一听到"老了"的话，心却慌了，手脚就乱了。

　　赵千里蹲在地里，抽了一支烟后，又续了一支。心里还静不下来。转回身看到被自己连根挖掉的几棵庄稼，绿生生地躺在地里，反倒又心疼起来，捡起庄稼苗，用手挖了几个坑栽了。一会儿，刚栽上的几棵青苗就耷拉下来。太阳很亮，挂在空中，很无情地晒在赵千里栽的几棵青苗上，也晒在赵千里的头上、身上，他浑身就冒汗，心里却凉得一阵紧过一阵。他站起来，朝刚栽的青苗撒了一泡急尿，尿水把地上冲了个深坑，泛着泡沫，他快意地抖抖身子，提上裤子，骂了声"狗日的太阳"，似骂了仇家一般，很解恨又很无奈。

赵千里的无奈是由来已久了。人世间的一切叫人不可理喻，现实中的人生总是在无奈中度过的。人的一生是命中注定了的，赵千里常这样想。

那年黄河泛滥，注定赵千里要家破人亡、远走他乡。爹和大哥、小弟与家园一同消逝，没有留下一点可以追寻的痕迹。在那场天灾中爹带走了大哥与小弟，独把居中的赵千里给娘留下了。在日后的岁月里，经历了一些世事的冲击，赵千里才认定这是命里定数。

没有家没有一切的命运伴随着赵千里跟着娘度过他的童年和少年。他的童年和少年时代是那样地漫长，似没有尽头的荒原，走得他痛苦不堪。直到后来，他和娘走到一个叫始原的地方，被一座大得不能再大的山挡住了，这座大山也挡住他们漫无目的再走下去的欲望。

始原不是一个很特别的地方，也没有吸引人的可贵之处，但始原有一个姓张的大户人家。

"愿不愿意留下来？"张桉是这样问的，在他一只手捻着小胡子，眯着眼睛打量了赵千里许久之后。他这样问时脸上布满了慈祥，让赵千里母子俩心里有种暖乎乎的感觉。

"可……我不想嫁人的！"娘说。娘望着张桉的目光，头就低下了。赵千里往娘跟前靠了靠。赵千里看到张桉滋润的脸上掠过一丝微笑，那微笑使赵千里至今难忘。

张桉走过来，用手拍了拍赵千里的后背，又摸摸他的头，说："不是只有嫁人才可以留下的。"

十四岁的赵千里是在逃荒路上成长起来的，他对人情世态有了一定的感受，当他从张桉的神态上看出了一些内容时，他就把单薄的身板挺了挺。用独当一面的目光迎着张桉高深莫测的眼神。

果然，张桉笑眯眯地对赵千里的娘说："啥事也不是绝对的，你有这么一个儿子，就是财富，何必守着财富自讨苦吃呢？"

作为"财富"，赵千里和娘就留在了张桉家的大院里，结束了漫无目的的流浪生活。在张桉家住下，有了遮风挡雨的安身之地，也能混口饭吃，赵千里母子对赐予他们这一切的张桉满心感动又无以言表，便只有努力地干活，回报主家的恩情。然而，十四岁的赵千里、饱经人世沧桑的母亲他们绝对不会想到，张桉收留他们母子有着深远的目的。

待赵千里在张桉家吃了三年饱饭，长成一个壮实的后生时，张桉在这年初冬的傍晚，终于按捺不住埋藏了三年的想法，开始实施他的打算了。

那天的傍晚和平时没有多大的区别。已经失去热量的太阳还没有完全从那极清楚明亮的地平线上消失，在暗蓝色的天空中，披着一身银光的瘦月亮已经弯弯地挂在了东边的天上，铺了一地的暮色在这时候显得异常模糊。村子上空弥漫着一层层散不开的炊烟，散发出草木灰的气味，一阵唤孩叫狗的杂音在村里尖厉地荡来荡去，把祥和的乡村气息刺破，弥合又刺破……

就是在这样的气氛中，张桉提出要收赵千里做义子的。赵千里母子做梦也不会想到，张桉收赵千里做义子，蓄藏着一个更大的、使赵千里无法抗拒的阴谋。

当时，赵千里母子还感动得涕泪纵横，当即，赵千里给张桉磕了响头，并叫出一声生硬得连他自己都不好意思的"爹"来。

尽管张桉的三个儿子和一个娇嫩无比的女儿并没有把赵千里当作他们的兄弟一样看待，赵千里也依然像长工一样干他的活，但义父张桉却把他当儿子一样待的，赵千里穿张桉一样的衣服，吃一样的饭食。可赵千里却总能感觉出张桉一家从骨子里透出来的那种鄙视和轻蔑。时间一长，赵千里就有了脾气，闷声闷气说上几句，娘便劝他："咱本来就是个以乞讨为生的人，不要苛求。再说，你干爹待你还是不错的，该知足了。"赵千里想想，也是，他从一个没有饱暖的流浪儿到现在的丰衣足食已是一份难得的幸运了。于是就心平气静，就很知足了，日子也便过得有滋有味。那个冬天，他的脸上挂着充实得没有后顾之忧的满足。在始原村，他也没有了外来者的卑琐，完全以一个大户人家的少主人自居，村人也一改往日的目光，仰望着风光的赵千里，嘴上笑着，心里却骂"讨饭的小子"，怀着一肚的嫉妒。

在赵千里的记忆深处，那个冬天是温暖的，是他一生中没有感觉到寒冷的冬天。

来年春末，初夏的和风在田野里轻轻吹过，油菜花一片灿黄地摇动着一个季节生动诱人的面孔，丰收的景象已经溢满了农人辛苦劳累的脸庞。这时候的乡村，是最祥和的时候。一切都在这种时候开始的。这种时候谈论一些事是最好不过了。"千里，爹对你咋样？"张桉这样问赵千里的时候，显得很随和，一点都不生硬，他的脸上写满了长辈的慈祥。"就像亲爹一样！"赵千里如实答道。张桉就轻轻地笑了笑，很满足。笑过，又像亲爹一样走过去，拍了拍赵千里的肩膀。

"爹总算没有看错你。"张桉说，"你能干，又懂事，不像你那三个哥，游手好闲，总让我有操不完的心。"张桉说到三个亲儿子，恨铁不成钢的样子，叫赵千里看了，心里就有一种熨过一般的舒坦。

"真是上苍有眼，让我有了你这样一个懂事的干儿子！"张桉说。赵千里心里的自豪感就直线上升。

"你也长大了，到了该说媳妇的年龄了。"张桉说。

赵千里从来没想过这事，他无话可说。

"我考虑了，手心手背都是肉，"张桉很动情地说，"我把菊香许配给你，对你，我是放心的。"赵千里呆了，一个很遥远很遥远、遥远得他无法想象的东西忽然间竟让他伸手可及，唾手可得，他有种恍若隔世的感觉。他吓得竟大气不敢出，生怕这气一出，张桉的这番话便如一个肥皂泡般破裂。

"不过，"张桉叹口气，又说，"本来爹不该这时说。可这事折磨人哩。"赵千里望着干爹："爹，你有难处你就说。"

"我知道你最懂事了……你别怪爹……"张桉的目光躲避着赵千里，沉默了一阵，叹了口气，才说，"这是没有办法的事。"

"爹说吧，只要我能办到的事，我一定尽力。"

"那——爹就说了？"

"说吧，爹！"

"那我就说了。"张桉似下了很大决心似的，"就是派壮丁的事，咱家今年躲不掉了。"赵千里心里一惊。他知道壮丁是当兵，是去吃军粮，但他的意识里从没有想去当兵这个概念。

"你知道，你那三个哥哥是不中用的，爹只有靠你。只有你，爹才放心你去。"

赵千里沉默不语，他一时拿不定主意。"当兵是为国家出力，是大事，说不定哪天就出息了。"张桉说，"出去闯闯，长长见识也好，要不老待在乡下，有啥出息？外面的世界大着呢！"

赵千里想的不是什么国家大事，而是他认为干爹是为他考虑，他想干爹视他为亲儿子一般，他说的话总是没错的。赵千里心里涌出一份感动，他对张桉说他去当兵，只是担心着娘。

"我会照顾你娘。"张桉说，"你放心去，你是我的儿子又是我女婿，一家人哩。"

"我去！"赵千里说。赵千里说出两个掷地有声的字后，告别老娘，踏上了他人生中最大的转折性的道路。这条路使赵千里悔恨终生。

但在当时，赵千里因为干爹的关怀，并且还将娇嫩无比的菊香许配给了他而满怀豪情。一直没拿正眼瞧过他的菊香在临走时给他送了一双黑布鞋，并且用大眼睛扑闪扑闪地看了他好久，使赵千里心里更是扑闪出了无限的幸福。

当了国军的赵千里穿了一身鸡屎黄军装，被拉到四川的一个山沟里集训，光练步就练了三个月。赵千里不怕劳累，却怕了这单调、机械没有波波纹纹的日月。赵千里在夜里常常抚摸着菊香送给他的黑布鞋，怀着甜蜜的梦想挨过一个又一个日子。等步伐训练结束，其他项目开始又臭又长地进行下去的时候，这些项目在一个阳光很好的上午突然结束了。赵千里他们被大卡车装上，整整颠簸了近一个月时间，才被扔到一个完全陌生的地方。他们身上的军装及内衣被迫脱下，当场用火烧了，然后换上一种实在没法辨出什么颜色的军装。军装质地很好。他们被一群叽里呱啦不知说什么话的人接管了，并在那些人的管制下开始了一种根本不是人过的生活，整天在大山里挖山打洞，常常十天半月难得见到光亮。他们像囚犯一样整整过了一年半那样非人的生活。

后来，赵千里才知道他们去了印度，是被一个国军长官当作物品出租给印度当了雇佣兵。这是他们又坐了二十多天汽车拉回原地后才知道真相的，原因是国军长官的这笔生意谈崩了，他们才得以回国。否则，后果不堪设想。

于是，他们中的大多数人开始了逃跑返乡的艰难历程。赵千里也逃，他也像所有的逃兵一样，逃了，被抓回，挨打受饿，然后再逃。说不清逃了多少回，赵千里简直绝望了。他只是为了干爹的厚爱，为了娇嫩无比的菊香，才来到军队的，当然他也想"出息"一下，可在经历了这些苦难之后，他忽然明白了一些东西，他开始想家想得厉害。在他们中间有一些人染上一种潮湿的不知叫什么名字的传染病，死了一些人之后，赵千里抱着菊香送给他的黑布鞋，疯子似的跑着，他的脑海里在跑的同时闪过一幕幕过去的东西，每次过去的东西在他脑海中滤过之后，他的心里便多了一份理不清还乱的痛苦。

最后，赵千里终于还是逃了出来。为了不惹人注意，他脱掉身上的军服去一个村子里想换些烂衣服，没有一个人愿换，却有人愿换他一直没有穿过的黑布鞋。赵千里死活不换，他说黑布鞋是他的心，换给别人他也就死了。最后他偷了一身别人洗过还没晒干的旧衣服穿上，才知是女人的衣服，他也顾不了那么多，将质地不错的军服用土埋了，开始一路打听着往家赶。赵千里走了一个多月时间，人不像人鬼不像鬼地回到了家。那是一个很普通的早晨，赵千里踏上了离开三年多的始原土地。在接近村庄的田野上，他先看到一头耕牛无忧无虑地站着倒嚼，一只大胆的麻雀在朝霞明媚的晨风中发出清脆的鸣叫，飞落在牛犄角上，停了停又叫着飞走了。村子里有狗一声高一声低地叫着，那声音划破了田野上的平静。赵千里突然间眼睛就被泪水模糊了，他终于回到了始原，这个让他日思夜想的村庄，这个让他放不下却又使他心中盛满痛苦的村庄。

赵千里做梦也没想到的是他娘的一双瞎眼。娘是想儿哭儿哭瞎的眼。已苍老得不敢相认的老娘扑到赵千里怀里，哭不出一个音来，憋得满脸通红，在赵千里回到家的第二天，娘竟没说出一个字来，便含恨离开了人世！

赵千里像木头一样，无法回到现实中来。他脑子里混沌一片，过去和现在似乎已不存在了，就像梦里一般，一切发生得是那样突然，他没有一点心理准备来承受现实。他的反应只能停留在一段空白的思维上。

赵千里娘的后事是他干爹张桉插手料理的，赵千里不闻不问，似乎娘的死与他没有关系。他只说"我娘死了"，竟有些麻木。人们不习惯他的这种麻木和待人的冷淡，都说赵千里脑子有问题了，那是当壮丁当的。

到赵千里猛然清醒的那一天，已是他回到始原的两年之后。在这之前，他一直是张桉家干活的机器人。那一次是赵千里去种玉米，一个人种了两天，四亩地，却不见一苗玉米长出来。邻家的谷地都长出了齐整整的玉米。张桉气得和三个儿子围住赵千里往死里打。人误地一时，地误人一季呢。一顿打没有换来四亩地的玉米苗，却一棒子把赵千里给打醒了。

赵千里一清醒，第一句话就说："干爹，我娘哩？你说过要照顾我娘的。你把我娘咋哩？"

张桉举棒还打。赵千里却一把夺过棒，说："你打我干啥？我是你儿又是你女婿，你把我娘咋哩？你说过照顾好我娘的。我还要让娘看着我和菊香成亲哩，干爹你也曾答应过的，菊香还送了我黑布鞋呢！"

"让菊香嫁你？你真做梦！"张桉生气地说。

"这是干爹你亲口说的。"赵千里说，"在我当兵走时，还是你让我当壮丁的！"和张桉父子吵成了一片。便又围聚了一群看热闹的人上来。赵千里就看到人群中的菊香，依然扑闪着大眼睛，只是菊香挺着个大肚子，两只手各牵着一个孩娃。赵千里心里滚过一个惊雷，意识就完全清醒了，他说："我娘死了！"

便哭得山摇地动。

哭过，与张桉再无话，打点好自己的烂衣破被，走出了张家大门。一个人到村里人家看秋废弃的一间场屋里住了，那里离他娘坟地近。

就解放了。解放了一切都有了变化，始原也不例外。首先是张桉的大户当不成了，被打了土豪，分了田地，并成了刚成为土地主人的人们批判的对象。赵千里就有了曾经没有过的底气，见到失去往日风光的张桉，他也可以努力地挺直脊梁与之对视着，少了许多以前的怯弱和猥琐。

真正令赵千里在张桉面前能够毫不含糊地直视甚至说上几句愤恨的话而

心里没有一丝怵意的，是张桉的女儿菊香成了寡妇之后。

那是一九四九年以后的事了。菊香的男人一次从山上往下扛木头不小心连人带木头掉进山沟里摔死的。昔日娇嫩无比的菊香在失去往日的光彩之后又成了寡妇，带着四个要吃饭的孩子，顶着一个破落贫穷的家。

张桉当然顾不上女儿了，但在赵千里眼里，张桉是理所当然要受到这种惩罚的，他觉得这是上苍对张桉在自己身上实施过欺骗行为的报应。赵千里这时再见到张桉时，就是胜者看败者的目光了。

时间在不觉间过了一年半，这时候，有人上门给赵千里提亲，女方竟是守寡的菊香。当时气得赵千里把提亲的人好好数落一顿。提亲的人就说，多年了不见赵千里成家，还以为他心里一直装着菊香哩。赵千里生气地说他怎么会一直想着欺骗过他的菊香呢？真扯淡！

提亲人走后，赵千里心里却很空虚，就翻出一直珍藏着的菊香送给他的那双黑布鞋。他抚摸着布鞋想着自己所受的屈辱，心说：我怎么能娶她呢？我又不是娶不上女人！赵千里对自己充满信心，他认为自己年轻力壮，又能干，不愁找不上个好女人。但他又拒绝过几次给他提亲的人，甚至连成家的想法都没有。自那次别人给他提守寡的菊香后，他抚摸着黑布鞋，望着自己简单的家什，说，我是该成个家了！可到别人再来提亲时，赵千里成家的念头又淡得不见踪影。直到赵千里的世界整个儿变了模样，他才意识到成个家有个女人是多么重要，可那时却晚了，赵千里戴上了"坏人"的帽子，这是他做梦也没想到的。赵千里是地主的干儿子，又当过国民党的兵，更严重的是他还是印度的雇佣兵。于是赵千里和张桉站在了同一个批判台上，比张桉挨批判的内容多，交代罪行时间长。尽管赵千里并不把自己与张桉置于同一类人，可他无可奈何自己命运的改变。站在和张桉同一个批判台上的赵千里就想这就是命，命旦注定了他这一辈子与张桉纠缠不清。

因为身份的变故，这时候已没有人上门来给赵千里提亲了。每天晚上，挨了一天批斗或干了一天活，疲惫不堪的他回到那间属于他的小屋时，他才看到乱七八糟的小屋各个角落都蒙着一层凄苦的阴影，屋里冷清死寂，充满了一股阴冷的气息。他想屋里没有个女人也真是太没有生气了，他想自己是该成个家，在他挨批判的凄冷的日子里。于是赵千里就想到了黑布鞋，和送他黑布鞋的菊香。赵千里是自己去找的菊香，他已不奢望别人去替他说了。菊香的态度很生硬，就像从前他作为张桉干儿子时有的那种轻视。菊香说："你倒想得美！"赵千里说："前几年你还托人上门提过亲。"

"你现在能和那时比？"菊香说，"那时候我以为你心里一直装着我哩。"

"现在也一样。"赵千里说，"我一直都保存着你送我的黑布鞋。"

"那有多大意义？黑布鞋不是那时的黑布鞋，你也不是前几年的你。说啥也没有用的，我不会嫁你。"

"为啥？你得说个理由。"菊香看着赵千里，撇了撇嘴，一字一句地说："因为你是'坏人'。"

赵千里垂头丧气地走了。这时的赵千里才觉出挨批斗时没有感觉出来的那份痛苦，他全身的血管里似没有了一丝热气，一种寒冬的冰冷渐渐侵袭占领了他强壮的躯体，一直逼向他那痛苦得抽搐成一团的心脏……

赵千里一下子老了许多，可他自己没感觉到。那年他刚四十岁，却没想过自己这四十个年轮在人生的岁月中是一个漫长。他只想自己还没成家呢，他怎么能感觉到自己在渐渐走向苍老？许多事情的发展往往出人意料。就在赵千里对成家已渐渐心灰意冷时，又过了五六年后的一天，菊香来找赵千里，一开口就说愿嫁给赵千里。

那时的赵千里已不想成家的事了，他顾不上想。赵千里有点吃惊地望着菊香，菊香显然是精心打扮过的，但她饥饿的脸色却没法掩饰住，尤其是那双眼睛，赵千里很害怕。他不敢看菊香的眼睛，更不敢看菊香的身后。其实菊香的身后什么也没有，只有暖暖的春阳下贫瘠的土地和青黄间杂的庄稼。但赵千里却似乎看到菊香身后的四个孩娃，他们都大张着嘴，等待着吃食。赵千里怕自己成了他们的吃食。

赵千里的拒绝显得沉重而无奈，往日的旧事像幻影似的在向他招手，可很难唤醒他曾经疼痛现已恢复平静的心了。看着菊香苍白的脸上浮起的虚虚的笑容，赵千里没有提起往日，对菊香没有一句责备。他像一棵阅尽人间沧桑的树，对一切表现得非常淡漠和宽容。他已不奢望情爱了，情爱于他是一缕远去的烟雾，在他生命中已完全消逝了。他想他和菊香的缘分是彻底干净了。过后，他将菊香送给他的那双黑布鞋挖个坑埋掉了，连同他的过去。在往黑布鞋上撒土的时候，他的眼前闪现着他的往日：和娘乞讨的他；作为张桉干儿子的他；当国军、雇佣兵的他；受批判的他；孤苦伶仃度日的他……他还看到一双乌黑的、扑闪着的大眼睛，还有一张泛着笑的、使他一生都纠缠不清的伪善的脸……他的眼泪随着飞过的往事一串一串落了下来，却也和往事一起被彻底埋葬了。

度过饥饿和困苦的年代，赵千里的生活就像一条平静的河流缓缓随岁月而去；他悠闲地度着日月，再没考虑过婚娶的事，也没说过不成家的话，只是有次别人硬问他，他说："急啥？以后再说，还早着呢。"

村人就说，赵千里一九四九年前神经错乱了，到现在还没清醒呢。

秋 声 赋

在姑姑眼里，桑那镇最美丽的，是秋天。

秋天在桑那镇停留的时间很短，就像是一个顽皮的孩子，探究一所空荡的房子，见实际上并没有什么神秘，便大呼小叫一番后急急离开。但并没有因为短就影响到桑那镇的美丽。这种美丽叫姑姑这样的人格外忧伤。桑那镇的秋天最美丽，也只是于姑姑而言的，世居桑那镇的牧人们未必就能有这种感觉，他们只操心一年四个季节的变化，与自己的放牧耕作有什么直接的实质意义，对于哪个季节美好不美好，他们才懒得去管呢，他们又不能因为一个季节的美丽而衣食无忧。所以也只有姑姑这样的外人才会对桑那镇有不一样的感觉，才会有不同于桑那镇人的感叹。

姑姑就是无法躲开对桑那镇秋天各种颜色的眷恋。那缤纷落叶的壮阔与凄美，那冷冷秋风的萧飒与悲凉，甚至那滚滚尘烟，都叫姑姑无法不用心地欣赏。姑姑就好像是一直生存在桑那镇这个美好季节里一样，除了秋天，别的与她都没有多大关系。而姑姑说她"活够了"这句话最多的时候，又总是秋天，秋天本来就是个叫人伤感的季节，这个季节中的许多东西都在走向迟暮，而秋天一旦过去，漫长的冬天又要来到。再有耐心的人也受不了桑那镇的冬天，一年中几乎有六七个月时间都是在寒冷中过的，树木都冻得长不了个儿，又何况人呢。

当然，姑姑之所以对桑那镇的秋天如此情有独钟，是有着很特别的原因的。姑姑是在那一年的秋天来到桑那镇的，并且在三年后的秋天嫁给了桑那镇的一个男人。所以姑姑对桑那镇的秋天情有独钟的时候，又无限伤感。

那一年的秋天，姑姑作为高中毕业的"高才生"，被分配到桑那镇的。一帮年轻人呼啦啦从四面八方拥到桑那镇，又呼啦啦地被镇上分到四面八方的各个牧场或者生产队，唯独姑姑莫名其妙地被留在了镇上，当上了镇小学的教师。看着那些同伙一个个灰头土脸地被各个牧场、生产队用马车接走，今后将融入一身羊膻味的牧人堆中，从此过着与以前完全不一样、谁也无法预知将会是什么样的生活，而只有自己一个人被安置在干净的小学校教师宿舍里。独自站在小学并不宽大却在安静中显得很气魄的操场边上，姑姑感慨不已。抬头仰望着浩大洁净的天空，温暖的秋阳高高地挂在天上，在她美丽的脸颊上柔柔地抚摸着，像一个慈爱的老人抚摸着正在酣睡中的婴儿，令她心中好一阵惬意。感受着秋天，也感受着她青春的身体迸射出的青春气息，姑姑打心眼儿里觉得生活是多么美好，也就觉着了桑那镇秋天非同一般的美丽。

姑姑有这种感觉，主要是她有一个怪癖，她不吃羊肉，而且最怕闻到羊膻味。当时，姑姑一听自己分到的是桑那镇牧区，就想着肯定是掉进了羊臊堆里了，那感觉一来，巨大的恐惧使她身上就不由自主地起了一层鸡皮疙瘩。但她又不敢说出自己怕闻羊膻味，怕人说她看不起劳动人民，思想觉悟太低，是为了躲避光荣的劳动和思想教育，便只有硬着头皮来了。没有想到，一到桑那镇，自己不知交上了什么好运，不但不用和她的伙伴一样下到牧区，与那成群的牛羊厮混在一起，而且还成了一名小学教师，成了那个地方那个年代令人尊敬受人爱戴的"白领"阶层。姑姑从她坐在马车上的同伴投射来的各种复杂的目光中也感受到了自己的幸运，心中别提有多舒坦了。所以姑姑从心灵深处感觉到了那个秋天的无比美好，也从内心里完完全全地接受了桑那镇，接受了桑那镇秋天的美好。

美好的生活是从学校开始的。姑姑从来没有想过自己这一生会有担任教师的这一天，从她上小学开始，老师在她的心目中就是一个很神圣的职业，可现在她自己却意外地做了老师，于是那种神圣感也就在那个美好的秋天里移到自己身上来了，使姑姑一下子也成了神圣的化身，她觉得身边的一切都是如此美好，发些感慨也是很自然的。桑那镇小学教师比较缺，姑姑一上任就担任了五年级的班主任，代四、五年级的语文课。尽管姑姑对自己一下子成为一名人民教师有些莫名其妙，但她还是对自己的工作倾注了所有的热情，每天听着孩子们一声声的"老师好"，她心里的自豪感油然而生，对自己的职业就更加地敬重。每一堂课，她都勤勤恳恳、认认真真，尽自己所能，把自己的班带好。在每天紧张而有序的教学工作中，姑姑感觉到每一天的生活都过得是那样地充实，是那样地有意义。

桑那镇的小学不大，教师大多都是本地的民办教师，家就在本镇，一般三顿饭都是在家里吃，放了学都各自回家忙活家里的事。只有两个家在外地的老师，离家太远，回不去，学校安排一个敲钟的老太太给他们两个人做饭。姑姑来了以后，老太太就得做三个人的饭。老太太除了工作量大了，别的什么也没有改观，就很明显地摔摔打打，开始有了情绪，姑姑看出来这一点，也无可奈何，便忍让着，尽量不和她发生冲突。老太太是土生土长的桑那镇人，做的饭也就是本地盛行的那么几种普通饭食。桑那镇是个牧区，这里的人喜欢吃羊肉。好在那时候生活条件也不特别好，不是天天都有羊肉吃的，所以，尽管是普通的饭食，姑姑一般还能够接受。遇到偶尔为改善伙食吃顿羊肉时，姑姑可就惨了，虽说她是桑那镇的老师，可她除了学生就没有可以说话的人，所以也找不着地方吃饭的姑姑，就宁愿饿着肚子也不去沾有羊膻味的食物。老太太起先不知道姑姑对羊肉那特殊味道的恐惧，就说姑姑毕竟是外地来的，心离桑那镇远着呢。后来明白了是姑姑不吃羊肉，又直埋怨姑姑挑三拣四毛病多，姑姑也只当没有听见。但她闻不得羊肉膻味的事，却引起了另一个叫杨柳的男老师注意。杨柳是一个刚从师范毕业不久的小伙子，他对学校的伙食一直就有意见，他还私下开玩笑说他都闻到了老太太做的饭菜里面有腐朽的味道了。但这么个小小的学校又怎么会为了他们一两个人而大动干戈地另起炉灶呢。杨柳有意见也只能当没有意见。杨柳有时候就用石油炉子一个人做小锅饭吃。杨柳知道姑姑不吃羊肉的事情后，会在姑姑饿肚子的时候，给姑姑送来自己做的饭。起初姑姑不好意思吃，但架不住杨柳老师真心实意地相劝，也就羞羞涩涩、半推半就地吃了，吃了第一次，就免不了会有第二次、第三次。刚进入冬天，姑姑和杨柳在一起吃小锅饭的事就像炸开的蜂窝一般传了出去，其实两个教师在一起吃吃小锅饭倒没有什么大不了的，可问题是那个年代的人们太缺少能调剂生活的佐料了，好不容易出来一件新鲜事，人们可是舍不得让它无滋无味、无声无息地消退掉。于是，一件再正常不过的事情，经过一番沸沸扬扬的传播，到最后就传得不成样子了，说姑姑和杨柳何止在一块儿吃小锅饭，还像夫妻一样在一起住着呢。学校小，另一个住校的男老师年龄大些，平时和他们不太来往，他们俩在一起，孤男寡女，干柴烈火，大家猜想的除了男女之间的那点风流事，还能有其他什么事呢？

桑那镇太小，姑姑和杨柳还蒙在鼓里，这种流言就已传得家喻户晓了。最先有所表示的是在镇上和小学校的公共厕所墙上，被用花花绿绿的字体题满了关于姑姑和杨柳的词语，其实这些题词无非是姑姑和杨柳在一起吃小锅饭之类的幼稚词语，没有实质内容，一看就是刚会写字的学生干的，但流言蜚语还只是个无影无形的语言，一旦有了文字，哪怕这文字只是一种臆想的结果，或者是一种调侃，但既然有了，那传言不管是真是假，就变成了真事，像书上的文字一样具有一种权威性。这下桑那镇沸腾了，都认为姑姑和杨柳已经那个——睡觉了，那时候人们还不会用"同居"这样比较文雅的词语，但桑那镇的人毕竟是桑那镇的人，还多少有点儿文明的意识，男女之间的事不会那么粗俗地说得那么露骨了，一般只用"睡觉"这个词来说明这种问题。难道不是吗，不是夫妻的男女能在一起睡觉吗？姑姑和杨柳睡觉引起了好多人的愤怒，尤其是那些和姑姑一起来到桑那镇的年轻人，竟然自觉组织起来，一起要去学校找杨柳算账。姑姑是他们中的一员，他们是高中毕业生来到桑那镇只是接受教育的，现在却让这样人身侮辱的事情发生在了姑姑身上，他们要去讨个公道。

其实最气愤的是镇长桑革新，当初他的目光从一群知青中间无意中瞟到姑姑时，姑姑在人群中显得十分安静，但姑姑那漂亮高雅的气质却使桑革新眼睛一亮，如同一个在黑暗中摸索许久的人一下子走出了黑暗，他心中一动，毫不犹豫地就把姑姑留到镇上，将她安排到小学教书。桑革新留下姑姑是有目的的，他看上了美丽漂亮的姑姑，想着把姑姑留下后，近水楼台，以后可做自己的儿媳妇。镇长的儿子是一个很壮实也很英俊的草原后生，骑马围猎都是好手，又仗着他爹是镇长，桑那镇牧区最漂亮的女人都为了攀上他而争风吃醋，他想找什么样的女人都没有问题。可他镇长爹却不这样想，他好歹是个镇长，儿子虽然有一副英俊强壮的外表，可从小书念得不多，没有多少文化，他不想娶个儿媳妇和儿子一样，光有华美的外表，骨子里却是粗俗不堪。镇长想找一个文化品位高的儿媳妇，以弥补儿子的缺憾。这下可好，镇长精挑细选的未来儿媳妇，在自己的眼皮底下和别人有了沸沸扬扬的传闻，破坏他的一场好梦，他怎肯放过？没有丝毫迟疑，把杨柳抓了起来，交给了那帮"高才生"，任凭他们随意整治。"高才生"们满怀仇恨，硬要杨柳承认是怎样残害女青年的。杨柳也不知道他和姑姑只是在一起吃吃饭，完全是一种纯洁的高尚的同事关系，怎么就能吃出这么一个大罪名来。刚开始，杨柳拒不承认他们强加给自己的罪名，否认自己和姑姑有其他的超越同事之间感情的事，只承认他看姑姑吃不惯学校老太太做的饭才和她一起搭伙做饭吃。

"高才生"们当然不甘心就是这么简单的事情，问他，你知道什么人才在一起做饭吃吗？

杨柳说，同事。

"高才生"们说，同事们都是吃大锅饭的，只有夫妻才做小锅饭吃。

杨柳说，特殊的情况下，同事也可以在一起做小锅饭吃。

"高才生"们一看杨柳不但不承认错误，还嘴硬得不行，便不再跟他多说。

如果杨柳当时来个顺水推舟承认和姑姑有了夫妻那档子事，说不定事情还可以逆转过来，他和姑姑就可能会由受害人变成最大的受益人，成为一对好夫妻呢，可惜的是，杨柳的性格太过倔强，也或许是他不愿亵渎他和姑姑之间那份纯洁，总之开始时他是坚决不承认，于是就吃尽了苦头，被愤怒而且暴怒的"高才生"们打得死去活来，直到最后感觉自己再也撑不下去了，才不得不含侮吞恨地承认自己强暴了姑姑，迫害了姑姑。

姑姑名声大败。

姑姑一下子被推进了人世间的冰洞里，她在现实中的初冬里感到了人生中最彻骨的寒冷，突然间也就厌倦了人生，但她又不想就这样不明不白地了此一生，然而现实叫她没法洗清自己，她就是在痛不欲生的时候开始说"活够了"这句话的。这么一说，就好像真的从阴曹地府里走过了一趟，把人生看得个一清二楚，姑姑的心里就畅快多了，像是从中得到了很大的慰藉似的，她把这句话当成了自我调剂自我解脱的最好工具。于是每次她遇有心中郁闷的时候，无论面前有人无人，她都一样将这句话从嘴里掏出来，人立在哪儿，话就扔在哪儿，毫不含糊。也就是从那时候开始，姑姑表面上像换了个人似的。

　　镇长并没有料到事情会发展到他无法控制的地步。其实他开始只想着要整一整杨柳，借"高才生"的手让杨柳远离姑姑就行，只要姑姑和杨柳没有什么事，他还想把姑姑当成儿媳妇的，可这帮"高才生"实在太不知道克制，竟然把杨柳打得死去活来的，现在杨柳已经承认了和姑姑之间有了睡觉的事，姑姑的名声是败了，一朵娇艳动人的花儿在镇长眼里也就谢了。镇长是不可能娶一个坏名声的儿媳妇的，但他又实在不甘心自己的失败。痛心疾首又忍无可忍的镇长，于是就把姑姑从小学教师的位置上弄到桑那镇条件最差的一个牧场去了。当然杨柳的下场也好不到哪儿去，他被赶出了桑那镇，永不得踏进桑那镇一步。

　　姑姑此后三年不但生活在一个羊膻味极浓的地方，干着又累又脏的活，找不到一个可以和她说话的人，而且还成了一个被众人唾骂的破货。那是姑姑一生中最灰暗的三年，她受尽了别人的指指戳戳，人格和精神上遭受的打击是她前所未有的。在最孤寂的日子里，姑姑几乎都哭干了她的眼泪，她实在想不通，她和杨柳只不过是在一起吃吃饭而已，如果说这也有错，那也不至会错到让她遭受这么多的苦难和伤害呀！她一天天跟自己也跟能看到的人说她"活够了"的时候，也是在她到桑那镇第三年的秋天，嫁给了桑那镇供销社一个看仓库的保管。姑姑选择的是秋天，尽管她备受伤害和委屈，但她依然保持了对桑那镇秋天美好的记忆，她没有忘记这个她心目中最美好的季节。

姑姑坚持着没有嫁给满身羊膻味的桑那镇牧区的人，她嫁的这个保管是一个犯过小错的城里人，看上去有四十多岁了，其实只有三十出头，因为他的头顶已经没有多少头发了。保管抽烟很凶，几乎是不论好坏一根接一根地抽，抽得身上的烟臭味很远就闻到了。更叫人无法忍受的是，保管还是个二婚，第一任老婆没给他生下一男半女，就跟别的男人跑了，他够窝囊的，但姑姑没嫌这个，嫁给保管时丝毫没有犹豫，她不是没有考虑过她婚后的生活，只是想着自己已经是这样不清不楚的一个人，实在也没有什么可挑剔的了，烟臭味算什么，比羊膻味大众化，凡是大众化的就容易接受。而且姑姑坚持着一条：绝对不嫁土生土长的桑那镇人。桑那镇这个地方使姑姑过早地感受到活够了的痛苦，她不会轻易把自己交给这块土地上种出来的人。尽管"高才生"中也有诚心诚意向她求爱的人，但就是他们不分是非的好心让她经历了这么多的苦难，使她的人生失去了原本属于她的许多幸福和快乐，所以她下定决心也坚决不嫁给自己的同伴。但她对自己蒙受的冤屈并不甘心，总想着有一天会雪清自己的耻辱。

这一等，就没有了尽头。姑姑的保管丈夫在新婚之夜验证了姑姑的清白，激动得到处去给别人说他妻子是个处女之身，却没有人信他，以为他捡了个名声极坏的女人，心里窝着火，又没法说，就自己给自己寻找安慰呢，没当回事。可保管却为姑姑嫁给了他一个处女之身而深深地感动，便想着自己一个二婚，既无金钱权势，又其貌不扬，却讨了个黄花闺女，深感自己的幸运，对姑姑就知冷知热，关怀备至，叫灰暗、寒冷、孤寂了三年的姑姑心中好一阵温暖。备感温暖之余，姑姑心里又总不是个滋味，自己一个含苞未放的黄花闺女嫁了个半大老头，虽然有了温暖，心里却多少有点不平衡。所以，好多年来，她也无意要给保管生下一男半女。后来，那些一起来的年轻人大多都离开桑那镇了，姑姑因为在当地结婚成了家，没法离开，最后尽管从牧区出来，在镇政府做了打字员，环境改善了，日子过得比以前精彩，姑姑的心中还是不满足。姑姑和保管也就有了争吵，虽然不说为生孩子的事，却闹的都是不着边际的琐碎。多少年了，在小镇上几乎就没有人见过姑姑和保管一起在镇街上走过，就是他们偶尔露一次面，也是姑姑和保管一前一后甩手各走各的样子，看着除不像夫妻外，什么都像。桑那镇的人经常哂笑他们，在他们背后指指点点的。姑姑知道了，干脆拒绝和保管丈夫在一起走路了，一个人干什么都独来独往，脾气变得越来越古怪。

这年秋天，桑那镇出现了一件轰动全镇的大事，就是镇街西头的寡妇白玉兰有天晚上差点被人强奸，没有被强奸成的原因是寡妇的儿子半夜被动静惊醒，很勇敢地扑了上去和欲施强奸的人打起来，还一边大喊大叫，把那个男人赶跑了，才使寡妇幸免于难。这个消息散布开以后，有很多种说法，有说其实是寡妇白玉兰耐不住了，想找个男人过日子；有说肯定是这个男人早就盯上了白玉兰，想占寡妇便宜的；也有人笑说里面大有文章的，因为男人是晚上去的寡妇家，男人怎么就轻易进了门？各种说法自有各种说法的理由。男人被寡妇的儿子赶跑了，却至今不知道这个男人是谁，镇上的人们想着把这个男人抓住，好好收拾一番，欺负寡妇的男人不收拾他，还收拾谁呀。有人曾私下问过寡妇的儿子，他只是摇头，只给大家留下了一个他母亲差点被强暴的事实，至于别的，他一概不知。这种事就越发说不清楚了。

就在大家都沉浸在寡妇的是是非非之中猜猜测测、非常热闹的时候，姑姑对此却表现得相当冷静，她对此事不发表任何看法。但有天姑姑非常奇怪地看了老半天她的保管丈夫，突然说道，做男人也真悲哀！

保管一脸的莫名其妙，停下手中的活计，等着姑姑的下半截话出来。姑姑却什么也不说了，看都不再看他一眼。保管一心想弄明白姑姑说的是什么意思，反复问她，她烦了，扔下一句：你是男人就不知道自己有多悲哀吗？！

保管还能说什么？他只能一个人呆站在一旁，默默地一根接着一根地抽烟，使自己身上的烟臭味更浓。

寡妇差点被强奸的事过去时间不长，寡妇白玉兰的儿子突然失踪了。白玉兰坐在镇街上像疯子似的抢天哭地，大家帮着到处去寻找她的儿子时，一直不和大家来往的姑姑突然出现在白玉兰的家里，竟然帮白玉兰做饭烧水，照顾起可怜的寡妇来，还十分善解人意地陪着寡妇说话。姑姑反常的举动倒叫桑那镇人百思不得其解。

在没有找到白玉兰儿子的这几天里，姑姑心神不定，倒像她自己的儿子找不到了似的，一回到自己家里，就扯着保管，给他唠叨白玉兰有多么可怜，多么不幸，说到动情处，更是不停地唉声叹气，一脸的忧伤。也没有心思和保管吵了，碰上原来让她死活看不顺眼，而且必须要和保管吵的小事，她也不挑刺，主动退让了。保管不明白姑姑到底犯什么病了，弄得更加小心翼翼起来，生怕自己一个不留神，让姑姑找到更大的碴儿。但更叫保管理解不了的是有天夜里，姑姑突然激动起来，很积极主动地和他过夫妻生活，并且还没有用避孕药。姑姑没有说是否想要生一个孩子。保管没有多问，可是心里却是知道姑姑这样做的结果，他心里当然高兴，和姑姑结婚这么多年，也在桑那镇人怪诞的目光中盼了这么多年，终于让他盼到了今天。那几天，是保管有生以来过得最舒心最有男人味的日子，也是姑姑过得最平静最富有激情的日子。

更叫保管昂首挺胸的是在一天黄昏的时候，姑姑和保管第一次在众人的目光下，两个人并肩走上街头，姑姑还脸上满含羞涩地紧紧挽着保管的胳膊，虽然姑姑的年轻与保管的老相让人看上去像一对父女，但桑那镇的人还是觉得他们这样更像夫妻的好，就把他们想象成一对恩爱夫妻。这对"恩爱夫妻"手挽着手、平平静静地踏着桑那镇人惊异而赞赏的目光，一起走向了寡妇家，看望沉浸在痛苦和不安中的白玉兰。

然而这种更像夫妻的祥和日子，只维持到了五天后的一个中午。这天中午，寡妇白玉兰的儿子被桑那镇的人找回来了。悲伤过度的白玉兰看到归来的儿子，大骂了一声"孽种"，眼泪哗啦一下把整张脸给淹得一塌糊涂，她的手却猛地伸开了去，把儿子紧紧地抱在了怀里。原来是她的儿子从家里偷拿了钱，跑到镇东头的一家游戏厅里打游戏把钱打光了，不敢回家，跑到城里想打几天工，挣上钱再回来交差，结果钱还没有挣上就被找了回来。

一场虚惊，桑那镇的人都替寡妇长舒了一口气。姑姑像被注射了一针兴奋剂，药劲也因为寡妇白玉兰的儿子的回到家里散发了。她不再去寡妇家，甚至有时候出门碰到白玉兰时也不打招呼了。她又恢复了以前的样子，和保管之间保持了几天的激情淡得连清水都不如，又开始除了不像夫妻什么都像的生活，还更加地看不惯保管，为小事变本加厉地吵吵闹闹。这回保管却不干了，非要问妻子为什么又开始了以前那样的生活？他实在不喜欢那种没有夫妻味的生活。

姑姑十分奇怪地看了保管一眼，说，什么叫没有夫妻味的生活？你还想怎么生活？

保管终于忍不住，爆发了积郁了多年的怨气：我就想过正常人的生活！

姑姑听了，打量好半天保管，然后才瞪了保管一眼，我不正常吗？

保管火气正盛，也不示弱：这么多年，你就这么几天——就是寡妇儿子丢失了的这几天还像个正常的女人，有情有义，有血有肉，我觉得很真实！

姑姑叹了口气说，唉，我还就看我那几天才不正常呢！

保管把手中的烟头往地上一扔，一脸痛苦，正要接着往下说什么，姑姑却突然想起来什么似的，拍了拍自己的肚子，对保管说，都是你作的孽，我好像怀孕了，明天我得到医院去检查，如果真是怀上了，就把他做了！

你……

保管从椅子跳了起来，对着姑姑却什么也说不出来。

我可不想生个折磨自己的孽种。费了心血不说，还把我的一生都扯了进去，到头来其实又能得到什么？

姑姑自顾自地说完，一边用手揉着肚子，一边冷着脸再不理会保管了。

保管像个摆设似的，戳在那里好半天没有动弹，他看着姑姑的背影，一种叫痛的东西就那么一点一点地爬上他的心，慢慢地吞噬着他心中一直为姑姑保留着的那一块真情之地。

保管软了，身子往下一矮，全身一颤，一下子又回到了从前的样子，从口袋里掏出烟来，手抖动着点上火，狠狠地吸了一口烟吞进去，又慢慢地吐出来，烟雾很小心地缓缓上升着，又像不忍心飘散似的聚在了保管的头顶。忽的一下，保管猛地起身，聚集的烟雾一下子被撞开了，融进周围的空气中。保管默默地走出家门，一股凉风迎面扑来，把他推了个趔趄，他不由自主地往后退了一步，却感觉到了冷空气将他死死地裹住，他忍不住打了个寒战，抬头看了看天。天上罩着一层薄薄的淡雾，像以往一样阴沉和冷漠。保管对桑那镇秋天的感觉，只有和姑姑结婚的那一年才觉得有点美好，因为姑姑给了他一个美丽的念想。但那种美好实在太短暂了。后来的秋天他感觉不到什么异样，就像他们做夫妻一样，姑姑还是姑姑，保管还是保管，桑那镇的人们早已习以为常。保管不由自主地又打了一个寒战，他有种秋尽冬来的恐慌感，几口把烟吸完，把烟头扔到地上，跟着一脚就踏了上去，狠狠地用坚硬的鞋底碾成碎末，突然鼻子一酸，仰天大吼了一声：我活够了！

几片不知是哪一年的枯叶被保管的吼叫声震得脱离了树枝，飘落了下来，铺在保管四周的地上，像保管几年来的现实生活，单薄而枯黄。是桑那镇的秋天活够了。保管这样想着，略微犹豫了一下，还是踩在代表着秋尽冬至的落叶上，像是踩着普通的日子，一身烟臭味地走了。

桑那镇的冬天到了。

绿　手　掌

　　强嫂出嫁早，刚满二十周岁就嫁到了始原，做了阿强的媳妇。其实强嫂嫁过来前，一直不知道丈夫阿强有病，是那种治不好的痨病。从相亲到结婚，实际上强嫂和阿强只见过三次面，一次是媒人领着上门相亲，第二次是阿强带着她去赶乡上的物资交流会，置办结婚用的物品，第三次应该是结婚那天，阿强上强嫂家去迎娶她了。前后不过三个月时间，强嫂就做了新娘。

　　强嫂对阿强从相亲那天起，心里就满意了。因为阿强长得白白净净，根本不像个乡间的人，家里又有四间砖瓦房，强嫂没有犹豫，就同意嫁给阿强了。

　　嫁过来后，强嫂从阿强整夜整夜的咳嗽声中，才知阿强原来是有病的，这么急着成亲，是按世袭的乡规，用冲喜的方式，来治阿强痨病的，既然已经嫁了，对自己匆忙的婚姻流了一通泪后，强嫂也就认命了。毕竟，强嫂对丈夫不同于乡间的长相是满意的。

　　但是，强嫂对丈夫那种撕心裂肺的咳嗽，越来越难以忍受了。阿强的咳嗽是揪心的，尤其是到了晚上，一咳就是一夜，强嫂的心就整夜整夜地抖个不停。天亮了，阿强的咳嗽也就随着曙光的到来停止了，但这时，他才像正常人似的，要做夫妻之间的事，像完成一项任务。完成了，阿强会安稳地开始睡觉，强嫂就得起床，去做全家人的早饭。

　　婚后的日子就这样开始了。

强嫂人长得俊，也很有心眼儿，婚后的生活是苦是甜，只装在她一个人心里，她从没有给别人说过什么，尤其是丈夫的痨病，她不想让更多的人知道，还一门心思地想着，婚喜能冲掉丈夫的病，阿强的身体会越来越好，以后的日子会慢慢好起来的。

强嫂忍受着丈夫的咳嗽，把日子拾掇得有模有样。只是，婚后一年多了，她的肚子还没有像其他新婚妇女那样隆起来，这叫强嫂很难忍受别人的目光。

在婆婆尖刻的目光下，强嫂躲避着婆婆的目光，夜里对丈夫说："我是不是有病？都一年了！"丈夫咳嗽得脸红脖子粗，连一句完整的话都说不出来，只用手指着自己，然后摇摇头，又摆摆手。强嫂也不明白到底是什么意思，她在村子里都不敢出现，怕别人看她的目光，那种目光会说话的，噼里啪啦地会向她的身上撞着，她受不了这种疼，是疼到心里的那种。

强嫂就瘦了，模样变老了不少，虽然只有二十一岁，却像一个地道的农村妇女了。

强嫂二十二岁这年，终于有一天开始呕吐了，慢慢地，她的肚子就隆了起来。为此，在她的肚子很明显的时候，她抱着肚子到村子里去转了一圈，其实强嫂没有一点要炫耀的意思，只想证实一下自己没有毛病，让大家收起恶毒的目光。然后，强嫂回到家中，痛痛快快地哭了一场。

哭过，强嫂的心里畅快多了，她的脸色也开始红润起来，不像别的孕妇，肚子里有了孩子，就像害了一场大病似的，懒洋洋地。怀上孕后，强嫂又恢复了以前的俊俏模样。

强嫂结婚后的第三年，产下了一个胖小子，取名阿壮，意思是要强强壮壮的。但阿壮生下来就爱哭，原因是他的父亲一到晚上就咳嗽个不停，扰得阿壮没有好的睡眠条件。这就苦了强嫂，整夜睡不成觉，抱着阿壮满屋子里转圈。尽管这样，强嫂还是觉得幸福，有了阿壮，不光是婆婆给足了笑脸，在村子里，头胎生了儿子的女人，是很有脸面的。

强嫂的这种幸福生活只维持了两年，她患痨病的丈夫在一天夜里突然就不咳嗽了。强嫂还以为是结婚冲喜得到了应验，谁知，第二天早上，才发现了阿强不咳嗽的原因。

阿强死了。

"天哪，这可怎么好？"这一声怪叫是强嫂的婆婆最先发出来的。那一刻，强嫂早已被丈夫的突然死亡吓傻了，抱着刚会走点路的儿子，只是往墙角里缩。

埋葬阿强那天，强嫂披麻戴孝，哭得死去活来，村人见了，都暗自伤心，是替年仅二十五岁的强嫂这么早就守了寡。也有望着一身孝服的强嫂心里产生想法的，那就是娶不上媳妇，一直打光棍的汉子们。

村间乡语里有这么一句："要想俏，一身孝。"

二十五岁的强嫂，那天穿着一身孝服，哭红了双眼，可别提有多俏了，叫村子里的男人们回味了好长时间，尤其是那些光棍眼都直了。

在这群光棍中，属智明最为冲动，他那天望着强嫂，痴呆了一般，如果不是别人喊他，智明抬着棺材，差点栽进墓坑里。

年轻的强嫂成了寡妇，却使光棍们看到了希望。尤其是智明，埋完阿强的第二天，就上强嫂家，急不可待地去帮强嫂干活，他被强嫂冷冷地拒绝了。

阿强一死，村里人才知道，原来阿强患有痨病。这种病，村人知道，是没法治好的，就叹息强嫂的命苦，嫁了这么个肺痨鬼，当初怎么没多长个心眼儿，她的一生就这么完了。

面对现实，强嫂只有流泪的分。

对于痨病，乡里有各种说法，慢慢地，就有了流言，说痨病不能生育，可强嫂却生了个儿子……

这种流言的受害者自然就是强嫂了，先是婆婆被流言击得坐卧不安，一个劲儿地质问强嫂，阿壮是谁的。强嫂没办法回答，只是哭。

没有了阿强咳嗽的夜晚，又叫强嫂压抑而沉闷的哭声填满了。

有一天，强嫂终于忍受不了婆婆的质问，爆发了积郁在胸间的苦闷，大声吼道："是你们骗了我，骗了我来冲喜，害得我这样惨了，还不肯放过我！"

婆婆一家人大打出手，围住强嫂，骂着"骚货"，痛打了一顿强嫂。强嫂娘家人闻信赶来，扶起强嫂，理论起来，却被婆婆家的人大骂了一通。

嫁出去的女人，又有恶魔一样的流言蜚语，强嫂娘家人理亏似的让人家痛骂了一顿。

村人看不惯，却没有人上前制止，这种事，是不好制止的。这时候，偏有智明冲了出来，与强嫂婆家人理论起来。强嫂婆家人得理不让人，骂智明："你是什么东西？"

智明推开强嫂的婆婆，说："我不是什么东西，就是看不惯你，当初骗了强嫂嫁给你的痨病儿子，现在又欺负她和孩子，你们才不是个东西！"

强嫂婆家人一窝蜂围上了智明，连打带骂。打骂得智明火了，粗着嗓子吼道："就算阿壮是我的孩子，你们还能把强嫂吃了？"

智明的话一出口，打骂声急骤停住了。

结果，强嫂的家人悄悄地退走了，婆家人发疯似的将强嫂的一点家当全扔到了门外面，算是把她赶出了家门。

当时，强嫂想到了死，后来，是哭叫着的阿壮打消了强嫂的轻生念头。强嫂被智明的一句话弄得无家可归，这时候的娘家人也躲得远远的。村里人就将强嫂安顿在早已废弃的场屋里，强嫂就这样在没有院墙的场屋里住了下来，为了阿壮，强嫂开始了她的另一种凄苦生活。

事情的发展总叫人不可思议。光棍智明的一句话害苦了强嫂，他还以为是帮助了强嫂，就以强嫂的恩人自居，上门安慰、讨好强嫂。强嫂怒骂智明："你个狗东西，给我滚远点！"

智明讨个没趣，却不甘心，想着一定要娶强嫂为妻。依照世袭的村规，死了丈夫的寡妇，要等丈夫过了三周年后才可以改嫁，不然，鬼魂会附身，对谁都不利。智明有足够的耐心等着强嫂守孝三年，他才不管强嫂已下了不再嫁人的死心。智明在强嫂跟前讨不到好，就想法和强嫂的儿子接近，并且给阿壮送了一条小狗。阿壮将狗抱回家，强嫂一听是智明送的，气就不打一处来，要扔了小狗，阿壮不让，哭闹得很凶，强嫂无奈，就留下了小狗。想着狗养大了，也可以看门做伴。

三年过去，小狗长成了大狗，不但能做伴，而且阻止了不少前来骚扰强嫂的光棍汉。那时候，寡妇强嫂才二十八岁，她本身就长得俊俏，又正是风韵毕现的年龄，在那里闲搁着，大家都觉得可惜，尤其是那些男人，心里都痒痒的，夜不能眠，有胆大的竟偷偷溜到强嫂门口，却被那条狗给拒之门外。

男人们都痛恨死这条狗了。最痛恨强嫂家那条狗的，就是智明了。当初，智明送给阿壮小狗时，没想到小狗变成大狗后，对他是个最大的威胁。

强嫂现在很看重这条狗，儿子阿壮也五岁了，她早早地送儿子上了村里的小学，把心思全用在了儿子身上，对狗也像待自家人一样，形影不离，人狗吃一样的饭食，日子苦些，倒也平淡知足。

智明是早就沉不住气了，好多次想接近强嫂，表明自己的心迹，无奈，有那条狗时刻伴在强嫂身边，智明根本近不了她。那狗对智明特别凶，智明恨狗恨得牙痛。

一天夜里，智明就找了两只药死的老鼠，偷偷地扔到了强嫂家门口。强嫂家的狗在夜里吃了死老鼠，第二天一早，强嫂发现狗有些异样，以为是饿的，就做了饭喂上，狗闻了闻饭食，不吃一口。到了中午，狗吐起了白沫，时间不长，躺在地上抽搐起来，吓得强嫂大喊大叫，引来了不少村人。刚好阿壮放学回来，见此情景，吓坏了，抱住狗头，哭得震天动地。

狗痛苦挣扎的样子，吓得强嫂也哭出了声，望着痛哭的儿子，强嫂一时真不知怎么办才好。

围观的村人见状，议论是狗吃了带药的食物，说给狗灌些粪汤，或许还有得救。有好心的人帮着弄来了粪汤，给狗灌了下去，狗不是人，吐不出胃里的药物，直折腾得奄奄一息，却不见一点好。这时有人出主意，赶快送狗到村里的医疗站，看能不能救下一条命。

医疗站医生看了看狗后，知道狗命难保了，他深知强嫂和这条狗的感情，看着强嫂和小壮哭得跟死了人似的，于心不忍，就说："除非现在有仙人掌，或许还能救活这条狗的命。"

村人从不养花种草，什么是仙人掌，都不知道。

但强嫂一听狗还有救，就立即停止了哭泣，忙问："能救？谁的手掌是仙人的掌呢？"

医生苦笑了一下，说："我说的仙人掌，是一种植物，形状像人的手掌，

120

上面有刺，是有毒的，给狗吃了，以毒攻毒。"

"你快拿来给狗吃呀！"

医生说，我这里没有仙人掌，咱村子周围就没有这玩意儿。

强嫂急问："哪里有？我这就去买。"

医生说，也没有卖的，这是干旱性植物，咱们这里可能只有远处的沙漠里有吧。但这远水解不了近渴。

强嫂看着还在哭泣的儿子，说，我去沙漠里找。

医生拉住强嫂，说恐怕来不及了，沙漠很远的。

强嫂的眼泪又涌了出来，扑通一下坐在地上，抱着儿子，也抱着快死的狗，哭了起来。

谁也没有想到，五岁的阿壮竟去沙漠里寻找仙人掌了。

那时候，其实狗已经死了。

强嫂和村人把死狗弄回家后，就没有找到阿壮，问了村人，都说刚才还在的，一转眼就不见了，会不会去学校了，已经到了该上下午课的时间了。

强嫂跑到学校，没有找到阿壮，这才慌了，又跑回来，到处找不到阿壮，她急得一头大汗，村人也帮着到处找阿壮。最后，在自家炕上发现了一张纸条，是阿壮用汉语拼音写下的一句话：

WO QU SHA MO ZHAO XIAN REN ZHANG

强嫂听别人给她念了纸条上的留言后，叫了声"天哪，这可怎么好"就瘫在了地上。村人忙扶强嫂到炕上躺下，然后，组织人们四处去找阿壮。

真正的沙漠还很远，村里人大多都没有见过沙漠，更没有见过绿色的仙人掌了。

茫茫荒野，没有个边，哪里能找到一个才五岁大的阿壮呢？直到半夜，出去的人回来，都说没有找到阿壮。第二天天没亮，村里的人全部出动又去寻找阿壮，留下强嫂一人瘫在炕上，泪已流干，两只空洞的眼睛苦巴巴地望着门口……

天黑透了，村人回来，没有找到阿壮，却发现强嫂栽倒在地上，口吐白沫，已不省人事了。

村里大乱。

出去找阿壮的智明，闻信赶到强嫂家门口，却停住脚没敢进门，他怕看到口吐白沫的强嫂。智明在门口站了一阵，望着忙乱的人们喊医生又要找粪水来灌强嫂。突然间，智明仰天大声狂笑起来，笑声尖厉而恐怖，划破了黑色的夜幕，抖动着直往人们的皮肉里钻。

村人皆惊，不明白强嫂遇到如此不幸，智明还能笑得出来，有人拿来手电，照着黑漆漆院落里的智明。智明一见到光亮，就不笑了，却怪异地叫大家来看，他举着双手，大声叫着："快来看呀，快来看，我的手变成绿色的了，我的手是仙人掌了！"

人们被智明的怪叫声吓得不敢上前去看，智明却一个劲地叫着，还往前举着手叫人看，两手在一起摩擦着，人们能听到一种利刃划破厚纸的响声。

直到智明逼到了人们跟前，有胆大的顺着灯光去看智明的双手，在微弱的手电光下，看到智明的双手绿得吓人，并且看到智明的手掌上长满了坚硬的绿刺，刺尖上往下正滴着绿得发黑的汁液。

寒　假

　　入冬后不久，羊贩子白加禾从喀什城里过来，给桑那镇的羊贩子马相云带来今年羊价大跌的消息。同时，白加禾还带来一个又白又高的丫头，说是他的表妹，名叫康小丫，今年夏天刚考上喀什的财贸学院，现在放了寒假，是跟着他来桑那镇度假的。

　　马相云这几年贩羊挣了几个钱，他老婆大洋马硬把儿子马小扬送到喀什城里自费上了技校。马小扬自从去喀什读书后，每年两个假期都回家来的，可他现在已不把回家说成是回家了，而说成是回来度假。这个寒假马小扬也回来了，什么活都不干，整天肩上斜挂着一把吉他（马相云总说成是琴）专门找暖和的地方去弹，逗引着一帮小屁孩子围着又蹦又跳，村子里的人早就骂着马相云养了这么一个宝贝儿子。马相云和村人一样也看不惯儿子这副德行，说过几次，但在老婆大洋马的眼里，儿子却是村里一帮青年中最出色的，虽然她也听不懂儿子弹奏的乐曲，甚至有时候心里也嫌儿子那把吉他吵得慌，却仍一心一意地护着儿子。马相云斗不过老婆的那张嘴，在老婆的维护下又打击不了儿子的积极性。因为在这个家里，是老婆大洋马说了算，马相云没有办法，只好任凭儿子目中无人地又弹又唱，也无奈地任凭村人稀奇古怪的目光，像秋天的树叶一样不停地从远远近近的地方飘荡过来，砸在儿子身上，他自己一人顶着硬硬的寒风到处去讨价还价地收购羊。

　　这次，羊贩子白加禾还带来个度假的表妹，马相云一听又是像儿子一样度假来的，心里觉得十分别扭，漫不经心地瞄了一眼康小丫，发现这丫头一点也不像个学生，脸盘倒长得很漂亮，一双大大的眼睛看人时，眨巴眨巴，很灵活，但那灵活中，马相云总觉得有一种让人说不出来的东西，很诱人心动——至少是很诱他的。康小丫还挺着一对快要从衣衫里蹦出来的大奶子，稍一动作，那一双大奶子便如同一对兔子上蹿下跳地晃个不停，晃得马相云眼都花了。在马相云的眼里，白白胖胖的康小丫就像一个产奶量很高的黑白花大奶牛。马相云这样想时看了白加禾一眼，这时白加禾的目光和笑容都贴在他老婆大洋马的身上，根本没有把他当一回事。马相云鼻子里哼了一声，心想着，看来白加禾今年的心思不在贩羊的事上。马相云瞪了一眼正兴奋得有些手舞足蹈的老婆大洋马，又用男人的目光狠狠地看了一眼像奶牛似的康小丫，重重咽了口唾沫，给白加禾连个招呼都不打，就走了。

马相云虽说也是羊贩子，可他只能用比肉联厂略高一点的价，从各处去收羊，真正把羊贩卖出去的，还是白加禾。马相云除了把收来的羊再卖给白加禾，从中赚点差价外，他没有别的能耐。他也知道白加禾把这些羊再贩出去，能挣不少钱，可他不像白加禾那样满世界乱跑过，脑子又灵活，懂行情，他根本就摸不着外面贩羊的门路。前年，马相云也尝试过不经过白加禾，自己把羊直接贩到喀什去，以为这样就可以多挣点，但他在喀什转了几天，就是找不到销路，为了不把上百只羊平价卖给肉联厂，最后还是转手给白加禾。

白加禾的能耐马相云是知道的，他在心里把白加禾恨得要死，可又不敢得罪他，每次白加禾到桑那镇来，要吃要喝，大洋马为了和白加禾拉好关系，还叫他住在自己家里，马相云心里不高兴，却连个屁都不敢放，表面上客客气气地招待他。这次白加禾带来这么个像奶牛似的丫头，不知要干什么，这个羊贩子白加禾越来越叫人弄不清楚了。马相云管不了白加禾的事，但白加禾给马相云带来的消息是致命的，羊价大跌，对一个羊贩子来说，再没有比这个更痛心的了。

一想到自己一只羊一只羊地压价，费尽口舌跑遍了桑那镇大大小小的荒草甸子收来的羊，却不是自己料定中的价钱，马相云十分沮丧甚至愤怒。收来的羊卖不上好价钱，也就是说他这次赚不了钱，这比什么都要伤他的心。

马相云暂时忘却了白加禾带来的康小丫对他的诱惑，他裹着羊皮大氅，蹲在羊圈旁边，望着他收回来的几十只肥羊，发了一下午的愁，伤了半天的心。

天快黑的时候，老婆大洋马扭着丰满的屁股，来喊马相云回去吃晚饭。离羊圈老远，大洋马就撇开尖细的嗓门喊开马相云的名字，马相云蹲在羊圈门边的阴影里看着老婆一扭一扭动感十足的身子，一声也不答应，他在心里骂着大洋马：看把你骚的！

每次羊贩子白加禾一来，大洋马就不像是她自己了。爱说爱笑，说话的嗓门也大了，连走路的样子都变了，两腿一上一下地摆动幅度很大，把那个又圆又大的屁股扭得比平时更厉害，难怪别人都叫她大洋马呢，马相云都觉得该这样叫。他有时看着大洋马走路的样子，真想在她丰满的屁股上狠狠踹上两脚，他想就算是踹上两脚，也一定像是踢在棉花上，大洋马肯定没有感觉。尤其是白加禾来的时候，大洋马更像一匹正处在发情期的母马见了一匹雄壮的种马似的，满身的骚劲就上来了，而且还从不避着马相云，把马相云恨得牙根都痛。可马相云又不敢得罪老婆，老婆就像这个家里的外交官，他全凭着老婆的这张嘴和白加禾讲价，让白加禾不像压别人一样压他的价格，不至于吃亏太大。

大洋马一边喊着马相云的名字，一边扭着走到羊圈跟前，见马相云蹲在那里闷声不响地抽烟，就用脚踢了踢马相云，没好气地说，你蹲在这里装鬼呢，还是耳朵叫羊毛塞了？我喊了你半天也不知道答应一声。

马相云乜斜了老婆一眼，呼地站起来，冲着大洋马说，扯个大嗓子干什么，你叫魂呢？我这还不是没死嘛！

大洋马生气地说，我还以为你死了呢，死了倒省事。

我知道你希望我死么，我死了，你就好过了。

看你这话说的，大洋马莫名其妙地看着夜影里的马相云若明若暗的脸说，我把你怎么得罪了？

马相云叹口气说，这不是羊价又跌了么。

噢么，我就说呢，你咋这么冲。大洋马随即换了一种口气，对马相云说，白加禾每次都说羊价跌了，可他贩羊一直在挣钱呢，看他钱都挣疯了。他这

125

次别想把咱坑了，我会跟他理论的。

马相云酸溜溜地对老婆说，快收起你那两下子吧，我宁愿把羊平价卖给肉联厂，也不愿听别人说我是靠老婆和白加禾拉关系，才卖个好价钱的。

放你娘的屁！大洋马骂道，马相云，别人那么说，你也跟上较劲，你个缩头乌龟，每次要不是我和白加禾交涉，就凭你个老蔫样，还想贩羊？别人把你贩卖了，你连个屁都不敢放。

大洋马这样一说，马相云就不吭气了。这几年贩羊挣了点钱，是自己没黑没白地，一只只羊压低价钱辛苦收来的，可说白了，真正把羊卖出手，挣上差价的，还是靠大洋马。不管怎么说，大洋马还是为自家多挣点钱，才去讨好白加禾的，她只是扭扭屁股，赔笑，又没有变成白加禾的老婆，陪他去睡觉，她还不是他马相云炕上怀里搂着的老婆嘛。马相云能想通这点。

马相云丢掉烟头，跟着老婆回到房里，发现儿子马小扬不在家，就问老婆儿子怎么还没回来。

大洋马说，白加禾带来的那个表妹康小丫一来，就瞄上了马小扬，两个人一搭嘴就一个弹着，一个唱开了，都唱一个下午了，把我烦死了。

咦，也有你烦的时候？你不是很喜欢听马小扬弹那什么破琴吗？这回有弹的又有了能唱的，热热闹闹，不正合你的意吗？

大洋马骂道，你这个老东西，我还不是想叫咱马小扬出息吗，如今城里的年轻人哪个不弹不唱。

马相云说，可马小扬不是城里人。

等小扬上完技校，在城里安排工作，不就是城里人了嘛。

老婆的愿望是好的，可今后能不能达到，谁也保证不了。马相云早就听说，如今别说技校毕业生，就连名牌大学毕业的学生都不安排工作，更别说儿子这个自费生了。

先别高兴得太早，以后的事谁也说不准。马相云对老婆说着，叹了口气，见老婆没有反应，又说道，这个马小扬咋还不回来呢，我去找找他。说完，马相云拿起刚脱下的羊皮大氅穿上，就要出去。老婆说，你别去找了，马小扬和康小丫一起找白加禾去了，马上就会回来的。

马相云一听有些担忧，他不愿意儿子和白加禾带来的这个丫头在一起。他对老婆说，你可得看紧点马小扬，别叫他和白加禾的那个表妹瞎搅和。

你说的这是什么话，什么叫瞎搅和？大洋马白了马相云一眼，我看人家康小丫这个丫头挺好的，人长得挺漂亮，又在喀什城里读书，还是自己考取的，比咱马小扬读的学校好，今后要是读出来，和咱马小扬一块在城里……

你别做这个美梦了，马相云打断老婆的话说，你看那丫头长得像个大奶牛，怎么看都不像学生，你最好不要有这个心思，白加禾是个什么人，哪有便宜给你呢？

白加禾这几年贩羊挣了几个臭钱，不是个好东西，但康小丫只是他的表妹呀，难道他连他的表妹的事也管？

表妹？马相云哼了一声，心想那丫头和白加禾哪像兄妹，正要和老婆争论下去，这时，儿子马小扬领着白加禾，还有康小丫回来了。白加禾每次到桑那镇来贩羊，吃住都在马相云家，马相云心里气恨白加禾每次吃过他的住过他的，在和他讨论羊价时却依旧毫不含糊的劲儿，但下一次还是要招待他。每次，马相云都照样陪白加禾吃肉喝酒，两个人说些贩羊的事。

大洋马把酒菜早就弄好，她却不坐到桌子跟前一起吃喝。桑那镇的女人都这样，男人在一起喝酒时，她们都不上桌子。马相云再没有本事，可他也是男人，大洋马在一般的礼节上还是给自己的男人留个面子的。大洋马一边端茶倒酒，偶尔也插一两句话，但一旦到谈羊价的关键时刻，她就挺身而出，一边劝白加禾喝酒，自己也端起杯子陪着喝上几口，一边笑着闹着把羊价抬上去。白加禾敌不住大洋马的攻击，虽说有时看上去把羊价咬得很死，不想松口，但为了嘴上占些大洋马的便宜，难免会松下气来。多数时候，价格就是这样被大洋马敲定的。过后，到算账的时候，白加禾总是为自己在关键时刻败给了这个女人而后悔不迭。

这几天，入冬以后的寒风刮起来，刮得屋外的每一寸土地都像是浆过一样，硬邦邦的，寒风的脚步就在这硬邦邦的土地上很空洞地回响着，响声被撞击到每一幢房子的窗户上，窗户也贴上了那种让人畏惧的声音。为抵抗寒冷，屋子里的炉子旺旺地烧着，炭火也像寒风似的呼呼叫着，冲出来一层一层的热浪，把屋子烤得暖烘烘的，不一会儿，屋子里的人都热得出了汗。马小扬埋怨屋子太热，叫他妈把炉子封死别烧了，大洋马还没有说话，马相云回过头来对儿子说，你嫌热就到外面凉快去。马小扬瞪了他爸一眼，吊着个脸几口吃完了饭，把碗往桌上一推，桌上立马一阵乒乒乓乓的响动。马小扬没在意马相云瞪他的目光，换上一副笑脸，叫上康小丫去了他自己的房间，用吉他和歌声愤怒地表示着抗议。大洋马过去把儿子房间的门关严，回到酒桌边，收拾了儿子和康小丫的碗筷，才坐下来，劝白加禾多喝点酒，一边听着男人们的谈话，一边等待着她出手的时机。

这次，白加禾对贩羊的事说得不太多，一个劲儿地把话题往别的地方扯，马相云听出了白加禾的意思，白加禾是从马相云这里了解桑那镇的情况，今后想在桑那镇给他的表妹找个婆家。

你不是说你的表妹还在上学吗？上完学，今后可就是城里人了，在城里找个婆家多好，干吗要放弃城里的好条件，跑到这贫穷的桑那镇找婆家呀。马相云瞪着被酒精烧红的双眼，疑惑地问白加禾。

白加禾望了望坐在边上的大洋马，说，什么城里人不城里人的，小丫现在还不是城里人。如今城里不如乡下，再说，丫头的学上到什么时候总有个头呀，眼看小丫也老大不小了，我姨夫死得又早，我老姨一个女人家，就把这事托给了我，我又不能不管。

马相云在心里揣摩着白加禾的话，弄不明白白加禾这次到底在玩什么鬼把戏，他又不敢随意接白加禾的话，就端起杯子一口气喝完自己的酒，不顾老婆在一旁拼命地向他使眼色，对白加禾推托着说，我已经喝得有点头晕，这事儿我记着，赶明儿我给你打听打听吧。

因为多出一个康小丫，大洋马给儿子做工作，让他把房间让出来给康小丫住，叫马小扬和白加禾挤在一个屋子。马小扬不太乐意，可不乐意也没办法，他总不能和康小丫住一起吧，嘟嘟囔囔地同意了。大洋马安顿他们睡下后，回到自己房子里，问马相云，对白加禾说的他这个表妹的事究竟是怎么想的。

马相云喷着酒气，说，怎么想？他白加禾要给他表妹找婆家，是他的事，我不会插手帮他的，这个康小丫咱对她也不知根知底，说给人家不定会招来麻烦，像去年村西大庆娶的那个女人，就是别人从外地带来的，当时说着挺好，结婚没几天吧，那个女人卷上钱财跑了，谁也不知她是从哪来的，名字肯定也是假的，到哪儿找去？

我没有要你给别人说，大洋马说，我看康小丫挺好的，长得俊，和咱马小扬一个弹一个唱也挺合得来，又是白加禾的表妹……

你不要给咱马小扬打这个主意！马相云打断大洋马的话，别的事我依着你，这个事我是坚决不同意！

大洋马说，只要马小扬喜欢，到时候由不了你，这个家里的事都是我说了算！

你……马相云知道老婆一来横的，他就没法了，吵又吵不过人家，嘴里呜呜着，借着酒劲翻过身去，干脆装睡。

第二天一大早，马小扬和康小丫吃过早饭，就迫不及待地又弹又唱上了。白加禾说还要到别的几个羊贩子那里去看看他们的羊数够了没有，就出门走了。

马相云对大洋马说，咱今年收的羊太少，还得再去收买几十只来，起码凑够一百只吧。

大洋马就说，那你赶快再去收吧。

马相云望了望准备着要到外面去唱歌的康小丫和马小扬，对大洋马说，今年白加禾来得比往年早，为赶时间，我得带上马小扬一起去收羊。

大洋马明白他的心思，望了望已经走到门外的儿子和康小丫说，马小扬哪能吃得了这份苦，再说了，他和小丫在一起，也有个伴儿。

什么伴儿？马相云一想到康小丫那副奶牛似的样子，就火了，你看马小扬像个疯子似的，整天光知道弹琴唱歌，这么冷的天让老子一个人去受罪，我哪儿也不去了。

大洋马一听，火气比马相云还大，骂了马相云一通，马相云不还嘴，却往炕上一躺，不准备出去收购羊了。大洋马一看这阵势，知道马相云真不想去收羊。马相云说附近的羊都收完了，要去得去远处，天气这么冷，路远了让他一个人怎么把羊弄回来？万一路上出个什么事怎么办？无论如何，这次叫他一个人去收羊，哪怕让他赚再多的钱，他也是不会去的。大洋马没有办法，马相云这回算是和她犟上了，她又不可能把马相云暴打一顿，气得她咬牙切齿地在屋子里走着圈子。为了不耽搁今年的收入，最后，她只得同意让儿子跟着去。但马小扬不愿去。大洋马气得差点打马小扬一顿，马小扬才很不情愿地跟上马相云去收羊了。

　　父子俩别别扭扭地去远处的牧人家里收购羊，他们在路上没有一句话能说在一起。马小扬一直惦记着住在他家的康小丫，满心想着和她唱歌的事，一点都不配合父亲，马相云非常生气，在收羊时就磨蹭时间。因为离桑那镇近点的羊都叫人收走了，他们去了很远的巴克楚收羊，羊多的人家都自己卖给了羊贩子，只有收那些零零散散的羊。父子俩跑了五六天时间，才收了四五十只羊，赶着羊回到家里。

　　大洋马发现羊贩子白加禾这几天忙得很，早上一大早就出去了，晚上回来得很晚，一回来就睡觉。而康小丫有时候连个人影都见不上，大洋马想着可能是马小扬不在家的缘故，康小丫没有伴儿，只好去村里找人玩了。

　　大洋马在家里担负着照顾圈里的那几十头羊的重任，天气冷，她怕冻死羊就亏大了，整天在羊圈那里忙碌，也顾不上陪康小丫。况且康小丫也没有要她陪的意思，每次她主动做出想和康小丫交谈的样子，康小丫微微地对着她一笑，就躲开了，她知道康小丫和她没有共同语言，就想着如果儿子要是在家就好了。一想到儿子，大洋马的心里就很不踏实，天冷得出奇，风刮得房子和地上都脱了一层土皮，却总不见下雪，往年这个时候，只要刮上几天风，雪花就迫不及待地跟着来了，满天满地地飞扬，就像一大群调皮的孩子，东奔西窜的，在大地上的每个角落里都躲藏着。今年却一点要下雪的迹象都没有，只是刮风，干干的，在脸上就像一把刀子在飞舞，连皮都要被生生割下来一般。想着儿子长这么大从来没有受过这种苦，大洋马心疼得直在心里咒骂马相云，盼着儿子和马相云能早早地甩掉这种鬼天气的折磨，快点回到家。

在盼望中马相云父子回到了家，在大洋马又喜又疼的埋怨声中，马相云的心却到了白加禾那里，想着这一段时间还没有和白加禾真正谈羊价呢。等到半夜，也没见白加禾回他家里来，问大洋马白加禾什么时候才能回来，大洋马没好气地说，白加禾是我什么人，他睡在我的炕上呀，我怎么知道？

马相云忍气吞声地睡觉了。第二天早晨，白加禾还没有起床，外面就来了一辆警车，他们把车开到马相云家门口，几个便衣警察把白加禾和马相云堵住了。马相云也不知道发生了什么事，还在懵懂之中，就被人从被窝里拎出来，戴上了手铐。

马相云吓得连话都说不出来，怕冷似的，只是一个劲儿地发抖。

天也确实很冷，外面的白毛风呜呜地怪叫着，凄厉得像一群哭泣的孤魂野鬼，把屋门撞得咚咚直响。大洋马被眼前的情景吓哭了，哭了老半天也没人理她，就止住哭声胆怯地上前去问其中一个便衣，到底是怎么回事。

便衣冷笑一下，说装什么糊涂，你们涉嫌窝藏妓女卖淫，白加禾早就打着贩羊的幌子干了这个勾当，我们盯他时间长了，他每次来都在你们家住，到这个时候了，你们还不老实交代。

天哪，大洋马大叫一声，哭诉着，她一点都不知道白加禾干些什么，她只知道白加禾是来贩羊的，而且每次都是他来收他们家的羊，她怎么知道白加禾还干其他的事呢。

这时，两个便衣从别的地方带来康小丫。康小丫还像个奶牛似的挺着她的两个大奶子，但她的头却低下了，根本不敢看人。大洋马一见，才明白是怎么回事，想着自己还把她当一个在城里读大学的丫头，差点要她做自己的儿媳妇，自己真是瞎了眼没看出这是一个婊子呢。上当受骗又受到牵连的屈辱感让大洋马忍不住冲康小丫大叫了一声"婊子"，就哭着骂上了白加禾，还扑上去要撕康小丫的脸，被眼疾手快的便衣一把拦住。大洋马回身又抱住马相云，对便衣哭诉着，她的男人这几天一直不在家，去到外地收羊了，昨天才刚回到家里，他和她一样只当白加禾是个羊贩子，根本就不知道白加禾和康小丫的事，也绝没有参与他们的勾当。便衣起初不信，大洋马打发儿子去找来村长，村长证实了马相云不在家，但马相云家给康小丫这个卖淫女提供过住处，却要罚他们一万块钱的款，方能打开马相云手上的铐子。

大洋马哭哭啼啼地走到这个警察跟前，又走到那个警察面前，也顾不上扭自己丰满的大屁股了，一个劲儿地求警察，一副下贱的样子。一旁的村长也帮着说了不少好话。

寒风刮得很紧，警察们冻得实在受不了，裹紧大衣跺着脚把一万块钱降到了八千，任凭大洋马再说什么好话，都不肯往下再降。僵持了一会儿，警察们一个个都躲进有暖气的警车里，让寒风在车外面和大洋马他们较劲。寒风像给警察助威似的，刮得更猛烈了。在寒风中，大洋马等人就觉得这时间也被冻得凝滞，失了神般再也不动了。大洋马挤着眼，欲哭又不敢哭出声，怕看到哭出来的声音被寒冷冻住。

透过车窗，看到警察们很轻松地坐在警车里谈笑，大洋马就知道和这些警察打交道不是和白加禾谈卖羊生意，看来这次她是实在压不下来价钱了。见捱不过去，大洋马红着眼睛答应下来，可家里一下子拿不出这么多钱，在村长的协调下，急着要回去的警察们才同意从马相云收来的羊里挑了八十只大点的羊顶罚款。

警察开着警车到镇上的肉联厂叫来了拉羊的汽车，马相云眼看着他冒着寒风辛辛苦苦收来的一只只羊，被村长带着人往车上像扔雪团似的扔着，心抽得像风一样紧。他的耳朵里已听不到羊乱七八糟的叫声，眼睛里看到的羊圈里的一大堆拥挤着如同雪堆似的羊儿，已经稀稀疏疏得像春天里慢慢融化的残雪，很冷清，很寥落。他的心痛得都有些痉挛了，缘了这痛，才使他的意识里一点一点挤进来羊们哀怨的叫声，他看到一大半被扔到汽车上的羊，咩咩地叫着，一只一只温顺的眼睛像是蓄满对他的哀求。这时，马相云的眼泪才在猛烈的风声中泄流一样冲下来，把他的脸弄得湿乎乎，又被寒冷冻结成冰，脸上似被几个钳子夹着，生疼生疼。

直到拉羊的车开走，一直只敢无声流泪的马相云才拼了命地扯开嗓子大哭起来。没哭几声，寒风就不耐烦地将他的哭声阻了回去。马相云被哭声噎住，差点背过气去，被慌手忙脚的老婆和儿子赶紧扶到屋子里，放到炕上躺下。

马相云一直到了晚上才缓过气来。他不吃不喝，从炕上爬起来做的第一件事，就是把老婆大洋马摁倒在炕，狠狠地打了一顿。白加禾住在他家里，是大洋马的主意，大洋马自知理亏，没敢反抗，被马相云打得疼了忍不住叫上几声。她越叫，马相云下手越重。打老婆对马相云来说，是从未有过的事，他下手很狠，把大洋马打得尖叫了半个晚上，那尖叫声竟把被寒风阻碍得严严实实的黑暗划得七零八落，传得很远，使整个桑那镇的人都听到了大洋马的哭叫声。

寻 找 太 阳

最初，连队把太阳和月亮送上苏巴什哨卡时，随给养车一同上来的连长是这样对上士说的：只要你们用点心，到明年开春，这一个太阳和一个月亮就会变成两个太阳或者两个月亮。

那时，刚过了五月，雪已经开始融化，秃山被雪水浸透了，沙石都潮乎乎的，能闻到春天湿润的气息了。上士琢磨着连长的话，对今后的日子充满了信心。上士望了望头顶上温暖的太阳，当时问连长，咋就叫太阳和月亮呢？

连长说，这是指导员和我费了很大劲才想到的。咱这儿没什么可看的，能见上的活物，也就太阳和月亮。只是太阳和月亮在天上，看得见摸不着，就给你们送来这能摸得着的，多亲切。

上士走上前去，从中士下士上等兵还有列兵的缝隙里，摸了摸太阳和月亮，绵绵的、软软的，确实很亲切。

太阳和月亮这时还响亮地叫了几声。上士听到叫声，心里一颤一颤的，溢满了亲切的暖流。

太阳和月亮是一公一母两只小羊羔。

上士望了望四周光秃秃的石山，石山上除还有一些积雪外，就剩下石头和沙土了。在海拔这么高的山上，就是到了盛夏季节，由于气温不够，也不宜植物生长。就是生命力极强的针茅草，也像它的名字一样，只能生长到缝衣针那么大点，要赶上天气凉了，就枯死了。这种针茅草也极少，想割些草

134

是绝对不可能的。这样，储存不到草，太阳和月亮冬天的吃食就有问题。上士意识到了问题的严重性。

连长似乎看透了上士的心思，对上士说，动动脑子吧，就怕你们待在苏巴什不动脑子呆傻了，我才和指导员想出这个办法，来激活你们。

上士被连长激得来劲了，当即给连长表态，一定把太阳和月亮养得肥肥胖胖，叫它们生出更多的太阳和月亮来。

上士和大家一起给太阳和月亮收拾好居住的圈舍，那是兵们用来堆放物品的储藏室。本来打算叫太阳和月亮住在那间废弃不用堆杂物的马厩里，可马厩实在是太破了。虽说山上没有危害它们的狼之类的野兽，但太阳和月亮今后将成为他们最亲密的伙伴，说什么也得让它们住上和他们一样的屋子，这样他们才心安些。可哨卡能住的房子就剩下储藏室了，他们的物品，只好从储藏室搬出来，因不能放在宿舍里，怕影响内务卫生，就都搬到了四面透风的马厩里。山里没有外人来，也不怕丢失。

太阳和月亮在苏巴什哨卡住了下来。在负责喂养太阳和月亮的问题上，哨卡出现了不同意见。中士说他是老兵应该由他来当饲养员，列兵说他是新兵，应该多干些工作，下士则说他在家里时就喂养过羊，他当饲养员最合适，上等兵是炊事员，认为由他来兼饲养员最应当。

上士是哨卡的哨长，从内心讲他也想当饲养员，可他见大家都想分享饲养太阳和月亮的乐趣，想了想便决定，喂养太阳月亮的事不具体落实到谁头上，大家一起来喂，尽快使它们长大，能生出更多的太阳和月亮来。

大家都非常高兴。在哨卡，除了上哨外，最难打发的就是时间了，现在有了太阳和月亮，会增添许多乐趣，日子就不会那么寂寞了。于是，大家分头想办法，主要是解决太阳和月亮吃的问题。现在太阳和月亮还是小羊羔，吃不了多少，上等兵从菜窖里拿了些冬储的白菜帮子，暂时解决了它们的吃食，为了保证它们有吃的，上士要求上等兵今后做饭时尽量少炒点菜，把白菜省下来，给太阳和月亮吃。太阳和月亮的到来的确给哨卡增添了不少欢乐，大家每天除上哨外，就围着两只羊羔，给它们喂吃的，带着它们在营区周围撒欢，逗它们玩。哨卡里便有了欢声笑语，那种沉闷的孤独成了过去。

　　到了七月，天气一热，山上的针茅草冒出了绿尖，上士和兵们就把太阳和月亮带到山坡上。山坡是那种一眼看上去秃秃的黄不拉叽的山坡，很落寞很清冷的模样，根本就没有别处山脉那种夏天漫山遍野都是丰盛得快要溢出来的绿色。但若是仔细地、很用心地去看，还是能见到石头缝里蹿出来的一丝丝绿色，这些绿色宛如踮着脚尖偷偷经过一个地方的小姑娘，稍有动静就会被吓跑似的。上士和兵们都极为小心，生怕自己一不小心，把这些羞涩的小精灵们吓着，或者吓跑了。虽说那绿草尖小得可怜，可它毕竟是草，是太阳和月亮唯一能寻得到的野生食物！太阳和月亮好像也明白这些草对于它们不同凡响的意义，它们温存地、小心翼翼地寻找着这些零星散落的绿色。也许是这些绿色植物散发出了特别的香味，太阳和月亮寻那些细细的、弱弱的针茅草时一找一个准。上士仔细观察过，太阳、月亮和草的感情是那样地温馨，它们找到草后，不急着吃，先用湿润的嘴唇轻轻地碰碰嫩绿的草尖，像是亲吻似的；再伸出自己的舌尖，舔舔那饱含汁液的草尖，似在品味其中醇醇的清香，然后才张开嘴，把草尖含在温热的嘴里，慢慢地用牙齿切断草叶，然后才是草茎。它们的嘴就像个割草机，只吃完地面上露出的那部分草叶，绝不拔出草根，要留下草根待来年春风吹又生。

　　上士把他的这个发现对兵们一讲，大家都跟着太阳月亮后面去看了，在石头缝隙里找到了太阳和月亮吃过的草茬，用手指摸了摸刚刚露出地面的草茬，果然像上士说的那样，都赞叹羊的善良和对草的那份真挚感情。特别是在家就放过羊的下士，对上士的发现很佩服，说自己在家放了几年羊却没有发现羊原来吃草还这么细致。上士说，你以前放羊是在草多的草地上，根本不会顾忌这些，可在咱们苏巴什，除了石头还是石头，草都成了稀罕物，别说平时草是太阳和月亮的依赖，单说太阳和月亮吃那么长时间的大白菜，这时草的清香味对它们可是珍品了。太阳月亮和我们人类一样，对于珍贵的东西也是极为珍惜和爱护的。草太少了，我们都觉得珍贵，何况这些羊。上士说这番话时，脸上是一副感叹的表情。大家都称赞上士的话说得精彩。上士不好意思了，就说，太阳和月亮是连队给咱们增加的乐趣，当然许多乐趣需要我们自己去寻找，去发现。

上士这样说时，其实心里已经在琢磨太阳和月亮到了冬天吃什么，苏巴什的一年中有七八个月是冬天，那么漫长的日子，光靠白菜帮子也不能解决太阳和月亮整个冬天的吃食呀。他反复思考连长意味深长的话，可看看四周，全是光秃秃的群山，那些藏在石头缝里的针茅草，就像藏在大海里的针一样，离远了看，根本看不到一丝草的影子，就更不要提能割到草，给太阳和月亮储存冬天的食物了。日子一天一天地过着，上士和大家的心也一天一天地焦急起来。太阳和月亮将他们空白的日子填满了乐趣，却也给他们带来了难题。

秋天的时候，给养车又上山来送粮食，还送来了过冬的大白菜。上士一个劲儿地追问给养员，咋不送些羊吃的干草上来？给养员说连长不让送，他只叫我给你们捎上来一句话。

上士急问，什么话？

给养员说，就地取材。

给养员卸下东西走了，把一个疑虑留在了苏巴什哨卡上。就地取材？在苏巴什，哪个地方能取到太阳和月亮冬天吃的食物呢？苏巴什除了石头，还是石头，再过一阵子，下了雪，就是石头和雪了，这些都不是羊能吃的东西。

上士和大家绞尽脑汁也没有想出就地取材的谜底来，冬天就来到了。第一场雪一落下来，苏巴什的冬天就真正开始了。苏巴什的冬天对于冬天的概念越来越淡漠的内地人来说，是极其地萧飒和冷峻，而对于上士和兵们来说，则是无法度过的寂寞和压抑。因为在这高原上，没有电，平时谈不上看电视，就是通上电，也收不到信号，没有任何可以用来调节兵们生活方式的东西。高原上的冬天是雪的世界，一个白色的季节，但现在不一样了，他们有了太阳和月亮。太阳和月亮的到来，使这个白色的季节鲜活起来，变得生动多了。太阳和月亮对他们来说，就像生活在灯红酒绿中的人们有了音乐一样，点缀着他们单调的、毫无色彩的日子。所以，太阳和月亮的到来理所当然地占据了他们除工作以外所有的生活空间和时间。可现在非常严峻的问题是，太阳和月亮冬天的吃食怎么办呢？只能又是白菜帮子了。

可能是这次的白菜帮子没有经过霜杀，太阳和月亮不太爱吃，并且吃了没多长时间，它们还开始拉稀了。只拉了几天，太阳和月亮就明显地瘦了，他们用了好多办法也止不住它们拉稀。眼看月亮都有点支撑不住了，上士看大家也猜不透连长的谜底，就决定用无线电台与连队联系一次，问清连长就地取材到底是什么意思。

电报发出去，很快，就收到了连里的回电，可只有两个字的电文：去抢。

上士手里捏着这两个字的电报，沮丧地告诉大家，我们想想到哪里去能抢到太阳和月亮的食物。

列兵说，连长不会让我们到边境那边去抢食物吧？

下士瞪了列兵一眼，说，连长是叫咱们就地取材，可没叫咱越境，但叫我们去抢，这事……

列兵说，就是抢，能到哪里去抢呵，这荒山野岭的，连个老乡的影子都没有呀。

上士这时开口说，往别处不要想了，想眼前吧。再这样拖下去，月亮就支撑不住了……说到这里，上士就说不下去了。这阵子，他已被太阳和月亮拉稀的事和还没有着落的食物煎熬得嘴唇都上火了。晚上一躺在床上，他满脑子都是太阳和月亮松垮垮的身影，还有连长在电报上说的那两个"去抢"的字。他带着大家转遍了营区附近的几个山头，没有找到连长所说的就地取材的"材料"。他有点沉不住气了，几次动了再发个电报给连长的念头，让连长告诉他谜底算了，不然，不但太阳和月亮会出事，连他自己恐怕也撑不住了。可每次刚动了要发电报的念头，他就想到当初连长送太阳月亮上山来时的话，又忍住了，想着连长当战士时在苏巴什待过，他把太阳月亮送上来，这样做已经成竹在胸，如果自己不发动这几个兵动动脑子，不就成了连长说的那样当兵当傻了？

去抢，得有去抢的地方啊！做饭的上等兵说。这几天，上等兵对大家有些意见，大家都为了太阳和月亮的食物问题发着愁，吃不下饭，害得他每顿都要端回不少剩饭。再热的剩饭也没有人吃，倒掉又可惜，他曾试过用剩饭喂太阳和月亮，没想到它们竟也不吃剩饭。在家放过羊的下士凭着对羊类情况的熟悉，说，羊是不吃熟食的，要是有玉米大豆之类的东西，给太阳和月亮喂上点，不但能止住它们拉稀，还可以催它们长肥呢。

可连队送上来的给养全是袋装的面粉和大米，上等兵和了些面糊糊喂过太阳和月亮，它们不吃，喂大米也不吃。况且这些给养根本就不是连长说的"就地取材""去抢"的范围之内的食物。

范围一扩大到粮食上，就比先前光知道动干草之类的念头要广泛得多了。这一天，上等兵在做饭时，突然想到了可以去"抢"食物的地方，那就是苏巴什这个地方的秃山上特有的动物——旱獭居住的洞穴。在荒山野岭的苏巴什，最多的野生动物就是旱獭和老鼠了，并且特别多，但这种旱獭据说有猩红热，连里有明文规定各哨卡严禁捕捉旱獭，以免染上猩红热。可没有规定不可以去抢旱獭洞里的食物。旱獭是食肉、粮食类动物，它的食物主要来源于老鼠，老鼠翻山越岭从很远的山下村庄里偷来准备过冬的粮食，不但自己吃不上，有时连自己的命都搭上给了旱獭。老鼠却不离开最高的山坡，原因是冬天山下的雪太厚捂着透气难，夏天雪化了又会淹了洞穴。高原就是这样，什么怪现象都可能产生。

上士一听上等兵说到旱獭洞里肯定有它们从老鼠那里抢来预备过冬的粮食，才猛然醒悟过来，说了声太阳和月亮这下有救了。他从地上跳了起来，抓了一把铁锹就往山上跑，几个兵赶紧拿上工具跟上士去掏旱獭洞。

旱獭洞很好找，凡是雪被弄脏的地方，就有它们的洞。大家没费多少劲就挖开了好几个旱獭洞，果然洞里藏了不少玉米、黄豆，还有青稞。旱獭好像是专为他们储存的粮食，有些洞里竟能挖出一面袋子粮食来。上士说难怪呢，连长早就算计好了，旱獭给咱们的太阳和月亮早就预备下过冬的食物了。

不过，上士又对大家说，每个洞里还是要留一些粮食，给旱獭一条活路，明年好再给咱的太阳和月亮储存粮食。

列兵则说，哨长，咱们抢了旱獭的粮食，它们会不会离开这里？如果那样，咱们明年冬天拿什么来喂更多的太阳和月亮呢？

上士说，放心吧，据连队的老兵说，旱獭住这么高的地方，是怕雪灾把它们压在下面，再说旱獭这东西恋家，当初老兵们听说它们有传染病，想把它们赶走，破坏过它们的窝，可它们就是不离开，又重新打了洞。这点，早在连长的算计之中了，不然，他也不会给咱没有草的地方送来太阳和月亮了。

太阳和月亮的食物解决了，大家终于安下了心。上士给连队发电报，汇报了这件事，得到的回复是四个字：你们不傻。上士很高兴，对今后抢粮的工作做了安排，过上几天，就去山坡上挖几个旱獭洞，取回些粮食，太阳和月亮的食物就像在旱獭那里寄存着一样，没有了可以随时去取。

有了太阳和月亮的冬天，苏巴什哨卡上终于不再寂寞了，漫长寒冷的季节也不再漫长寒冷了。

过了几个月，新的问题又出现了。太阳和月亮的食欲越来越小，随即它们就明显地瘦了下来。开始以为它们吃了旱獭的粮食，是不是传染上病了？几个人观察了几天，不像是有病的样子。再说，不食旱獭的肉就不会传染上病的。在家放过羊的下士推测说，太阳和月亮这阵吃粮食吃得时间太长了，胃可能受不了了。它们毕竟是食草动物，还是不能过多享受精饲料，就像人不能天天顿顿吃肉一样。

上士觉得下士的推测有道理，叫上等兵从库房里拿来脱水干菜，太阳和月亮一下有了食欲，可脱水干菜没有多少，尽管他们不吃，几顿就叫太阳和月亮吃完了。从菜窖里再拿来白菜帮子，它们一吃又开始拉肚子。折腾了几天，眼看着太阳和月亮又成了一副病恹恹的样子，大家心里开始又为它们焦急了。可到哪里去找草呢？这冰天雪地的，要找根草可比登天还难，就是干草，也一时找不到的。

上士下了决心，与其这样等着焦急，还不如下山去想想办法，看能不能到最近的老乡村庄里去买些干草回来，他给连里发电报请示。连长回电不同意他们去寻找干草，怕大雪封山，下山不太安全，但又没法往山上送干草。一连几天都收到苏巴什哨卡上告急电报，说两只羊再这样下去就挺不住了，最后连长只好同意他们去就近的山下寻找干草。

上士得到连长的同意后，决定他和中士两个人下山。他们都是老兵，遇事也沉着些。到了要出发时，难题又出来了，到哪里去找老乡？这满世界的雪，村庄都叫雪盖住了，不容易找，这样没头绪地去瞎找，不知要找到什么时候。正在犹豫着，上士突然想到夏天时，他注意到羊从石缝里找草的时候，那么细小的针茅草羊一找就找到了，就因为草有特殊的味道，只有羊才能闻到草的味道找到草。他把自己的想法这么一说，马上得到了在家放过羊的下士的认同。于是，上士决定，带上太阳一起下山去找草，因为羊能闻到草特殊的味道，找起来更有把握些。太阳是公羊，比月亮身体要硬朗，大家都同意上士的决定。就这样，上士和中士带着太阳走了。

　　果然，带着太阳下山的第一天天快黑时，太阳一个劲儿地带着他们往一个方向走，时间不长就找到了村庄，给老乡好说歹说买了些干草。上士和中士高兴极了，背上草带上太阳连夜就急着往回赶。他们想着山上的月亮还在受着煎熬，心里就更急了，反正雪地里也不太黑，走夜路不会有什么问题的。可上士怎么也没有预计到，他们在返回的路上，遇上了一场暴风雪。其实这样的暴风雪在高原一点都不奇怪，起初上士没有当一回事，只是叫中士一定要把草捆绑好，别叫风刮走了草，没有想太多，但为了太阳的安全，上士还是用根绳子把太阳绑住牵着走的。可后来，在疯狂得连眼睛都睁不开的暴风雪里，他们还是被冲散了。

　　天快亮时暴风雪才停住，上士和中士会合到一起后才发现他们背上的草完整无缺，却没有找到太阳。太阳和他们在风雪中走失了。

　　哨卡上的兵们第二天不见上士他们回来，就下山来找。找到他们后，发现太阳不见了，就分头四处去寻找，找了一整天，也没有在白白的雪原上找到太阳的影子。

　　找到后来，列兵竟带头喊叫起了太阳的名字。上士知道羊就是听到了叫自己的名字，也不会回答，但他没有阻止，他自己也跟着喊叫起了太阳。他看到自己和兵们的叫声一喊出来，立刻砸落在雪地上，可雪地上除了他们的脚印，连个多余的坑也没有。倒是头顶天上的那颗白乎乎的太阳像回答他们似的，晃动了几下，却听不到任何响动。

他们沮丧地回到了哨卡上。几个人给月亮去喂干草时，上士给连队发了电报，告知太阳丢失的事，并向连长保证，一定要找到太阳。

连里很快回了电，说不要再出动去找了，免得出意外。上士却给连里复电，电文是：只要没有见到太阳的尸体，就一定能找到太阳。没有太阳，怎么面对月亮？没有太阳，孤独的月亮怎么度过漫长的冬季？还有这些兵，就不会再看到生动的白色季节了，日子会变得更加枯燥。没有太阳，苏巴什明年怎么会有另一个太阳或者月亮？

桑那镇的春天

桑那镇的名人，叫桑二十一。

说桑二十一是名人，主要是他养了二十只种公羊，桑那牧区的几千只母羊，全是桑二十一的种羊给配的种。可以说桑二十一家的羊子羊孙遍布了桑那镇，他被称为名人也就理所当然了。

桑二十一是桑那镇人给他起的外号，这个外号与他养的种羊有关。桑二十一养了二十只种羊，也是有些说法的，那是在一个充满饥饿的年代，一次他和一个已婚的妇女一起钻过一次树林，有人说他们在树林子里都脱了衣服，还干了别的什么，这事有些说不清楚，开他批斗会时，组织上要他交代一共搞了多少女人，他开始拒不交代，被打断了一条腿后，为了保住另一条腿不被打断，就交代说搞了二十个女人，交代少了，那条腿还是保不住的。那时人们还没有想到要给他起外号，但到了前几年，他一下子养了二十只种公羊，才有人想起他以前挨斗的事来，刚好和这二十只公羊联系起来。本来要叫他桑二十的，每年一到配种季节，人们看到他拖着一条残腿，整天忙得满脸油泥，一身的腥臊，也不能把每天需要配种的母羊安排完，等候给羊配种的人等得不耐烦了，就对他说你能不能快点。桑二十一火了：这事是我说快就能快的吗？又没有让谁闲着。

有人开玩笑说，你不是闲着吗？

桑二十一回敬了句：要是你母亲也像这些羊一样急，我也就不闲了。

开玩笑的人给弄得下不了台。有人忙打圆场，正经对桑二十一说，你就不能多养几只？

桑二十一气呼呼地抛下一句：我就养二十只，够桑那镇用就行了。

够什么够？我们都排好几天队了。

我说够就够！

要是加上你，二十只就成二十一只，这下说不定就够了。

要是你家女人需要的话，加上我二十一就二十一。

于是，桑那镇的人就叫他桑二十一了。

有人说，还是桑二十一厉害，那个时候连肚子都吃不饱，他就搞了二十个女人，现在养的种羊也像他一样，个个都是高手。

桑二十一在桑那镇经营这个独门生意，有些年头了，靠种羊挣了不少钱，还成了桑那镇的名人。他心里也清楚他的这个名分是沾了种羊们的光，所以他很爱惜这二十只种羊，尤其是每年到了配种的季节，他几乎没有睡过好觉，白天忙得团团转，晚上还要不断地给种羊们喂精饲料。看着种羊们到了晚上疲惫的样子，桑二十一瘸着，一高一低地从每只种羊跟前走过，用手摸过所有种羊的头，对羊们说句"伙计们的辛劳只有我心里有数呵"。这句话不知怎么传了出去，有人说，看看这个桑二十一，果真搞过二十个女人，以前我们还以为冤枉了他呢！这下，桑那镇周围的人都知道桑二十一的名字，一提起桑那镇，没人不知道他的，连这个外号的来历都清楚。

一过了配种季节，桑二十一再赶着他的二十只种羊去牧场，经过镇街上时，那些女人不再用亮得发光的目光看着他的二十只种羊了，都用一种躲躲闪闪的眼神盯着桑二十一，脸上蒙着一层诡秘。以前，只要他的种羊队伍一出现，雄赳赳地从镇街上一过，女人们都不由自主地停下脚步，目光都被种羊们的雄姿吸引住了，没人去注意走在种羊后面的桑二十一，并且是瘸子桑二十一。他像个妓院的老鸨似的就引不起别人的注意。

现在，女人们开始注意桑二十一了，倒叫他有些不自在，就挺胸收腹地想走出一种气派来，像他的这些种羊一样，给她们看看。无奈他的那条被打断的腿不争气，致使他的身子一摇一晃地，金黄色的阳光像沙子撒在他的身上，被他一高一低的肩膀撞得四处乱溅，有一些阳光的碎片飞进了镇街上那些男人的眼里，男人们的眼睛被烫得"吱吱"直冒烟，有人往地上啐了一口："看，那二十一只，没一个好东西！"

但一到配种季节，没有一家离得了桑二十一的。

桑二十一有过一个老婆，在和那个女人钻树林子之前，他就结了婚的。所以那次对他和女人的事上，组织上打他打得特别狠，原因是他自己有老婆还去搞别的女人，算多吃多占。在他承认搞了那个女人，并且搞过二十个女人之后，他的老婆就把自己挂在了自家的门框上，到另一个世界找清白的丈夫去了。老婆留给他的，是一个还不到一岁的女儿。他没有再娶，一心把女儿抚养成人。前几年，他已经很有了一些钱和名声时和他钻过树林子的那个女人成了寡妇，曾托人向他提过一起过日子的事，他用手拍着自己的那条残腿一口回绝了。那个寡妇还气得大骂桑二十一没良心，当年饿得快撑不住了，是她把自己的奶让他吃了的，现在却嫌她是个寡妇了。这样一骂，人们才明白桑二十一和那个女人钻树林子是怎么回事，都取笑桑二十一真做得出来，自己有老婆了还想着吃别人女人的奶。他气得脸红脖子粗地解释，那时候不是他要吃她的奶，而是她刚生完孩子，奶憋得受不了了，队长又不让她回去给孩子喂奶，她就叫他到树林子里去吃，他肚子也的确很饿，没想到吃了几口奶，被打断了一条腿，还背上一个搞了二十个女人的罪名，害死了自己的老婆。

那个寡妇听桑二十一这么给别人说，追上他家的门来，要和他弄清楚到底谁是受害者。桑二十一不和她争吵，也不和她证实当年到底是谁叫的谁，只说了句：以后大不了给你家的羊配种，不收你的钱就是了。

这是什么话？人和羊混一块儿了。

寡妇当场气得再说不出话来，差点倒地昏过去。从此以后，她不再骂桑二十一了，每年到了该配种的季节，她宁愿赶着自己的羊群，到十几公里以外的镇上去配种，也不到桑二十一的配种站来。桑二十一知道了，心里也难过了一阵，过后狠下心想着，她不赶她家的羊来，免费的事不提了，他还可以多挣几个钱呢。这年头，没有钱什么事都不行，就连在小小的桑那镇当个名人的资格也没有。

想是这么想了，可这么一闹，翻起了以前的老账，桑二十一心里倒是看淡了过去的一切，但桑那镇的人们却对桑二十一有些看得轻了，他桑二十一凭什么在桑那镇有钱有名呢，还不是他当年没有搞过二十个女人，现在用二十只种羊变相地报复呢，他发的是什么财呀？

有人不服气，想着自己养些种羊办个配种站，抢桑二十一的生意，却没有弄成，他的种羊配的种，不是母羊没怀上胎，就是怀上了总流产。桑那镇的人们还是愿意到桑二十一那里去配种，因为他的种羊配的种，保险，并且每次生两头羊羔的比较多。

桑二十一还是桑二十一，谁也不能把他怎么样。可受欺辱的却是他的女儿桑缺一了。桑缺一也是个外号，是桑二十一的外号叫出来后，说桑二十一只搞过二十个女人，却叫他桑二十一，名不符实，还缺一个女人呢，有人恶毒地说，像他这样的男人，哪个女人会让他搞呢，他缺一个，就让他女儿补吧。

他女儿就被叫成了桑缺一。桑那镇偏远闭塞，但他们的想象力却很丰富，起外号的水平更不低，一开口，随便一起，就像个日本人的名字，并且内涵很深。

桑二十一父女俩的名字被这两个日本式的外号所代替，真正受害的是女儿桑缺一。

桑缺一长到二十三岁，也没有人上门给说个婆家，不是她长相赖，主要是她爹桑二十一以前的名声影响了她。她的性格也变得很古怪，整天钻在家里，很少出门，每天早上天不亮起来扫地、擦桌子、收拾屋子，生火做饭，又是洗又是刷，一个人会忙到天黑，几乎不上街，灶口的那一小团火可以说就是她的太阳。这样的姑娘应该是许多人家择媳妇的标准，可她爹托人去给别人一提亲，人家一听是桑二十一的女儿，都不愿提这门亲了。桑缺一无疑在桑那镇受够了别人的白眼，这些她都没有怨恨过她爹，叫她受不了的是她爹硬要经营的配种站，养了二十头种羊，别人说什么的都有，她一个没有娘的姑娘家，没有地方诉说，只有一个人关在房子里，偷偷地哭。

桑二十一经常开导女儿，不要为这事伤心，他说二十多年前，他就发现桑那镇的人心眼都是瞎的，咱不稀罕他们，咱要嫁就嫁到外面的大地方去。

女儿不理桑二十一的茬，有一天扬言要到外面去打工，不想在家里待了。桑二十一坚决不同意女儿单独出去，一个未出嫁的姑娘家出去，谁放心呀。他为了不让女儿出去，钱让女儿随便花，活不让她干一把，女儿却不买他的账，不愿和他说一句话，随时准备逃脱他的视线范围。

桑二十一把女儿看得很紧，女儿长到二十六岁上也没有逃出他的目光。但女儿已经是一个老姑娘了。

就在桑二十一头疼怎么把女儿嫁出去的时候，桑缺一还是利用父亲打盹的机会，不知到什么地方去了一趟，人们并不觉得桑缺一和哪个男人关系亲密，但他们发现桑缺一的肚子慢慢地大了。这一发现被证实后，最受不了的就是桑二十一了。桑缺一倒表现得非常平静，其实她在怀孕后一直惶惶不可终日，每天为了卸掉肚子里的累赘费尽了心机，最终没有除去肚子里的胎儿，被别人发现后，事实没法遮掩了，她反而不躲躲藏藏了。面对父亲的痛不欲生，桑缺一却一副什么也不在乎的样子，一脸的轻松。人有时就这样说不清，把什么都看破了，也就什么都不顾忌了。

桑二十一气得蹦来跳去，吼叫着，如果桑缺一不说出这是谁干的，就打断她的腿。

桑缺一冷笑着对她爹说：你要打就打吧，就是打断我的两条腿，我也不会像你那样没出息，随便背上一个罪名，害死了我娘，又往死里害我呢！说完，桑缺一再也控制不住自己，放开嗓门终于大声哭了一场。

这一场大哭，也叫桑二十一掉了不少酸楚的泪水。

桑缺一却抹掉泪水，一改往日闷在家里的习惯，故意挺着大肚子从镇街上走过，她不看任何人，只顾一个人急匆匆地从人们面前走过，好像有什么事等着她要去做似的。

桑那镇的人们奇怪，一直被流言压迫着的桑二十一的女儿什么时候也变

147

得这么不知羞耻了，未婚先孕，倒觉得很荣耀似的，招摇过市。这成了什么世道？

尤其叫桑那镇人难以理解的，是桑缺一不但经常出现在镇街上，而且还不时扯着嗓子，唱起了歌。她唱的是什么歌，没有人能听懂，是不是唱到了关于女人命运之类的内容，谁也不知道。但桑那镇的人实在不能容忍桑缺一这样不知廉耻的做法，纷纷上门谴责桑二十一，要他管一管他的这个宝贝女儿，别叫她坏了桑那镇的民风。

桑二十一怎么管这个女儿呢，不让她出去，把她关在房子里，但她要唱，堵上她的嘴，她会不断地用脚踢门，响声更大。绑上她，于心不忍，更别提动手打她了，还没有动手，他的手就先软了，他害得自己的女儿到了二十六岁还嫁不出去，他对得起这个女儿吗？

他不知该怎么收拾这个场面。他像一截老朽的木头，在家里跌来撞去地乱甩着自己。

人们见桑二十一没有怎么管教女儿，见桑缺一依然从镇街上走过，依然大声唱歌。人们在骂桑二十一的同时，猜想他为什么不对这个伤风败俗的女儿动手管教。前面说过，桑那镇虽然偏远、闭塞，但这里的人们想象力确实够丰富的，没有几天，就有关于桑二十一父女之间的话语传了出来。说桑二十一不敢动手打自己的女儿，是因为他女儿怀孕与他这个老流氓有一定的关系，他女儿不知羞耻，是因为她受了他父亲的侮辱，神经受刺激错乱了。等等。

还有在这一方面做有力证明的，说桑二十一不是当年搞过二十个女人吗，现在非要叫他桑二十一，他不服气，就叫他女儿桑缺一补上了这一个，成为名副其实的桑二十一。

这些喋喋不休的说法，像波浪一样传到了桑二十一的耳朵里，他如五雷轰顶，承受不了这么恶毒的打击，他去问女儿，她到底怀的是谁的孩子，说出来，好还他一个清白，他也不会去找那小子算账的。

桑缺一听父亲的话，都是为他自己考虑的，这个受够了白眼的老姑娘更恨她的父亲了，她咬着牙说：我就不说，不还你清白，叫你背上这个黑锅，谁让你当年不坚强，害了我娘和我呢！

桑二十一全身发冷似的，颤抖着说：我要是不承认，他们会打死我的，我死了，留下你们母女在这个世上，怎么活呀？

桑缺一歇斯底里地叫道：你要是死了，没有那些丢人的事，我们才活得好呢！

桑二十一没话说了，他傻愣愣地在女儿面前站了一阵，一瘸一拐地走了。他一个人躺在幽暗的房子里，半睡半醒，在微寐和清醒之间，他昏然地觉得有种湿乎乎的东西从一个他能感觉到的伤口向他的体内渗透，仿佛是他在流血，可是这血却是往体内流，像一滴滴泪水，缓缓地流着，重重地击打在他的心上，他的心没有发出任何声音，它只有默默地吮吸着这些液体，慢慢变得越来越多，在他胸部膨胀翻涌起伏，似要把他的胸腔撑破似的疼痛。波浪似的流言、谑语，喷吐出嬉笑者的泡沫在阳光下熠熠发光，但他已经沉沦在阳光下面的阴影里，一动不动，被一生的耻辱和风光所淹没。

他强忍着。

桑那镇的春天，是一个动人的季节，牧场上的草都绿了起来，经过一个冬天的漫长酝酿，对于放牧为生的桑那镇人来说，一年的美好生活全蓄积在这个季节里，因为春天一开始，羊们精神抖擞地到牧场上去吃上第一茬青草，母羊就开始发情了，只要所有的母羊怀上羊羔，秋天的时候，那份收获的喜悦会冲淡一年的辛劳，化作幸福融进每家的角角落落。

春天，是一个重要的季节。

在这个季节刚开始不久的一天早上，桑那镇第一个早起的人发现，在镇街上最醒目的那棵歪脖子沙枣树上，挂着一个黑乎乎的东西，走近一看，吓了一大跳，原来挂在树上的东西是一个人。

这个人就是桑二十一。他像一个纸做的风筝，在早晨的春风里飘荡着。

消息一传开，桑那镇的人们最先想到的是今年给羊配种的大事，便有人跑着去桑二十一的家看那二十只种羊。结果发现，二十只种羊一只不少，整齐地卧在羊圈里，眼睛紧闭着，都成僵尸了。

人们把桑二十一从沙枣树上取了下来，发现他头上竟长出了种羊的角，身上有些部位生了不少公羊坚硬的羊毛，但他的脸和手还是他桑二十一的样子，就是说他一半是种羊一半是桑二十一的死了。

桑缺一对他爹的死表现得很漠然，她不但不悲伤，而且还说了句"他死了倒清静了"。这句话一说，好像桑二十一真干下了伤天害理的事了。给桑二十一送葬的时候，就没有了几个正经人，大部分送葬者都是桑那镇周围出了名的二流子和流氓，桑二十一的死只给他们提供了一次大聚会的机会。当然，送葬的有桑二十一的女儿桑缺一，她这回哭了，才明白了自己在老爹死后态度上的表现对她爹很不利，就哭得死去活来的，一个劲儿诉说着，她爹是清白的，她肚子里的孩子是别人的。她没有说是谁的，那些二流子流氓却说："我们都明白，不要说那么清了，我们其实就是奔着你来的！"也弄不清他们到底是不是一伙的？

这年春天，桑那镇的母羊们几乎都没有配上种，人们把发了情的母羊赶到很远的其他地方去配种，其他地方的种羊都没有闲着，本地的都忙不过来，桑那镇的羊根本排不上队，等排上队时，羊早过了发情期，也没有用了。

这一年，桑那镇人们一年美好的生活希望就没有实现。白白耽搁了一年。

你 陪 谁 玩

我来北京，纯粹是想换一种环境，看我在另外的环境里能不能生存或者有所发展。为了能在北京有个立足之地，我先选择了一所适合我的艺术学校。其实，我对艺术一窍不通，唯一能沾点边的，就是我还在写东西。这所学校刚好开设写东西的课程，学费也不算贵，一年几千块钱，比住招待所或者租房子，便宜多了。

北京我以前来过几次，每次都是匆匆忙忙，对北京的情况不太熟悉，这次，我想要待的时间长了，有可能还要长期混下去，对北京应该有所了解了。先去了几个地方，因为听不懂公共汽车上售票员报的站名，经常不是坐车坐过了站，就是提心吊胆地提前下了车，这样败坏了几次胃口之后，我决心不再出去，待在学校里写点东西。一提到写东西，我就想起我写的那几篇玩意，语言无病呻吟，虚构经不起推敲，文字描述粗劣不堪，一写到人际关系就像个外行似的有气无力，然后还把它呈在别人面前，叫他们指指点点，害得我夜里睡不着觉，尽琢磨人际关系到底有多深奥了。到天亮时实在睡不着就起身打开灯，房子里柔和起来，根本找不到人与人之间争斗的影子，我才不知疲倦地如同荷花绽开，心里平静下来，神志清醒起来，不会像以前那样暴躁地走来走去，撕扯自己的头发恨不得连根儿拔掉。我悠悠然在桌前坐下，又开始写起东西。写东西就这样地烦人又丢弃不下，有时没有一点意义有时又有一点情趣。在我们这所学校里，比如你写得比别人出色时，就有不少女孩主动来找你，她们来和你套近乎，如果你长相还说得过去的话，她们会耗上几个小时的时间和你谈论关于艺术与生活有某种联系的另一个方面，在这个方面你可以坐在大庭广众之下观察这转瞬即逝的景象，冥思苦想一番，或者做些诸如婚外恋之类的梦想，跟跟时代潮流什么的。待到学习结束了，也就扼杀了一些最美好的冲动，梦想也随着岁月的流逝，那种短暂的被称为情感的东西就冷却了，梦想成了怨恨，生活恢复原来面目。但为了那份又痛又甜的回忆，每个人都在做着这方面的努力。当然我在这一方面有自知之明，不但东西写不好，长得也很吓人。所以我一直只有努力写作了，长相是没有办法努力的，只有怪自己的爸妈，别无他法。

我最先认识的是一个叫米的女人，我把她说成女人而不说成女孩，是因为她与"女孩"这两个字无关了，她已经在不经意间，经历了三任丈夫。米也就变得一点都不像米了，倒像一个土豆。我说她像土豆，主要是她长得太胖了，与玲珑纯净的那种能够食用的米没法比（其实我也很胖，有个女同学说我像一头猪，并且像一头白猪，我当时对她说了句谢谢，还说如今猪在西方国家都是宠物，尤其是白猪）。

米是一个耐不住寂寞的人，整天到处乱蹿，没有她不认识的人，所以我认识她纯属必然。我不认识都不行。她只要看到周围有一个陌生人，晚上准得失眠。

是米主动找的我。后来我才得知，她在这一方面能够做到不耻下问，她能将一个陌生人的一切（包括私生活）打听得一清二楚，并且还要强加上她自己的一些臆想，这是她的特长。

她第一次见我，就告诉我，别人第一次认识她，都会猜想她以前可能是电影演员，问我怎么不这样问她。我随口说，我不这样问，主要是不想和他们一样，我想说的是你现在就像个电影演员，何必说以前呢，以前的电影拍得多没劲，尽是些拖泥带水的铺垫，快到关键的地方了，镜头却快得像导演的老婆在受人非礼似的，一晃就过去了，哪像现在的电影电视剧，男女一见面，先找个地方上完床后才问姓名。

米对我的回答和分析很满意，她夸我有艺术感觉，今后会成为可造之才。

她对我许诺，以后一旦有机会，要把我写的东西介绍给影视界的大腕，让我一夜成名。

我要在北京生存，需要一夜成名的机会。

但米不可能给我提供这样的机会，不是我小看她，像她这样自我感觉良好、自夸其说的女人，一般不会弄成什么事的。就凭她说的一口山西味的北京话里，那股叫人忍受不了的老陈醋味，不把影视界的大腕们逼得想跳楼，那才叫怪呢。

所以我对米的话不抱什么希望。

但米又特别热心，不久就来找我，说是有个姓文的导演看上了我的一篇小说，要和我谈一次。并且她说那个导演导过不少大片，在国际上都有影响。我一听这个导演的名字，对这个享有世界声誉的文导一点都不知道。米说我老土，平时不看电影，当然不知道文导的大名了。我承认我孤陋寡闻看电影电视很少，可能真不知道影视界有这么一个大腕。

每个人都摆脱不了名与利的诱惑。我有时在表面上装得很超脱，但一有名利机会，我心里也会痒痒的，心想着不妨去看看，说不定米这样的人就能办成大事呢。

我跟着米在海淀区绕了好半天，才在一个深藏在胡同里的公寓楼，找到了文导的住处。这时已经到了吃午饭的时候，我对米说，等会儿再敲门吧，免得人家难堪。米说没关系的，文导没有一点大导演的架子，很随和热情的。

我们敲开门，一个气宇非凡的中年男人打开了门。米介绍这就是文导。我打量了一下文导，怎么着也没法把他和导演之类的人联系在一起，因为在我有限的知识范围里，导演都是扎小辫留大胡子的艺术家派头，我还从小道消息得知，凡是不扎小辫留大胡子的，已经不被承认是艺术家了。这个文导就不像个艺术家。

文导果然不同于我心目中的艺术家，他不但没有一点艺术家的清高，而且比平常人更平常，他很认真地邀请米和我共进午餐。

我扫了一眼他家里的摆设，他家里的摆设却很艺术。我心想在这样艺术的家里吃饭，一般是不好意思吃饱饭的，虚荣心促使我说了句我们已经吃过了饭的话。

米看了我一眼。她的这一眼里有许多内容。我才不想多做解释呢，管她怎么去想。

倒是文导很热情地说，到他家来，怎么能吃过饭来呢？为了证明他的热情好客，文导还埋怨米说，下次不能吃过饭了再来，到他家怎么能不吃一顿饭呢！

这次的谈话主题主要成了到客人家是吃过饭去，还是不吃饭去。文导对这个问题兴致很高。根本不提我小说的事，我也不好打断他的话题，只好在心里恨我自己，不该说这个谎话，导致错过了一次机会。通过这次见面，我对我的小说改编电影的事一下子上心了，我想我得认真对待这件事了，对米也得改变看法了。

还没有等到米来埋怨我，我就先承认了错误。并且表示过几天再去文导那里，下次去时我保证不再说谎。米见我态度诚恳，没有怪我。

下次又带我去文导家时，我和米的肚子饿得直叫，也坚持着没有吃饭。文导见是我们，还是那么热情，一开口便问我们吃过饭没有。我抢先回答：没有！

文导看了我一眼，热心地说：还没吃饭？！

我很老实地点了点头。

文导说：没吃饭，你们看，从这个胡同出去，往左拐弯，顺着马路边往前走，有家老饭店，饭菜不错，经济又实惠，你们先去吃饭吧。

每当我要用心做一点什么事的时候，总是无法在这一行为可能带来的结果与回避这一行为所可能带来的结果之间找出二者的差异。我就感到周围的事物都已经失去了平衡，没有了支点，也不可能支撑得住了。

后来，米再来找我，只要一提到改编我的小说这件事，我就烦了。米倒很热心，不断地给我提供信息，说我的小说文导真看上了。我一点兴趣都没有。有一次，米竟说到文导提出要买我的小说改编权，问给我一万块钱卖不卖？

我的心动了一下，在一万块钱这个数目的刺激下，我当即表态：卖。当然卖了。

我的心被一万块钱吊着，并且把这个喜讯告诉了我能告诉的所有人，甚至告诉给那个打扫卫生的校工，他对我一直很尊敬的（他在男女厕所里写打油诗的水平，比我们这些学员高出了一个层次），他听了果然很高兴，忙问我能在电影里演个什么角色，弄得我没法回答。那一阵子，我没有少请大家吃饭，如果不是有人在背后说我这人心眼太小，嫌我没有把全学校的人都请上去吃，我还会请下去的。假如不是那个校工话没说对，我会连他也请的，反正我的小说要卖那么多的钱了。

我的心情难得那么好，也不坐在宿舍里看书写东西了，那么费心干吗呀，就常出去走走，不愿坐车去远处，不是怕听不懂售票员的话，坐车还会坐过站或者提前下车，主要是没有目的去哪里。

我转悠的时候想去理个发，马上就有钱了，得像个有钱的样子。我的头发不太好，怎么理也理不出个好发型，但我从不为此苦恼，头发长得再好，发型做得再好，都是给别人看的，自己又看不着，生那份苦恼不值（人家葛优头顶上都秃了，女人们看了他演的片子，还都夸葛优在中国最男性呢）。

一想到理发，我想起前一阵子，有一个男同学洗完澡出去转悠，走到一个发廊前，发廊里的女孩叫住他，要他进去洗头。男同学莫明其妙地摸着自己还没有干的头发说他刚洗过澡，还洗什么头？

发廊里的女孩笑嘻嘻地说，我是叫你进去洗那个头。说着用手指了指男同学，又说了句：是下面的那个头。

男同学吓得跑了。

我们学校所在的这条街道，比较偏僻，还不足二百米长，最多的就属发廊了，至少有二十几个。我原来还弄不明白，在这么冷清的地方，开这么多发廊，谁天天去理发呀，现在才知道，这些发廊还干着"洗头"的勾当，怪不得呢，她们看起来那么有钱，打扮得花枝招展的。

我要理发，才不去那些发廊呢。我听说在公路边上有摆理发摊子的，便宜，又不会出现其他事。

我注意起公路边上，确实有几个摆理发摊子的，我挑选了一个坐了下来。摊主是一个看上去很有几分韵致的妇女，三十来岁。她对我的光临显得很兴奋，那份手忙脚乱的热情叫我心想，不就多理一个头，能挣两块钱么，至于吗？两块钱就高兴成这个样子，我一下子有一万块钱要到手了，也没有到这种地步呵！

　　围上白布，理发推子在我头上已经剪了几下，她才记起问我要理什么发型？

　　我现在要理什么发型，还能来得及吗？她那几推子，已经叫我没有选择的余地了。我也不注重这些，就说，你随便理吧。

　　她没想到我这么好说话，激动地说，你这个人真好！

　　她对别人的夸奖只值两块钱？！

　　我没吭气，任凭她慢慢地理着。她理发可真慢，我心想着像她这种速度，一天能理几个头？

　　这不是我要操的心。反正我心情也好，闲着也是闲着，坐在路边上，趁理发的时间倒也能看看风景。我说的风景是可以看到许多来来往往的美女从我面前走过（我很敬重的一个干妹妹有天去爬山看风景时，因为脚扭伤过，我刚好不愿爬山，就说陪她在山下看别人爬吧，她说那就坐在山下看美女吧，美女也是风景。但那天她很勇敢，和大家一起爬到山顶了，所以我也没有看成美女。她的话却提醒了我）。我坐在路边上看风景，何乐而不为呢！

　　我只顾着看风景，头发几乎要理光了，我提醒那个理发的女人，她才罢手，说了句：今天这头理得真过瘾。

　　看这话说得。

　　我给她钱时，她却说她理发不要钱的。

　　我以为碰上了做好事的，说了句，你是学雷锋呀！心里却疑惑每年三月份是学雷锋的日子，已经过去好长时间了，她咋还这么傻呢？

　　她笑着说，我才不学谁呢，我只是手痒痒，想理理发，我以前是开发廊的。

　　这点我能理解，像我们写点东西的人，嘴里说着不写了，却又放不下，手经常痒痒。我深表同情地问她：你怎么现在不开发廊了？

她对我说，你如果答应每天来理一次发，我就告诉你。

每天？这怎么行。我的头发本来就少，每天理一次发，要不了几天下来，她理得实在找不到头发了，还不把我的头皮揭下来，在里面找头发根？

不行！

她和我磨开了：那就三天理一次吧？

三天也不行！哪有这样理发的。我的头又不是猪头，毛越少越好呢。我最后和她达成协议，每周理一次好了。

我的头像个皮球似的，被她每周玩一次。一个个星期梦境般晃晃悠悠就过去了。我所得到的，只是听了一些她很平常的经历，这些经历听得我昏昏欲睡，她为了挽留住我，并且引起我的听趣，不断夸我这人年轻，她问我今年大概有四十出头了吧？我咬着牙告诉她，我今年四十八了，她连说真看不出来，看我的长相不像那么老。

有她这样夸我的吗？我今年才三十三岁！

后来我才得知，她原来开了很长时间的发廊，后来嫁了个有钱的老公，老公什么都依她，包括钱可以随便花，就是不准她再去理发（可能是现在的发廊开办了"洗头"的业务，她老公怕她也去给别人洗头）。

看来她是闲得实在无聊，在找乐子玩呢！我还以为占了便宜，理着不要钱的发，看到了世间最美好的风景呢（看来我的那位干妹妹是逗着我玩的，坐在那里看女人不但看不到风景，而且人家都还以为我是个窥视狂，这一阵子我看的所有女人都用另外一种目光瞪我呢）。

我干了些什么，连我自己都说不明白。想着该干些正事了，便去找米，问一下那篇小说改编权的事，主要的是惦记着那一万块钱。

米看了我一眼，说：你现在还记起来这事？

我说：不是一直等着文导那边的话吗？

文导让你等了吗？

不是你说的吗？说文导看上了我的小说，要给我一万块钱的改编费。

我是说过，可你却给别人说，像文导这样的人，别说一万，就是给你十

157

万，你也不卖给他改编权。

我急了：我说过这话吗？

你说没说，自己心里有数。

这不是玩人吗，我什么时候说过这种害自己的话呢。这个理现在可以不去讲，关键是不能失去那一万块钱。一万块钱对我来说，可不是个小数目。

我自己直接去找了文导演。

文导还是那么热情。一开口就问我想通了，这么久了才来找他，他以为我不会来呢。

我说，其实一开始我就想通了的，只是等着你这面的话才拖了这么长时间。

文导说，我这面好说，你只要交上一万块钱，我马上让你在戏里演个土匪乙，这次的戏，土匪乙还能说上话的，虽然只有一个字……

这是哪跟哪呀？我打断了文导的话，我问的是我的小说改编权的事。

文导不解地说道：我不明白你在说什么？别跟我玩这些游戏，我可没有时间陪你玩！

到底是谁陪谁玩呢？我就说了米曾给我说的改编权的事。

文导一听，来了劲了，一直追问我和米是什么关系，肯定知道她的下落，他说正好现在找不到米了，上次米在他导的戏里死缠硬磨要演个三等妓女的角色，演完了钱还没付就找不到人了，这下总算找到了一个可以代付钱的人了。

他抓住我不放，非要我付了米演妓女的露脸费一万块钱。

我使出吃奶的劲，才挣脱了他，狼狈不堪地逃跑了。

我气呼呼地回去找米。米却怎么也找不到，问了几个人，都说米已经退学了，听说和那个演嫖客的男人私奔了，算是"从良"。结不结婚，谁也说不准，反正米又不在乎。

米还曾经说经过和我是朋友呢，朋友到底是什么呢？有时想寻求别人的支持，我就想到了"朋友"这两个字，最好的朋友是患难之交（至少我经历过），他们要么彻底击败你，要么超越他们自身。悲哀与幸运有时是很难分得清的，然而，每当你要在一个非常有利的方面要一显身手时，给你使绊子的除你的同事外，就极可能是你的朋友了，因为他最了解你的弱点。

当然我和米还没有达到朋友的分上，但她用甜言蜜语引诱我为一万块钱改编费所冒的傻气，足以挫败我的锐气。

那一阵子我过得没滋没味。我什么事都没有干成，课也不想上，就别提看书写东西了。我唉声叹气，整天待在宿舍里生闲气，看到破旧的桌椅，我的心像深受了旧社会的创伤，见了谁都想诉说一番，可没有人愿听我的痛苦，我气得只有想起二十年前还没成年时有人曾经欺负过我，这个仇一直没有报。现在想起来，我真想去那个欺负过我的人生活的城市跟他寻仇。但想起几年前有人告诉我，那个人已经死于一场车祸，入土多年，恐怕现在连骨头都找不到了。于是我就更加沉闷，我的记忆里不断浮现出以前屈辱的事情，这些事情又没有办法得以解决，我一直在无所事事地陪别人玩着，到头来，我真不清楚都陪着谁玩呢，我的日子在无休止的时光里越过越没劲。我想在后来的这些日子里该干些什么呢？比如我也尝试着，叫别人陪我玩玩！

请你戴上变色镜

　　把信纸铺好提笔正要落下的时候，停电了。一下子充实的黑暗将我紧紧地包围起来，于是，我就愣坐着慢慢适应这突如其来的心境。等我将黑暗带给我的这种什么都觉得一下子失去信心的心境适应得差不多的时候，还不见有来电的意思。我就很失望地拍了拍脑门。一种响声在黑暗里寻着道往我耳朵里钻，听着这种声音，我并不觉得脑门被手掌拍着就能解脱这种黑暗的困境，反而更加重了要写信的决心。

　　我非写不可。

　　我记得我的宿舍里有半根蜡是压在我的枕头下面的，我就去宿舍寻那半截蜡烛。宿舍里没有一个人，我在黑暗中好不容易探索到我的床前，伸手在枕头下摸蜡，在摸遍枕头下面，正准备把枕头也要撕开的时候，没有摸到蜡却摸到一颗糖，凭我的手感确定是一颗糖后，我将糖纸剥掉在黑暗中没费一点劲就准确地把糖送到了嘴里。

　　糖不甜，有些似咸不咸似苦不苦我也说不清该是什么味的糖，可确实是糖，是现在糖类中就有这种味的糖。我从来没想过吃惯或吃不惯。

　　在我品着无意中翻出来的说不上什么味的糖还没有下决心要撕开枕头找那半截蜡的时候，窗外有一丝光亮慢慢地燃了起来，我寻着那光亮，在隔壁单身宿舍几个单身汉围着的牌桌上找到了我的那半截蜡，是同我住一个宿舍的那个单身汉一边洗牌一边告诉我的。

好了，远方的老爹，这下没法给您写信了，这不能怪我。爹，您的心情按现在的话说我很理解，好不容易才准备好了心情要给您写信汇报关于我个人的思想时停电了，连那半截蜡烛也被他们拿去了，我就没法给您写信了，您也就别着急，着急有什么用，就是有电有蜡烛有我给您写封信，也不可能解决您头疼的问题。

爹是为我的婚姻问题头疼的，这我知道，但我却不知道怎样解决我的婚姻问题，虽然我已超过了晚婚年龄。

当初，这件事在我转志愿兵的时候并没有现在这么复杂。转上志愿兵就脱离了农村而爹给出的难题是要找一个城市户口的媳妇。爹说这话的时候很满足地抽着烟，不时还想吐出烟圈来可总吐不出来，吐出来的只是烟雾，很散。爹说这样是为了以后的子孙。他想得真远，连现在农村户口转城镇户口的艰难和诸多实例都给我讲清楚了。他说他对我就这点要求，连为他以后养老送终的要求都没有，爹说这也是改革。

爹的这个希望是在我还没有转志愿兵的时候就有了的，可那时只是个想法。我转志愿兵后他给我的第一封信就是坚定了他的希望并把原来的想法变成了坚决的要求。这个要求我作为爹的儿子觉得并不过分。

爹的想法是在我当了五年兵还不见复员的时候就产生了的。只是那时这种想法还不太强烈，强烈的是另外一件事。爹在电视上看到城里的孩子都喜欢吃巧克力朱古力之类，他也买了很多给我哥的儿子吃，爹的孙子只吃了一口就全吐了出来还用清水漱了三遍口，然后我的那位侄子就对奶奶说爷爷想用这种东西毒死他这个孙子。这时候，爹傻了，呆了。于是爹就有了强烈的愿望，他希望我能有一个爱吃巧克力的孩子，像电视上那样，是孙子问爷爷要着吃而不是现实中的这个吐掉还说爷爷要毒死他。

爹后来也尝了一口那棕色的巧克力，爹在他的孙子咬过的那块上面咬下一小块，爹嚼了几下也难咽下去也准备吐掉时，却看到他的孙子正用两只圆溜溜的眼睛盯着爷爷很难受的样子看着爷爷是否也会像他一样吐掉这种东西，爹愣了愣，还是将那口巧克力咽了下去。爹咽下去后看到孙子的眉头皱了一下，爹就顺势在孙子的头上拍了一巴掌，说了句：没出息。

161

爹后来说那玩意确实像药一样不好吃，但城里的小孩却喜欢吃。

爹给我写了很多信和我商谈我的婚姻大事要我按他的要求办的同时，也托本地当工人的姑夫给我介绍了一国营纺织厂的女工。这个女工在我上次探家时见过一面，见面时爹硬叫我带上他一直留下的那一大包巧克力，我没带，我说带这个不好人家是大人。爹想了想觉得也对就让我带上我从新疆带回来的葡萄干，全带上，一点不留，爹说人要心诚。我建议留些葡萄干给自家人特别是给不吃巧克力的侄子吃，爹不让，爹从刚取出来没多久一直不让动的葡萄干里抓了一小把，用三根指头捏着放在了我侄子两个拼在一起的小手掌中。

见面的结果，是这个纺织女工在吃足葡萄干后说了一句话，如果你能转个干部什么的，她也有等这么几年熬这么几年的盼头，志愿兵转业了还不是和她一样是个工人，有什么？我说就是有什么。她说你们新疆有什么听说全是沙漠戈壁滩什么也没有她只信有葡萄干，我说新疆除你说的这些外别的什么都有，她不信她只信有葡萄干，我说别的地方有的新疆都有比如狼什么的也有，她用不信任的目光看着我随口问我有熊猫没有，我说有电视里常有像这里一样也是电视里有，她说你不是在最边远的大戈壁滩吗那里还有电视吗？

我们谈这些话题的时候还是很融洽。

爹被这种结果折磨得几顿吃不下饭。侄子倒有兴趣问我什么时候再回来，我说明年再回来，侄子问我明年回来时再带不带葡萄干了，我说下次还要多带全给你吃，侄子很高兴。在侄子高兴得没来得及拍巴掌时，侄子就挨了一巴掌。爹给了侄子一巴掌后说：咱吃饭。

那天爹不但吃了两碗饭，还喝了酒。但爹没喝醉，爹就一个人坐到深夜。

但是爹做得一点都不过分，对爹来说这个奢望一点都不贬低爹一生的做人尊严，只不过是爹给他自己出的一个自然的难题而已，也是爹给他自己的生命中增加些压力使他活得更沉重一些。

对于自己的婚姻，经受这些都是自然的，自然得连我自己都说不清，我不知道我说了什么说不清为什么说不清，爹看我这种态度总是不太认真的样子伤透了心。我没法认真。我相信爹也说不清他的要求为什么这么难实现，爹更说不清他品尝巧克力后难以下咽而城里人偏爱吃，爹说不清，可爹说得清的是他的儿子已不属于农村的土地，这一点爹比谁都说得清。

爹说他的身体好多了，在我转志愿兵后，可现在却一直说好得还不太利索，我知道爹的身体不能好得再好了，爹十几年前就被红少年打断了几根肋骨，不然爹就不是现在的爹。爹早就把我家的家境历史改革了。

还在我当大头兵的时候，我就伤透过爹的心，但爹说不怪我，只怪他自己后来没了本事。可我一直觉得怪我，怪我没本事在部队上考个干部什么的。那时爹一下子苍老了许多，我就说，爹，我不知说什么好。爹却说他懂，他这一辈子什么都懂，祖祖辈辈都懂人活着的意义。

我还能说什么？

我没转志愿兵时，第一次坐到别人给我介绍的一个女孩面前时我还能说些话。我就说我是兵，就是常见的那种，她不信，她说她懂部队她说我是个兵为什么会戴副眼镜，我说我是近视眼没有人说过近视眼就不允许戴眼镜。她说我这个人真怪，怪得她不想和我再说下去，她只想找一个能让她成为城里人的男人。我说你也是农村出身为什么要这样呢，她说这个不用你管，我说我不会去管的你不就是干个合同工有什么？她说找我这样的人就更没有什么，我说我什么也没有你也同样，她说她会有的，我说那就看吧。

那次伤透了爹心的同时也唤起了爹一个不敢想却可以向往的念头，也就是这个念头使爹多了些痛苦，爹想实现这个念头可爹没有想到要实现这个念头很难。我在部队驻地认识个女孩，我不记得我是怎么认识她的，她说这不重要重要的是她认为我这个人不错。有一次她来找我，临走时自行车被放了气，我清楚地记得她的自行车很漂亮，像她的人一样，她走时是我扛上自行车送的她，她说没气她的车子就会压坏内胎，我觉得有理。第二天就有领导找我给了我一本《志愿兵服役条例》让我学习。

爹会怎么说，爹根本不管这么多，爹说过他不管志愿兵有什么规定与他没一点关系，我说与我关系很大，爹就不再说什么。

后来，驻地的那个女孩把我约出去送我一副近视变色眼镜，她说她知道她配不上我。我说不是，她说不用多说，她心里清楚，她说这话时就流下了泪，她没有擦那泪任凭它自在地流，她把眼镜递给我说戴上这个夏天不烧眼睛。那个时候正是夏天。我就在她面前戴上了那副眼镜，任我的泪水躲在有颜色的眼镜片后面不让她看见，我没有再做一点解释，我只是透过眼镜片看到她又流出的泪和她的脸像黄昏刮过的风一样昏昏沉沉的。

再次探家时，我就戴着这副眼镜，爹看了我好长时间才说我对眼镜很重视其他的没重视过。我说这眼镜保护眼睛，但我没有说关于这眼镜的故事，爹也就不问，爹无聊却对眼镜有些颜色就能够保护眼睛不相信，爹说难道还能不近视了。爹一直支持我戴眼镜说这样才和农村人不一样，但爹说戴有色的眼镜都是为了好看并不是为了保护眼睛，我说不是。爹就要我的眼镜说看看怎么个保护法，我说是看不出来的。爹说可以看出来，我就给爹看，爹就戴上试，我问爹怎么样，爹说这，这是什么，一点都看不清，全是，全是……

我问爹全是什么？

爹说除看不清东西外，全是巧克力一样的颜色。

山　头

　　一个冬日的午后，班长站在阳光稀黄的营房后面，沉静地对着看起来不远其实很遥远的高山发愣。冬阳懒散照耀的高山长年被冰雪包裹得严严实实，山的姿势棱角分明地呈现山的力度。班长站得有些庄严，跨步与肩同宽，交背的双手硬是在荒漠冬日的气候里攥出了湿湿的虚汗。他昂起的头颅像一颗微翘的山石，宁静却又自然地保持着一个固定的姿势。阳光在薄薄的气候里缓缓流过，没有风的寒流在班长周围组成一种难言的寂寞。

　　我实在是无意闯入这样一个叫人难忘的画面。没有领章帽徽的警服挂在我衣架一样的身体上能听到漠风一样的声音。我急促奔走的脚步杂音显示出新兵慌乱的心境。但，我所有贸然的举动却没有惊动班长一丝一毫的动静。我失措的心律在狂跳的同时慢慢恢复自然。我冒着挨训的危险硬是在愣了片刻之后凑近班长，想看个究竟。好奇本不是我的天性，喜欢独处的心情促使我跑到营房后面，我看到是一个寂寞的场面，相同的寂寞使我移步上前，但慑于班长的威严，我只是怯怯地站在班长的侧面，探寻的目光包含了些许的不安。

　　在那个冬日午后的营房后面，我看到班长竖着双目面对着高高的冰山，从他痴迷的神态里我只发现他的双眼周围拥挤的皱褶。我不明白班长为什么要那样，他的神态使我有些失望，所有美好精致的描绘被他紧闭的双眼和双眼周围的褶皱击得粉碎。我听到词语碎裂纷纷扰扰撞在我心上的声响。我很

165

遗憾这一个冬日午后没有让我回味的画面。

在营房后面静寂的荒滩上，我的目光被我复杂地颠来倒去地往班长脸上泼洒着，但我怎么也没得到一个完整的内容。

无言的对峙长久得叫阳光也失去了耐心，没有目的的探寻并没有使我产生退却的念头。班长的举动使我很想说些什么来表达一下我茫然的心情，但我没开口。

班长一直没有睁开他的双眼。在我们相持了很久的时候，竟很漠然很淡然地叫了一声我的名字。我很惊异他的准确。

班长说那山可真高，上面的冰雪长年不化，所以山在不断增高。班长睁开眼连看都不看我。我不明白班长为什么要跟我讲那座冰山却又是那样的一副神态来看山。或者他是在揣摩山，在以后的一个日子我忽然有了这样的一个解释。

但那时我刚从山里走出来，对山没有一点儿兴趣，尽管班长说那山不断增高。

你还不懂什么是山，虽然你是从山里走出来的。班长说。

我没有考虑地说班长我为什么要懂山，我们的八百里秦川，叫人够头疼的了，并且山又不是人。

班长这时转过头来看了看我，这次他看山的神情就像平日在队列前看我们这些新兵一样，但目光很柔和。

我给你讲个故事吧，班长说。于是那个冬日的午后，在寂静的阳光里，班长的叙述像一条细细的缓缓的河流，在我心里慢慢淌过。那是一个离我们当兵的尤其是像我这样的新兵很遥远的故事，就像对面那座遥远的冰山里许多美丽的传说一样。

三排长和我们穿着一样的四个口袋的冬装，在我们发了领章帽徽后，唯一能区分出他是干部的是他脚上那双擦得黑亮的皮鞋。班长和我们一样穿着比排长的皮鞋暖和几倍的大头鞋，但班长向往着有一天也能穿上虽冻脚却显示身份的黑皮鞋。班长曾给我看过他藏在床头柜里的那枚使他荣耀过并且能产生信心的三等军功章，军功章闪着灼灼的光亮。班长抚摸着军功章时完全没有了那个冬日午后的寂寞样子，他两眼闪着军功章一样的光，跟我说他快提干了，在全支队二百〇五个班长里，他是十个优秀班长之一，并且他有一枚比别人更具说服力的三等军功章。

其实班长提干的消息全新兵连的人都知道，所以他也就当着一排一班我的班长，在全新兵连战士花名册上写在第一位。

三排长是班长故事里的人物之一。三排长一点都不严厉，站在训练场上，不时会发出一阵爽快的笑声。三排长总要到我们排的训练场上来走走，和我们的排长蹲在操场边相互敬着烟抽上一阵。他喜欢用一个浅灰色的烟嘴抽烟，抽完手指一弹，烟头被弹出一个弧形落到很远的地上冒着一股青烟。

操场在一片周围有枯黄色骆驼刺的平整碱滩上，我们新兵每天晚上泼出去的水第二天早上泛出一片白碱，像下过一场细雪。那个冬天自始至终没飘过一片雪，没有一点遮拦的新兵连所在地冷得出奇。

班长休息时一个人坐在操场旁的一条土路边上抽烟。别的班长和排长挤在一起说着各自单位的趣闻逸事，班长却不，就是和他们坐一起，他也不说话，像冰峰一般沉默着，只是把烟抽得很紧。

自那个冬日的午后班长给我讲了那个故事后，我发现他便很少独自一人坐在路边抽烟了，他也和别的班长一样，插进了有排长的圈子里。至于他是否也讲些趣闻逸事，我这个新兵就不得而知了。

只是有一次班长对我说过人生要是爬山，他肯定能爬到那个高高的山头，决不会落在别人的后面。班长这样说时他的眼神透着专注的灵气，似乎在他的思想里已经爬上了那高高的山峰，俯瞰着他脚下人的渺小。

当时我站在操场上，大漠的风疾疾地从远处刮来，使我的视线里有一片灰蒙蒙的景象。穿过漠风，我看到在那条土路上，有一辆驴车慢慢悠悠地走着，赶车的是一个顶着红纱巾的维吾尔族姑娘，寒冷的漠风掀起她的红纱巾在冬日里一路飘着，她穿着高腰牛皮靴子的双腿吊在车帮上很有节奏地随着毛驴车的颠簸晃悠来晃悠去。我的目光很无聊地一直看着维吾尔族姑娘晃悠悠的腿，我的心被班长的话推动着也晃晃悠悠的。我不明白班长为什么要把自己复杂化，使自己的心在复杂的氛围里荡来荡去，让自己闭着眼去看远山，去感知山给予他的期望和永久的信心。但班长对三排长的出现表现了很明显的不屑一顾，比起脚上的黑皮鞋来，三排长在班长眼里还不足黑皮鞋的分量。

三排长把黑皮鞋踩得"咯吱咯吱"响时，驴车碾过的土地上旋起一片淡淡的尘土正在慢慢消逝。三排长踩着杂碎的步子搓起了双手，他的手白皙而修长，搓了一阵有些红，便又用手去搓自己的脸。三排长搓着脸就骂了句这狗日的天可真冷。

我清楚地看到班长用眼角斜了一下三排长，班长的视线绝对是在三排长还在踩着的脚上，他似笑非笑地把头轻微但却坚定地一挑，随即丢下一句话：这日子可长！

班长说时也不看我和三排长，转身便走，他把和我们一样笨重的大头鞋踏得很重。排长回头对我笑笑，很温和很亲切的样子。

那个女孩儿又来过一次，这次先来找的是班长。她把一辆鲜红的"三枪"牌自行车稳稳地停在一班门口。一班从整体上就有了绝对的别致，其他的班门口包括所有的人都显得单调而枯燥，他们的目光里包含了队列会操落后般的沮丧。我们一班十个人都没感到那个冬季的那一天的寒冷。

班长来不及下口令就丢下我们离去，害得我们走到操场尽头上了马路到渠沟边还不见立定口令，实在没法走了才站住。我们一回头就又看到我们班门口的"三枪"牌自行车，都互相看了一眼，莫名地激动起来。

三排长赶到我们班的准时程度叫人不可思议，那时候班长刚把女孩让进屋坐在雪白的通铺边上，他还没给女孩倒满一杯茶水，三排长就推门带着一股寒气进屋了。

那个场面与女孩儿第一次来新兵连先找三排长何等相似。班长推开三排长住的九班门进去时，三排长也没给女孩儿倒满一杯茶水。

女孩儿的到来给班长或多或少是个慰藉。在新兵连刚开始我们新兵还没到的时候，班长和三排长同去喀什市汽车配件厂看望过那个女孩儿，女孩儿对他俩表示了极大的热情，在天南饭店请他俩隆重地吃了一顿，并且说三个人聚到一起是多么不容易。三排长在遥远的那座山上边防派出所巡逻，班长在塔克拉玛干沙漠边缘的劳改农场里看犯人，能聚在一起，多亏了这个新兵连，把他们两个都抽来训练新兵。在吃那顿饭的时候，女孩儿对三排长的边防巡逻有着极大的兴趣，就产生了许多的问题。三排长一一作答的时候，女孩儿单手托腮头微微向一边偏着，一副单纯而专注的神情。那情形叫班长怎么也无法从心里抹去，当时的班长寂寞地坐在旁边，心绪极度地难以平静。那顿饭使班长吃出了许多的滋味，也使以后对那高山有了一种莫名的崇敬和期盼。

这些都是班长在那个冬日的午后告诉我的。我不明白班长为什么要告诉我这些，后来想班长面对着远处的高山，可能有一种要宣泄他心中的欲望和企盼的冲动吧，而我恰恰在那个时候介入了他，成了他倾诉的对象。

那个女孩儿在班长和排长一起去喀什后不久的一天，骑着一辆崭新的"三枪"牌红自行车来到了新兵连。她把那车停在了三排长住着的九班门口，很使九班的新兵们风光了一阵。

班长的沉闷在那个女孩儿把车子停在一班门口后轻松了许多，他喊起口令来语气上都有了柔和的节奏，我们班新兵走起队列来也格外有劲。

班长和三排长提干的时候，班长因全班军事训练没拿上全总队的班优秀而被刷下提干名单，班长就多当了一年班长，三排长就早进了一年教导队而成了三排长。

班长很平静地对我说这是没办法的事。

我想就是的。不过班长总算在又一个总队军事突击考核中拿上了班优秀，评上了优秀班长，提干已成定局，班长因此被匆忙抽到新兵连训练新兵，等来年开春进教导队叩那幸运之门。

一个冬日的午后，太阳出奇地明亮，荒野没有一丝带寒气的风。在整个冬季里，那是一个难得的温暖日子。就在那个明媚得叫人难以忘记的午后，那个女孩儿和一个英俊的男孩儿骑车来到新兵连。那是新兵连很平常的日子。

女孩儿先找了三排长，还没来得及去推九班门，女孩儿就搁下男孩儿到一班来找班长。那时候正在休息的班长脸上被那个温暖的午后阳光晃出许许多多的光亮来。

女孩儿对班长和三排长用一种很甜腻的口吻说她元旦要结婚了，请他们到时去喝喜酒。女孩儿说完这话后才介绍了她身边的英俊男孩儿是她的未婚夫。

班长和三排长就互相看了一眼，他们那时肯定从对方的脸上看出了许多的东西。

四年前的一个冬天在喀什东湖公园。一个女孩儿在滑冰时掉进了冰窟窿，她被两个没有领章帽徽的新兵救了起来。

那两个新兵便是班长和三排长，他们俩当时穿着肥厚的棉衣和笨重的大头鞋就跳进了冰窟窿。被救起的女孩儿后来成了他们的朋友，那时候和这时候一样，新兵连在距喀什市八里外的一个荒滩上。

女孩儿和男孩儿骑车走后，班长和三排长相约着在一个星期天步行去了喀什。他们俩在喀什东湖不远的天南饭店点了一桌子的菜，一人一瓶"昆仑特曲"喝了起来，两个人喝着喝着就在饭店里打起架来，后来又相互搀扶着摇摇晃晃走出了天南饭店。

天南并非天之南，喀什只在新疆最西南角上，离真正的天其实还很远。

后来，因私自外出喝酒，并且打架，班长没提上干，被处理提前复员，三排长受了记过处分。那时候新兵连还差四天就结束。

那时候是一九八四年的冬天，我刚入伍的那个冬天。

170

秋 风

　　放下电话，我怎么着也没法把心情和电话的内容联系起来。秋阳很暖地照进屋来，一片和平宁静洋溢的气氛。在这样的气氛里，我想自己应该活泼起来，又没有什么痛心的事情让我疾首，何必要让自己活得那么沉闷呢？其实平凡点并不影响人吃饭睡觉，不冷不热地活着，像这秋天一样有何不好？人们都说秋阳正好。

　　正好是什么都不想干傻坐着的时候，吕玲打来电话。她约我出去，有话跟我说。

　　"差点都认不出来了吗？"见到吕玲，第一句话她是这样说的。

　　"你不是认出来了吗？"我说。

　　"当然，"吕玲说，"怎么了，这副样子？"

　　"没怎么！一直是这样呀。"我不知道我有什么特别之处，和常人相比。

　　"可惜了这身'皮'披在你这副模样上。"吕玲是笑着说的。

　　吕玲的笑声有些怪异的音量。我看着吕玲身后清凉爽心的秋意和在这种秋意里行走的莫名其妙看着我们的人们，并不觉得我有什么错，只是有两个星期没刮胡子了，的确有些对不起这身军装。可我想这不是多么重要的问题。重要的是我活得很沉闷，没多少意思。

　　"说吧，什么事？"我点燃一支烟，摸着下巴的胡子。

　　"好久没见了。"吕玲看着我说。

我奇怪地看着吕玲。我们只是一般的朋友，好久没见并不影响什么。我们还稍微谈得来，就是好久没谈了，少些话题而已，没必要用这样动情的语气对我说话。

"奇怪吗？"吕玲说。吕玲说这话的时候眼睛里有一种光。那种光在秋阳里闪动着，有着不可抗拒的力量。那种力量一下子注满了我的全身，我就觉得我这段时间的沉闷完全属于多余。

"没什么。"我重重地吐出一口烟，心情也因为吕玲的出现好了起来。我的心情好起来就想着我两个星期不刮胡子简直是个失误，可我并不觉得不刮胡子与心情有多少联系。我认为的失误是让吕玲有了说话的把柄。

"玩什么深沉？！"吕玲是这样说的。

"什么事，说吧。"我认为我没玩深沉。

"没事。"吕玲叹了口气，倒有些要玩深沉的样子，说，"心情不好。"

也是心情不好，这秋天也真奇怪。

"想和你聊聊。"吕玲说。

我看到吕玲的眸子闪了闪。在这秋天里，吕玲的眸子深不可测，但我不会去问她因为什么才心情不好。我想只有我这样的傻子才会莫名地沉闷起来，这大概与职业有关。每天循规蹈矩地在一个圈子里活着，难免有时会产生一些想法的。更何况像我这样的年纪，又干不出有成就的事情来，能不活得沉闷，在如此清醒的秋季里？

"聊聊？"我说，"随便。"

我和吕玲交往开始多起来是从那个莫名的随便中开始的。可我觉得一切都很自然，自然得就像这季节一样在不知不觉中变换着面孔。以前和吕玲不经常交往大概都在忙各自的事情，现在交往频繁一点也许都是属于心情不好的缘故。当然在这样的情况下两个人交往聊一些事是要动心思的，不然说的话就有些不着生活边际。但我不会去寻找热门话题。是的，这座边远城市的热门话题得去寻找，得去人堆里捕捉。我是没这个兴趣的，我是连《新闻联播》都懒得看的人。倒不是像吕玲说得那样，缺乏欣赏新生事物的意识，而是我觉得没多少意义，出了什么大事情和哪个国家内部打得不行了都不是我

172

这个兵操心的事。我只干好我的工作就行了，我知道那些干什么？还要"欣赏意识"干吗？

吕玲说："真没救了。"

我说："还没到要死的地步。"

吕玲摇了摇头，把满头的黑发黑黑地在我眼前飘了几个来回。我就看到她的头发没有秋风吹来起自然、好看。吕玲说其实她也不善了解新闻但看《新闻联播》，因为现在电视除了《新闻联播》再没有能看的。电视剧都一个味，镜头对到一个地方摄影师就去抽烟了，让人看一个镜头就是抽一支烟的工夫，就要听演员挖空心思地背些叫人连饭都不想吃的做作台词。

"还有，"吕玲说，"特别是某些所谓阳刚的电视剧，全是玩深沉的。稍微有点现代味的，全他妈玩深沉。"

我又抽烟，吕玲又说："像你一样，玩什么深沉？"

"不过，前阵子看了的那个李冬宝，虽然也玩深沉，可还男性。"吕玲说。

"李冬宝？是女中豪杰？"我问。

"和你长得一样，你说呢？"吕玲和我说话有些说不清的痛苦。

我不看电视剧，也没地方看。供我们机关这些兵看的电视机全在别人家里放着。

我们在街上转着，碰到一个银行储蓄所刚被抢过，围了一大堆人在那看热闹。有我的同行在那堆人里维持秩序。警察装模作样地在现场取样。我对此毫无兴趣，吕玲却硬往人堆里挤，想看新闻。

过后我说那有什么好看的？吕玲说现在人真胆大，这么大白天的就干。我说那储蓄所嫌别人不抢，做广告让人抢呢。谁见了钱胆子不大呢？她惊讶地看着我问做广告了？我说储蓄所门口不是写着快突破一亿元储蓄关了？

吕玲回到现实中，说那是人家的成绩。

我说树大招风。

那你为什么不去抢？证明你是胆小鬼。吕玲恶狠狠地说。

我说人层次不同，虽然我每月才那么点钱，可我是军人。

吕玲说德行。

吕玲说："听说你的舞跳得不错？"

"是吗？"我说，"你是第一个赞赏我有这方面才能的人，我将终生难忘。"

"谢谢。"吕玲很高兴，"那么，我们去练练。"其实我一点都不会跳舞，就心里不是滋味地坐在舞厅一角，一个人听着全是爱得痛苦偏要爱的歌。灯光一闪一闪地耀眼。我看到扁的圆的灯光里浮动着的小姐们不很自然地来到我身边，一看我不是那块料就又匆匆离去，一会儿又来又走，我就有些生气。吕玲和别的男人连着跳了三曲。她大概记起是我买的门票和一大堆饮料，就停了一曲坐在我的旁边，但她的眼睛一直盯着舞厅中央痴迷得有些病态的男女。

我是在心里实在不是滋味的空寂里把手按在那个家伙肩上的，那时舞厅的乐曲响得最有音调。那家伙比我长得高些，可我没一丝胆怯。当他在一曲刚开始就径直来邀我身边的吕玲跳舞时我心里就很不是滋味了。我看着他有一副比我长得对得起人的面皮，就想着如果在他的脸上留个记号肯定会很伤观众目光的。我这样想的时候就有试试的欲望。

那家伙用目光挑了我一下。我看到那家伙看我的目光里尽是多余和嘲讽。为了那目光，我得给他脸上留个记号，不然我又会很沉闷的。

我挥过去的拳头是吕玲硬拉住的，不然那家伙脸上肯定会多些颜色。我在部队练过沙袋的拳头还没碰过这么好的面皮。

舞厅里的病态男女一下围上一堆像一群苍蝇找到了臭肉挤着疙瘩。我听到了粗俗不堪和老土之类骂我的声音，好像我比那个家伙硬拉着人家姑娘跳舞更不光彩。

我气极了，但我心平气和地说了一句："基本国策实行迟了，不然你们都被爹娘尿到了马桶里。"

我反正穿着便服。

我是被吕玲硬拉出舞厅的。

吕玲哭了，很莫名地哭了。我想是不是我解了她的围她很感激就哭了？可我从她的哭声里感觉不到感动的典型特征。但我想我也男性了一回，是在吕玲面前。过后吕玲却用一种我很不熟悉的口气说了一句："你真是。"

吕玲几天后来找我的时候，我正无聊地看书。吕玲是和她的一个女同学一起来我的办公室找我的。我先看了看吕玲的那个同学。她长得真叫人说不出口，可她却穿着一条米黄色很迷人的裙子。我也说不上她的裙子在秋季为什么迷人。大概刚好符合我当时的欣赏需要。我就多看了几眼裙子没看她的脸。

　　吕玲问我看啥书，这么厚。

　　我递过去。

　　吕玲看看书名说啥年代了还有人看这种书。

　　那是本十八世纪的世界名著。

　　我说是世界名著，不分年代都可以看的。

　　吕玲就随手翻了翻书，找了一页我看过的，说："第二百五十八页第二段写的什么？"

　　我说："怎么记得住？"

　　吕玲说："'怎么记得住'还看什么？"

　　吕玲很放肆地笑了笑。

　　我也笑了笑，只是不太自然。

　　那女同学却说："看书是学习，不可能都记下。"

　　我看了看那女同学的脸。这次看她的时候没有了先前太明晰的想法。

　　"还是少看点，"吕玲说，"你的视力不太好了。"

　　我很感动，吕玲关心我的视力，尤其是这样的秋季，这样的关心叫人觉得秋季美丽无比。又是长得很美的女性关心我，我感动得用暖暖的目光看着吕玲。

　　我也发觉吕玲的目光柔和光亮，柔和得像秋阳一样。她的眸子很光亮很有节奏地闪了几下，我的心也闪了几下。

　　吕玲她们没什么事，是过来看看。送走她们，管我的郎副股长不失时机地对我说了句："要注意影响，你是兵。"我在心里骂了句"去你妈的"。我只感受到这个秋季有不同于一般时候的温柔暖意。

我约吕玲郊游，是在接近中秋的成熟季节里。其实那天不算是这个秋季最让人爽心的好天气。远处的风从很远的地方吹来，在边塞的秋季里盘旋着，在我们的脸上拂出柔柔醉人的感受来。

天空显得高远，淡淡的云轻描淡写着一幅关于秋的高深莫测的油画。田野在秋风缓缓的催促下，尽情地呈现着成熟诱人的面孔，我感受着田野特别亲切的气息。对我来说，这是一个特别诱惑人的季节。

当吕玲用闪光透亮的目光打量着秋季收获的田野看出美好向往的时候，我完全没有了去计较那天太阳不够辉煌不适合这个季节的必要。我的目光顺着秋的跑道看到熟悉的田野，感受到即将收获的喜悦。在这份喜悦里我想属于我的秋季是多么美妙。

一阵风很焦急地扑来，像手一样缓缓地把吕玲的头发托了起来，很均匀地撒开。她的头发像一张黑色的网很稠密地在秋风里摇摇又摆摆，她的头发在我的目光里每次都摇摆出不同的姿势。在成熟的田野里这张网完全罩住了我的心。这是一个奇异的思维，我可以透明地看到从我心里放射出的火花折射出漂亮的弧线，洒落激动人心的光斑。在秋季祥和的气氛里，我有了新发现，也有了青春最期望得到的精神寄托。

在拥挤的人流里，我走在前面，给吕玲开辟一条切实可行的道路；在浓黑的夜晚，我走在吕玲身边，为她驱除黑暗送她至牢靠可信的灯下。

我想我们是彼此心照不宣。我想我活得有了生命的意义。

秋天的气候变换起来有些反常，初秋的炎热和暮秋的寒气却是很自然的。在一个天气晴朗的秋日里，我邀同年兵陈才一起给吕玲家帮忙搬东西。

那天的秋风很柔和地吹着，圆圆的太阳冷清地挂在高空，轻柔的秋风能使人感到淡淡的凉意。虽然只是仲秋后期，但浓浓的秋的特征很明显地洒在这座城市里。街旁树上的叶子散发着秋的气息，诱惑着人对秋生出爱的意志，使人产生无限美好的遐想。

我和陈才好不容易找到吕玲家新般的楼房时，吕玲家的活只剩下将东西摆放到适当位置上这最后一道工序了。吕玲并没有一点怨我来迟的意思，我就完全把自己置于主人位置上布置家具的摆放。

我的沮丧是在摆放书柜时骤然产生的。因为新楼房的建造有些特别，住惯了平房的吕玲父母舍不得丢掉那些杂七杂八的东西，房子显得拥挤。我的意思是将书柜摆放在吕玲小房子刚进门的西墙边再好不过，光线、距离都适合这个房间的总体布局。我的摆放书柜意见首先是吕玲的妈反对，接下来是她爸也反对。他们都说放那里不好，一进门书柜像加厚了那堵墙，房子显得狭窄。几个人各抒己见地设计着也属正常现象。后来，吕玲的妈征求我同年兵陈才的意见。陈才在我面前说了和我一致的意见，是用正常人的观点说的。吕玲的妈听陈才一说就同意了，并且说陈才说得很有道理很有眼光，她也是那样设计的。吕玲进门也说陈才的布置很有美感。虽然陈才的意见是我最先说的，可吕玲和她妈在我面前是这样说陈才的，并且吕玲的妈这样说时眼睛很亮。她的眼睛不时在我肩上扫一下就看着陈才的肩，眼睛里发出陈才肩上的少尉肩章一样的亮光。

我看了看自己的上士肩章，退出了那屋。

我看到楼下有很多落叶，尽管那些落叶还不到苍老得发黄的时候，可都在秋风中飘到了即将冰冻的地上。一阵秋风吹来，地上的树叶像水一样缓缓流动着，把流动的干硬的声响毫不留情地抛在了秋的氛围里。

吕玲打电话约我和陈才去郊游的时候，已是纯粹的暮秋了。吕玲在电话里说让我们换上便装，说和我们当兵的一起逛有绝对的安全感。

我没换便装，陈才说有事不去，我就穿着我的士兵军装去了。

我是在约定的地点一眼就认出那个家伙的。

"这是我的未婚夫仇然。"一见面吕玲是这样给我介绍的。

那个叫仇什么然的就是那次在舞厅硬拉吕玲跳舞差点和我干架的家伙。他照样撑着那副面皮偏着头看着我并且拉住我的手握住说了句"你好"。

我静静地看着那个家伙比我长得好看些的面皮，心里后悔那晚没给那上面留个记号。

吕玲在一边说她那时和仇然差点完了心里很空虚："现在，当然，他已是

177

我的未婚夫了。"

吕玲这样说的时候，很不自然地躲着我的目光。

我说："我是来告诉你们的，我不去玩了。我想我该回去睡一觉。昨晚做了噩梦，一夜几乎没睡。"

我说得挺流畅。我是在轻轻握了一下仇然白净的手后临时想起这么说的。

他们都很奇怪地看着我。

"你说睡觉？做了噩梦？"吕玲说。

"噩梦。没有睡好。"我说，"所以我就没换便装。"我用手提了提军装的领子。

"其实……"吕玲说。

其实这个秋季和别的秋季没什么区别。

我又把自己很沉闷地关在房里，像这个秋季刚开始那样。只是气候已冷，不像初秋那时有暖暖的秋阳照进屋来。但这些都无关紧要。现在闷在房里没有了初秋的悠闲，心里憋得厉害。

我无聊地去街上闲逛。我是被一声与我名字的音调一样的声音叫住站下的，不然，我会目不斜视地一直往前走的。

"不认识了？"吕玲走过来说。

"怎么会呢？"

"你的视力越发不行了。"吕玲看着我的眼睛说。

"视力？"我说。

"我就在离你不远处，早就看到你了。"

"我的视力是不行了。"我说。

"我的视力以前就不行。"我又说。

请你伸出一双手

指导员是在闵忠的肩上拍了一下才引起闵忠注意力的，那时闵忠正在调汽车发动机气门，如果指导员不在闵忠肩上拍一下，闵忠眼里还全是气门的间隙，指导员对于他来说就像这老解放车一样在他的视野之外停留在黄昏的静谧里，他不会去在乎，他此时什么多余的事情都不愿想。

闵忠抬起头的时候，手感使他觉得气门间隙正好符合他要调整的距离，于是他把头从劳累中挣扎出来的同时用手背在额头上擦了一下，擦去了一丝疲惫，不光是秋日边塞狠毒的热量在他额头挤出的水珠。

闵忠擦汗的时候，一抹残阳仍不减夏日一般的能力凶狠地射到他的眼睛上，把他的眼睛渲染得异常辉煌，透过这层薄薄的辉煌他第一眼看到的是如血的残阳射在慕士塔格冰峰上，白色的冰峰顶端正慢慢升腾起一片忽大忽小或红或白或黄或紫的网一样的晕圈，这些晕圈罩住了他所有的视线，尽管这片光透明如无形中的有色空气一般，但他的视线却不再前进，他就把目光在那地方定了定。

闵忠把目光收回来投到指导员脸上的时候，是指导员在他肩上轻轻拍了那一下过了有半分钟后。

指导员背对着夕阳，他只看到指导员的两个耳轮和头发尖上有一抹像鸡蛋黄一样清清稀稀地洒在那里没有一点辉煌的夕阳，可指导员的眼睛却始终眯着，尽管没有面对阳光只是有不强烈的夕阳在后脑勺上明亮。

指导员对闵忠笑笑，闵忠才看到他的脸并不太黑只是背对夕阳脸部光线不好。

闵忠也就笑笑。

明天走。指导员说。

明天走！闵忠说。

不再考虑考虑？指导员的手开始在衣服口袋里摸烟。

我这有烟。闵忠说，不用考虑！他掏出自己的"天池"烟递了过去。

抽这个。指导员推回闵忠的烟，给他递过来一根"红塔山"。你再等等，名额还没下来。

不等了，我不适合干志愿兵的职业。闵忠接过指导员递过来的"红塔山"的时候他更相信自己的选择是对的。特别是他已从老乡罗兵身上看到了他如果继续等到转志愿兵名额下来将是个很痛苦的过程，他认为现在提出退伍回家是明智的选择。

闵忠第一次抽指导员递给他的第一根"红塔山"烟的时候是在一个星期前，在指导员亲自给他点火，把打火机燃得像夏天的太阳一样灼人时，他的心里就怔了一下，就有了一个没敢动摇过的念头，不抽烟的指导员竟抽起了"红塔山"，指导员抽得直咳嗽的时候把闵忠叫到了办公室里。办公室很闷热，轻淡的烟雾没有一点能力在闷闷的空气里迅速扩散，只能紧紧地罩在指导员头顶上，指导员手中的打火机闪闪地照着闵忠的脸，闵忠茫然地点上那支烟，轻轻地吸了一口却是重重地往外吐烟连同肚子里的饭菜味也一同吐了出来。

在他听老乡罗兵说志愿兵名额近几天就要下来的关头，指导员派他出车到乌鲁木齐送报废的旧装备。那时他还没有想到有多么严重的问题会影响他转志愿兵，因为他自信在五个要转志愿兵的老兵中他是技术最好的一个，坏就坏在一直不抽烟的指导员给他第一次发了一根"红塔山"烟，他一下想到了那天下午在商店碰到老乡罗兵时罗兵手里提着四条完整的"红塔山"，他觉得有些奇怪，罗兵不抽烟怎么还买这么贵重的烟并且是四条。

他还没问罗兵时，罗兵倒先开口告诉他志愿兵名额这几天就下来。他和罗兵家是一个乡里的，关系一直不错。罗兵告诉他这一消息的当晚，他去找指导员在出车单上签字，刚好碰上罗兵在指导员办公室，他一进去首先看到的是整整齐齐摆在指导员桌上的四条"红塔山"，他看到罗兵的脸变了一下颜色。指导员有些和平时不一样地问了他一句：有事吗？他就说了句没事退了出来，他当时的心抽了一下。

当闵忠接过指导员递给他的"红塔山"又给他点上火时，他的心又抽了一下。

夕阳消失的时候，西天通红。闵忠没有看指导员身体遮住的那部分已被夕阳染红的慕士塔格冰峰轮廓，他看到残缺的西天正好是指导员庞大身躯挡住他的视线留下的那部分。他看得没有了一点兴趣。

指导员又要给闵忠第二根"红塔山"烟的时候，闵忠已独自点上了一根"天池"。

车修好了，就在刚才。闵忠说。

指导员摇了摇头，没有说话。

闵忠从指导员摇头中没有看出什么目的，但他从指导员的眼神里似乎看出点什么，他说不清是什么，他的想法就像这烟雾一样散开，一会就不见了影子。他对自己的举动一点都不满意，他是指自己在临走时调气门的举动，他并非是要留下什么印象，按理说他是不准备把这辆老解放车的气门调得正好，可他还是调了。他依恋这辆车。

在他开上车去乌鲁木齐送旧装备的时候，他就想着是指导员要把他推出去，在志愿兵名额快下来的时候。在指导员递给他第一根"红塔山"烟时他还没有失去信心，他抽着烟就有了想法，他不能坐着等名额落到自己头上，他借了钱去买了五条"红塔山"，比罗兵多了一条。可在指导员家里，指导员没收他夜里送去的烟，指导员的家在不太远的家属院里，指导员正逗着他的儿子玩。指导员见到"红塔山"，时脸红得像夕阳一样，眼睛里却有一股黑气，指导员想说什么却终于什么也没说只对他无力地摆了摆手。他提着"红塔山"走出了指导员家门。后来，他就到乌鲁木齐市卸完东西，押车的助理员要顺便回去探家，他把助理员送上火车后，便独自往回走。那时他的心里很凉虽然天气还没有开始冷，他想着那个无星无月的夜晚那五条"红塔山"，他对另

181

一种生活的全部设想被冲淡了，在他的心里无形中增加了一层厚厚的隔膜，把他的心与这个尘世间的一切隔得很远，遥远得像慕士塔格冰峰那边的异国一样一点想象都不存在。

那日的太阳光不强烈，温温和和，照着绵延纵横的戈壁滩，戈壁滩沉默在他的视线中，裸露着它那旷久的荒凉千年的寂寞，在被世人遗忘的戈壁上，骆驼刺在风中摇晃。从一路闪过的骆驼刺无言无怨的一生中他忽然看到了什么，他想起了他家乡那贫瘠但不荒凉的土地，那块祖祖辈辈耕耘着、生息着的土地，还有那块土地上日出而作日落而息的父母与乡亲，想起近些年渐渐流露出的乡情舒心的那种，他觉得他想得很苦很舒服。

志愿兵名额没有下来。当他从乌鲁木齐回来后，是罗兵和他握手时告诉他的，在他伸出手与罗兵的手相握时罗兵就先告诉了这件对他们来说很重要的消息，他握住罗兵的手，他看到罗兵的手和他的手一样和所有驾驶员一样油腻。他感觉罗兵的手把他的手握得很紧，还把握着他的手狠劲地摇了摇，脸上有些潮红地轻声说了句：指导员把那几条烟钱给了我。他就感觉有些昏晕，感觉自己在罗兵的手心里走了一段路一般，是他人生中没办法预测的路走得没有目的走得很沉重也很轻易。

他想他只适合回到那个山村里做个庄稼汉履行他的人世规律。他终于明白他行车在戈壁滩时明白了些什么。

夕阳隐退后，网一样的黑色把天和地包了起来，认真看天还不算黑。

指导员无奈地叹了口气。指导员想天原来是白一阵黑一阵的。

闵忠在指导员叹气的时候看了看天，他看到天上什么也没有，他想这又是一个无星无月的夜。

我知道你心里想的是啥。指导员叹过气之后说。

明天早上起早点别误了班车。闵忠说。

好了，不说了。指导员伸出手来，就祝你，祝你什么呢？

什么都行！

一路顺风。

他去握指导员的手，但他的手和指导员的手相握在一起的时候，他想是不是应该用两只手去握这最后一次手。他没有犹豫就伸出了另一只手。

他没有想伸另一只手是不是多余。

家　园

　　英宁一踏上这块他曾熟悉却离开了五年的土地，心里踏实得多了。几天来的旅程疲劳被踏上故土的激动击得粉碎随山风而去，他睁大双目看到眼前曾经熟悉的和尚不熟悉的新事物时，他看到的一切都簇新而又亲切。他激动得像五年前接到入伍通知书一样步子有点颤。

　　爹正在院落角给那头红犍牛梳理尿泥粘脏的乱毛，英宁看到爹的一瞬间，两眼呼地一潮，一声"爹"叫得颤音十足没有一丝一毫的力量。他看到爹的身子被他的颤声击得一抖，触电般转过身来，爹深深的目光里装满了英宁。英宁就看到爹还是原来的爹，只是比原来老了不少。英宁就再叫一声爹。爹却不应，愣怔了一阵才冷冷地说你狗日的还认得你爹。

　　英宁就再控制不住，泪水涌了出来。

　　闻声出屋的妈踮着脚有点站立不稳，两手拘束却又无奈地抹着眼睛。英宁就上前一步，颤颤地叫声妈。

　　妈勉强答应了一声，却说今儿个有风吹得眼疼。妈上去就给英宁抹了下眼窝，英宁感到母亲粗糙的手掌热热地温和着一丝疼刺他的心，他的泪就再也止不住了。

　　妈接过英宁的提包埋怨他事先也不发个电报说一声就回来了。

　　爹接过说狗日的能回来就不错了。

　　妈把眼一瞪，对爹说你去抱柴烧火给宁娃煎蛋，原高路长，娃早饥了。

爹不再说，不情愿却又无奈地走了。

妈把英宁让进屋，招待亲戚一样硬推上炕，倒一杯茶并且放了白糖。英宁双手接过说，妈你别这样，我都不好意思了。

妈说五年了你第一次回来哩。

英宁想问妈身体还好吧又开不了口，他看到妈头上已掺杂了一半雪一般的白发，心里就一阵阵抽紧，眼窝又热热地往外涌水，他就一口一口往杯里吹气掩饰自己的激动。

妈问了些部队上的事，妈不识字却问得很有些词语，比如"首长""食堂"之类。英宁一一作答。

这时，爹已经把蛋煎好端来，英宁慌忙推托说不饿，其实他有一天时间已经没吃一口东西了，想着一下火车吃饭，可下车后心里慌慌地急就没顾上吃赶回家来。他推托着说了些不好意思的话，爹就顶了一句狗日的当兵学坏了，到自家里还说不好意思哩。

妈对爹说你一边待去，宁娃是出息了，部队上整天和首长在一起说话能不讲文明吗？怎么就说变坏哩？

爹说不坏去了五年都不回来，也三月半年的不写封信来，忘了本哩。

英宁说爹不是的，我总想着干出名堂再回来要不没脸见人哩。

妈才怨了句总该写几句话吧，妈夜里常睡不着，你爹个死鬼常骂我白疼了你。

爹接过说我哪敢骂你妈？只是骂你小子。现在回来是咋地？复员了就拾掇这四亩八分地吧！

妈瞪了爹一眼说，话都不会说眼下是麦才吐穗呢，村东的财娃是前年冬上复员的。

英宁就说妈爹我事先没告诉你们是想让你们喜一下，我转志愿兵了。

妈眼睛一亮说那就是城里人了？！我知道宁娃会出息的，你爹个死鬼还常说你叫妈惯坏了不会有出息的。

爹不说话，往地上一蹲摸出烟锅装烟。英宁才想起还没给爹敬烟，就跳下炕从提包里取出两条精装"牡丹"放炕边上说给爹的，然后掏出一包"红梅"打开递爹一支。爹摆手说带把的有毒哩。

妈说爹真不识抬举，爹就放下烟锅，接了"红梅"点上，深抽一口说这烟还是太软没多大劲，可没停一直抽着。

妈就对英宁说英子快回来了，得做晚饭了。英子是英宁的妹妹。妈说英子在乡上酒厂上班，一月六十块呢，是乡上照顾军属叫去的，村里人都害眼红哩。

妈说完去做饭，爹起身把英宁吃过蛋的碗端走，去烧火了。

吃过晚饭，一家人坐在炕上，喜喜的空气溢满一屋。尤其妹妹英子问英宁很多事，英宁能回答的都答，英宁说他在部队上是保密员，部队上有多少事都不能说，英子就摸着哥给她的裙子不再问。

爹妈一句有一句无地问些已问过几遍的话题，最后落到了英宁的婚事上。

不识字的妈说得很含蓄，问英宁是咋想的，要英宁个人拿意见。爹则平铺直叙，说庄户人家要实在，找个身强力壮的要干活生娃哩。妹妹英子说爹眼光真短，哥是城里人了就要找个城里嫂子，咱家才风光哩。

爹说祖宗八代都是种地的，出息一个就对得起祖宗了，还贪心？

妈说这叫啥贪心，是应该的，宁娃是城里人找个庄户人以后孩娃还不是庄户人？拖累哩。妈还是说了自己的想法。

英宁就没有话说，他心里也考虑过这件事很长时间了，可咋样解决他还没头绪呢。妈这样一说他也就在心里定了一定要找个城里媳妇，让妈少操些心。

爹说城里人当然好了，可咱到哪儿去找？爹变得很快，大概他也想到了以后的孙子孙女能像电视上那样会唱歌跳舞地热闹。但他心里并不踏实，他想老天够开眼了，让他儿子当了城里人还能再满足他这个庄户人有一个城里媳妇吗？

妈说只要宁娃用心，咋能找不上？妈说完叹了口气，又说，咱连一个城里亲戚都没有，咋托人哩。

英宁就说妈别着急，这事要慢慢来。

妈说还敢慢慢来，像你这么大的小伙哪个没媳妇暖被窝呢？好多都有孩娃到处跑哩。

爹说你妈说得对，男越大越难，女大了却不愁嫁。

英子说要不给哥说一下酒厂的刘技术员，她是城里户口，还没找对象，可不知哥愿不愿意？英子想了很久才这样突然说的。

英宁说这事不能光看我，要别人愿不愿意才行。

妈就问英子，刘技术员长啥样？

英子说长得没说的，就是平时抬着头傲哩。

爹说城里人能不傲吗？

妈说我宁娃就不傲！

妈私下给英子说了许多，让英子给刘技术员说，牵一下这线。妈并且还专门去酒厂从后面看了刘技术员，说长得够水灵，就是个头矮点，爹说矮点会过日子就成。

英子给刘技术员说了这事，刘技术员有些心动，就约英宁单独先谈谈。

英子很高兴地把这消息告诉全家，全家人很是激动。妈说老天真是睁眼哩，爹则乐得天天顿顿给英宁煎鸡蛋，弄得英宁连说不好意思。让爹还骂了几回狗日的跟老子还不好意思呢。

英宁和刘技术员是在酒厂单身宿舍见面的。妹妹英子把英宁带到刘技术员屋做了介绍就走了。

刘技术员叫刘冬香，是随她爸"农转非"的。英宁一见刘冬香觉得从长相上还不错。两个人都不好意思说话。英宁不停喝刘冬香给他倒的茶水。刘冬香就不断给他杯子里续水。

刘冬香就笑着扯开了话题，说英宁真能喝水。

英宁就脸红了说在新疆水是宝贵的，家乡这水甜好喝。

刘冬香说你们部队在城里还是大沙漠里？

英宁说我在机关当然在城里，大沙漠我当了五年兵都没见过呢。

刘冬香说她虽农转非了可进不了城，只好到乡镇小厂里混，工作不好找呢。

英宁说哪里都一样，他没意见。

刘冬香就说部队可以随军真好。

英宁说志愿兵规定不随军。干部到了副营才可以随军呢。

刘冬香一愣，说那你能不能当上副营？

英宁说我是志愿兵不是干部当不上副营。

刘冬香就不说话，也不再给英宁茶杯里续水了。

过了会儿，刘冬香才说，其实我在这也好，新疆远哩，听说要坐三天三夜火车。

英宁说我那里下火车还要坐三天汽车才能到。刘冬香不自在地说我爸其实不让我嫁当兵的，我爸也曾当过兵。

英宁急了，说你自己呢？

我只好听我爸的。刘冬香低着头说。

英宁回到家里把情况一说，全家人都不说话。

英宁心里很复杂，回家蒙头就睡。爹煎好蛋也不吃，也不说不好意思的话了。爹就把煎蛋叫英子吃了好去上班。

假期没到，英宁说要回部队，回去事情多呢，保密室离不开他。

爹妈见挽留不住，又怕误了部队正事，就让他走。

走时，爹妈还有妹妹英子把英宁送到火车站。妈说英宁别难受就在新疆找个城里媳妇还在一起过哩。英宁说再说吧志愿兵有规定不让在驻地找对象成家。爹说还能不让人娶媳妇生娃娃？活人能让尿憋死？咱庄户人家闺女还是实在得多，就你宁娃的出息回来挑呢。英子则说哥一定要找上一个城里嫂子，要真正的城里人，争这口气哩。

妈说英娃走一走再说吧，只要出息了，还愁找不上好媳妇？妈说完直抹眼窝。

爹说是哩！

英宁给爹说我下次回来给爹买"红梅"烟，买四条，我拿工资了，一月一百多块哩。爹说"红梅"就是你刚回来时我抽的那带把烟？

英宁点点头。

爹说那烟太软，没劲！

远　　景

　　南艳来找我的时候，我正沉浸在窗外烟雾弥漫的境界中胡思乱想，连她悄悄走到我身后了也没察觉。她的突然出现惊散了我满脑子的胡思乱想，一片空白之后就装上了她鲜活的脸。

　　"你是不是在等待什么？"南艳偏着头看着我说，"心神不定的样子。"

　　我掐灭烟头，用奇怪的目光看了看她说："你不要自我感觉良好了，我是在等待未来。"

　　"你的未来还是梦！"南艳有点失望地说。

　　"如果这个世上的人都变成白痴了，不再认识大家都认识的钱这个朋友，我的未来就成现实了。"我说。

　　"你成天苦着脸，就想这些破问题？真不现实，一点真实感都没有。"南艳在我对面的桌前坐下后说。

　　"最真实的是钱。"

　　我这样一说，南艳鲜活的脸就阴了。

　　这是秋天。

　　我就再无话可说了。每次和南艳的见面就在这样无聊的对话中因为一些实质的话题被打住，就没有了一点趣味儿。我好像把要说的话都说完了，对于南艳应该说的许多话题却没兴趣。我不知道怎样才能把这种太沉闷的空气撕开一道口子，说些令她兴奋和敏感的事调剂一下我们各自的情绪，可我没这方面的才能。我们每次只是有一句没一句地对应着一些重复了的话题直到彼此尴尬。这样两个人都觉得没趣，这时候时间就变得苍白而干枯。但我们俩还是喜欢在一起这样相处着。我曾经问过南艳这样累不累？南艳却说人活着就这样累着才有意义，不然每天只是吃了睡，睡了吃，干那点工作挣那点钱重复来重复去没有什么新意。

南艳在群艺馆工作，现在好像不需要群众艺术之类的东西，存在不存在都无所谓。南艳每天上班除喝茶、看报纸外就是上个厕所等下班时间，的确没多少意义。

空气闷闷地流动着，流动不出新的话题来，我点上一支"红豆"烟默默地抽着。

南艳见我这样，就坐不住了，脸上晴了一些，她看着我一口一口地吸烟，就说："你这副样子，总愁旧社会推不翻似的，就不能换副新社会面孔？人家看了都能忆苦思甜了。"

我说："你嫌难看就别看好了，我这副脸本来就像解放鞋底子一样，早皱成水波纹了，你别看多了吃不下去饭。"

南艳被我逗笑了，说你就没点儿正经，还军人呢，简直丢军人的脸。

我不笑，却说："你算说对了，我最不愿参加一些社会活动了，怕影响部队的高大形象。"

"说真的，"南艳停住笑，一本正经地说，"我来是叫你明天去我家吃饭的，你别过多地计较我妈，她说的话虽然不中听，可也是为我好，就我一个女儿，她总想着我能过上舒心日子。"

我掐掉烟头，说："南艳你别想那么复杂，是我这人多心了，你妈的话很有道理，现在像我这样每月拿两百多块钱工资的就只能进个'小儿科'，犯个头疼脑热的病。"

南艳说："别那么说好不好，明天是星期天，我哥也难得留在家，他还是能和年轻人谈得来的。"

我说反正就那么回事，去就去怕什么，有饭不吃才傻哩。

南艳就把舒心的兴奋之光很快地写在了脸上，走过来用手轻轻地捏了捏我的鼻子说，我还担心你不会去呢，没想到你答应得这么轻松，还常说别人世故呢。

南艳的哥哥我还是第一次见，很精干，尤其是那头，寸板刷的力度很冲，使我不由自主地充当了一个软角色。我们握了手坐下后，我便像对真大舅哥一般恭敬地递过一支"茶花"烟，划着火柴点燃。

南艳的哥只抽了一口那烟，就掐到烟灰缸里说："你这，'马马虎虎'是假的！"

如今社会上把"茶花"叫作马马虎虎，"红塔山"才叫还能抽。我看着掐在烟灰缸里的烟，火气便随着那股还在缓缓升腾的烟雾膨胀了：没钱的人抽个高级烟也是假的，就这包烟已经是我两天的工资了，我是忍痛买的，更何况我抽着怎么就尝不出是假的呢？我也不是一年两年的烟民了，虽然平时抽的烟低劣些，但高级烟我也抽过的。

我看着南艳的哥掏出一包翻盖的"红塔山"自顾自地点了一根，就被一股火烧得"呼"地站了起来。幸亏南艳及时赶到，见我脸色变了，就随机应变地问我是不是热了，脱掉上衣吧。

我看了看南艳，她的目光里没有杂质，清清地照着我，我的脸就热了，说想上厕所方便一下。

从卫生间出来到客厅坐下，我和南艳的哥谁也不再说一句话，都默默地似乎很专注地看着电视，但我真没看出电视上是什么节目。南艳也不再去厨房，坐在沙发上不时说上一句话想打破沉闷的空气，可都是徒劳，她哥只是指着电视评价那些人物的派头说看不惯那些穷酸人的话。

我实在坐不下去了，就叫上南艳到她房间里去翻影集。但影集也有看完的时候，看了两遍后又回到客厅坐下。饭还没好，我的肚子早饿了，就不停地喝水。电视上正放一个回顾过去展望未来的什么纪录片，一个男中音用底气很足的音质很感情很慷慨地激昂着"我们有长城，我们有黄河"之类的词语。

南艳的哥上去关了电视说："长江黄河能当饭吃？还没喊够？我都紧了四次裤腰带了。你们让我留家里吃饭就这样虐待我？长城黄河的。"

南艳的哥在外贸局工作，还没有结婚成家，但平时不在家待，听说他做了不少生意，到底有多少钱连他家人都不知道底细。

饭终于好了。饭菜很丰盛，但我没吃饱。在饭桌上我又吃出了南艳她妈一大堆金子又涨价了要赶快买金项链、金手链、金耳环、金戒指甚至金脚链之类的金味。

我觉得自己又犯了个错误，实在吃腻了机关灶的饭食可以去饭馆换换口味，虽然没有足够的钱吃多么丰盛的饭菜，但饱肚子的钱我还是有的。钱的样子总是很热烈地在我的脑子里跳跃，鲜艳的色彩像一束无形的光钻入我的身体罩在我心的周围，把我的心包围得像黑色的夜一样，我就很沉闷地在这种夜里睁着空洞的双眼看着周围的一切。每个日子都在时间里拥挤着往前冲，我有时觉得重复来重复去地吃饭睡觉都是多余的，一晃就是一天过去了，我却无所事事。

股长见我上班无精打采的，就给了我一大堆材料，叫我写一篇"双拥"工作的情况汇报。我就写了，写成"双拥"工作没有钱就开展不好，股长看完后说这材料倒像个商人写的演讲报告。

南艳专门来给我解释了一回，我看着她动着的嘴一直沉默不语，她就只好停住偏过头看着窗外。

窗外正是凉爽宜人的秋季，暖暖的秋阳里不时有一些部队的家属、孩子慢悠悠地走过，似乎很幸福的样子。南艳就看得有些迷茫，目光散乱地收回来在我脸上晃来晃去。

我被南艳的目光晃得心乱，扔掉烟头说你晃什么晃？去找个有钱的大款就不用这样苦恼了，何必和我这个破志愿兵黏糊。

南艳的目光就直了，一下子有了一种光，闪闪地却不往下掉。

我的心就抽动了一下，却装作若无其事地笑笑说，南艳同志真是个好同志，不把这样的好同志吸收到党内来，算是领导瞎了眼。

南艳却没有被我逗笑，轻声说，我知道你心里头压力大，可你也不能这样对我。

我知道我的话有些过了，我真心实意地对南艳说，实在对不起，我不是

191

故意的，我们出去逛街，反正坐着也没事干。给隔壁的股长打了声招呼，我便和南艳来到了街上。

街两旁的白杨树直直地很有力量地站着，这是这座边塞古城特有的景象，暖暖的秋阳从树叶缝隙间漏下来，我们脸上就有了暖的冷的不平衡的感觉。有一片还没发黄的树叶缓缓落下，飘来飘去最后在南艳的肩上停住，颤颤地就是不肯落下，我伸手捡起那片叶子，捏在手中看了看，准备扔掉，南艳却一把抢了过去，她说树叶还没到落的时候就落了，这片树叶是未老先衰。

我不想说话，很漠然地看着她。南艳见我没反应，就偏过头来看我，她的目光看透了我的心，看到了我空虚的表情，她说："这树叶像你一样，有病！"

说完，南艳觉得有趣自顾大笑，她笑得有些夸张，身子都因为笑而激动得发抖，好不容易才控制住后就把手中的树叶扬手扔向了秋天，异乎寻常的平静和悲哀的我和她一起盯着那片落在地上的树叶发呆。

这时候，一声港味十足的"嗨"音响亮地停在我和南艳眼前，我偏过头一看，一个扶着一辆血红色"三枪"牌自行车的女孩先送了个微笑过来。我在微笑里心里一热，随即一惊，因为透过微笑我看到了那个女孩的脸，她的脸很特别，如果给她脸上随便撒一把绿豆不会掉下来一粒，还会生出有些位置没有填满的遗憾。

但她却能很港地"嗨"着给人送上迷人的笑，她的笑细胞虽然让我的心里热了一下，但她的出现还真把我骇得倒退了一步。

她走上前来像出示逮捕证一般制止了南艳刚要开始的介绍。

"你老公，不会错的！"女孩说。

女孩说的是不符合这座边远城市的另外一种语言，虽然也是中国语言，但我听起来有些别扭。

南艳迅速地看了我一眼，我的表情其实不太呆板。

女孩自我介绍："麦娜，南艳初中时的同学，练个摊子，主要摆夜市，啤酒咖啡，以后给你免费提供。"

我微微地笑了笑，礼貌性地应付时，看到了麦娜脖子上的一条闪着金光的粗链子，我想那就是南艳妈经常念叨的金项链呀。我对这种光很敏感，这种光一直压在我心上使我产生了不少苦恼。

于是，我问了一句："你的金项链多少钱？"

其实这样的问话在日常生活中再正常不过，我问话的语调也没有什么古怪的，但是我的提问却引起了麦娜有些夸张的惊讶，她的嘴张得像洋人要发出一声"噢"一样的口型，一只手举起要来些别的动作，因为她的另一只手必须扶着自行车，所以她想来些洋动作的举动受到了限制。她大概意识到了用这么古怪的眼神盯着我，像欣赏一头西方人宠爱的白猪做了坏事一样，目光里满是好奇。

我一下子感到我又犯了一次傻，在南艳面前，我这样的问话会勾起她非常丰富的联想，她的联想比现在的四通打字机联想汉字的内容要敏感得多。我和南艳在一起时话题往往陈旧又少，与她平时爱联想并且要坚持那种联想有很大关系。

果然，南艳的脸色一下变得让人很伤感，她的双眼失去了应有的亮度，我从那目光里可以看到她备受压抑的心跳的程度，我就低下了没有任何东西可以支撑的头颅，我的心被愧疚拥挤着很机械地跳动。

但我没法阻止住麦娜的嘴和她要发声的音带。她反问我："你是问我的金项链？"

我努力去看着别处，想象这句问话与我没有一点关系。可麦娜并不会觉得尴尬，她反问过我后见我没有理她，就接着说："很便宜呀，才两千八百块。"

麦娜把这句话颠倒了来说，不知是有意还是无意。

但她的金项链正值我一年半的工资。

南艳不说一句话，撇下我和麦娜走了。麦娜还不解地偏过头看了看我。我不愿就这样和南艳又闹别扭，没有顾得上给麦娜打招呼就去追南艳。

和南艳并排走到一起，我没话找话地说些三岁小孩也会说的蠢话，可她就是不理我，只是低着头一直往前走。那时候我看到她眼睛水晶般发亮。

这样走了一阵，我在心里告诫自己一定要沉住气稳住情绪，不能动火，虽然这样的事不值得南艳敏感地联想到她妈对我无形中施加的压力，她没必要生气，但她却生气了，就只能是我的错了。我曾认识到我的错误在无形中攻击了残酷的人性，但这次不是这样的，可南艳却能联想到那么深，她能联想成我是故意在她面前问这样话题的另一层含义。是我错了！我得承认。我跟在她的后面，突然想到这场误会只有用幽默解决了，不然我会失去耐心会忍无可忍，当然后果是不用设想的了。

我就在南艳的身后大声说："你别闷头走了，你已经走到了男厕所门口了。"

敏感的南艳果然急刹住脚步，抬头一望，看到的是秋季暖暖的阳光下面宽阔的马路，"男厕所"根本不会在这种时候突然出现。南艳就回头狠狠地瞪了我一眼，走了。她把我的幽默当作了捉弄。

那段日子，我和南艳几乎断绝了来往，我打电话过去，那头总是说不在，我问干啥去了，那头有时说不知道，有时一听找南艳就直接压了电话，态度相当生硬。我也打算去找她，但我清楚，见面后的尴尬是可想而知的，说不定会更难收场。我了解南艳，但我更了解自己，我的忍耐是有限度的，我的性格越来越古怪，心里空虚得荒野一般。我也曾经想过忘掉她，可总做不到，她已经很完整地刻在了我的心上。我在那段苦闷的日子里经常会想起她平时看我的那种目光，她的目光不同于和我穿同样颜色服装的那些人的目光，她的目光里没有等级光线，她没有部队上许多家属那样俗不可耐的说话口气，她没有把我这个志愿兵看得很可悲，没有像某些人那样把我这个阶层的人划到人类动物一样生存的等级外。并且南艳的长相绝对够格，绝对能够引起我周围一些干部的嫉妒，我要的就是这种效果。在这种志愿兵在驻地找对象背离规定但没有人执行的时候，我就要找南艳这样在各方面都胜过他人的对象，以达到心理上的平衡，我可以是个穷鬼我没办法，但我在精神和灵魂上绝对不能够贫穷，否则我就活得更没有意义。

我不能就这样等待下去，等待会成为痛苦，这个世界上没有等待到的好事，没有人会像组织一样为每个公民考虑，更何况现在的组织根本不再插手这些事了。我必须采取行动，我不想失去南艳！

我去找南艳的时候，她正无聊地一个人闷坐在办公室看着窗外发愣。我的出现使南艳随即产生的惊喜很不一般地在脸上固定了一阵子，她因我的突然来到而手足无措，我还没见过她这样慌乱过，她在慌乱中撞翻了座椅。那种笨重的座椅倒地的声响提醒我，南艳定会扑到我怀里开始我们交往以来该决定的深层次内容了。

但是顷刻间南艳就恢复了正常，她的理智有时能够超越她的情感。我知道我们虽然以恋人的关系出现在许多场所尤其是她家，我已经受过南艳父母的检查验收，但南艳还是在激动的顶峰能够看到我们之间那条还没有正式逾越的沟。她从激动中跌入平静的峡谷，有种不如意的悔恨但又竭力克制住自己不做一次无道理的愤怒，她所有的心思很明显地写在她姣好的面容上，她的想法在我眼里根本无法掩饰。

南艳很平静地对我笑笑，说："你不打电话了。"

我笑笑。我想我当时的笑容肯定很苦，但又必须笑一下，我知道有好多事当面不好说在电话里可以说，见了面反而说不出来，就像我很想见南艳道个歉虽然从内心里我没有认为自己有多么错，可这时候我就是说不出道歉之类的话。

我坐下掏出烟点上。我看着缓缓升腾的烟雾一时开不了口，原先想说一些话的胆量消逝得只有用抽烟来维护了。抽完一支烟后，我心里又坦然了许多。

南艳坐在靠窗前的地方，偶尔接触到我的目光便努力回避，可我可以看出她很想看看我的表情，她不时把目光慌慌地在我脸上定一定，又投向窗外，看那些已经泛黄的白杨树叶子。不时有几片树叶脱离树枝缓缓地飘落，很浓的秋像诗一样在窗外写来写去。

我也不时看看窗外，我坐得离窗远些，看到的风景又散又小。

我们就这样谁也不开口地坐了一阵。我实在想不出用怎样的话引出话题，努力了几次，每次想好一个开头就要开口的时候，就把它和上次的不愉快联系起来，我就觉得这样开头肯定是自讨没趣。

最终还是南艳开口说话，她说得很突然也很离奇。她说昨晚电视上的盼奥运义演还不错。

我不由自己地说了句："是吗？"

"香港和台湾的巨星都来了，真不易凑一台子，节目也确实是一流的。"南艳说。

"是很不错。"我又点上一支烟后说，"但是，有一个很恶心的节目就是有一个国产的歌手用英语唱歌,连我没上过几天学的人都听出她发音不标准。人家港台的歌星都用国语唱歌最后用国语说谢谢，却出了这么一个说'拜拜'的假洋货，没一点民族气节，还中国人呢。"

"那又怎样？"南艳说，"人家出国留过学，不用英语就显不出她去过外国。"

"不合时宜。这是为申办奥运办的晚会，并且是在中国的土地上，放那洋屁，八亿农民能听懂的有几个？"

"重要的是要有奉献精神，有这种精神也是好的。"

"你闻到没有？"我说，"某些人总想装成洋人的样子，但放的屁总有股大葱味，不是那种吃了生牛排的纯正狐臭味。"

南艳终于忍不住被我的话逗笑了。

我那时候突然想到了南艳的那位同学麦娜做作的洋架子,觉得也很可笑。南艳就说麦娜原来叫麦建红，后来改成麦娜的，初中时尽抄她的作业，考试时抄不上了就没考上高中不上学了。"其实麦娜人还是不错的，不是你想的那么糟。"南艳说。

我们就在这样的谈话气氛里言归于好。

我想我该注意一下以后的言行了，不然会出现很累人的事情。

南艳的母亲曾问我志愿兵为什么部队不给分房子？志愿兵不同样是人。

南艳的母亲曾问过我志愿兵为什么拿的工资比干部低？发的福利费也低？是志愿兵干的工作少？

我没办法回答，我只能说这是部队，只有这样才叫社会。

南艳的母亲说管什么社会不社会，反正金子又涨价了，彩电又涨价了，什么都涨价了。

南艳的母亲对我说南艳没一点良心，养活大了就不听话了。南艳的母亲当着我的面还流了一通泪。

……

我把自己关在房子里，一根接一根地抽烟，我的嗓子被烟熏得裂了口子，吐出的痰都是血丝丝。

可是我绝对不给南艳提她母亲的话，我觉得我和南艳之间越来越不能说她家的一点话了，一说我话里就满是情绪，她就生气给我一个下不了台。慢慢地就很少去找她了。也不打电话给她，这段时间我自己都感觉到老了不少，有沉甸甸的东西总是压在我的心上，压得我喘气都费劲，最后到卫生队去检查，医生说我是气管炎。

给我检查的医生是刚从地方卫生学校毕业招来的我不认识的一个小伙子，很帅气，留郭富城的两边平均倒的头，穿一身灰白色的球衣。我最先注意到了他胸前球衣上印的那几个字"千万别爱我"，我琢磨不出他为什么穿有这几个字的衣服，不知是什么意思。我想不通这个小伙子这么幸运被招到部队当医生，过几天命令一下来换上军装就是少尉军官了，却在踏入部队的开端给自己胸脯上题了这么一个警告，我真不明白。我就问小伙子这衣服上的字是什么意思？

小伙子看了看我，猛地转过身，我就看到了他背上的五个字：

因为我没钱。

这倒是实话，大实话。

在我很苦闷的时候，南艳的同学麦娜直接来找我。

这个麻子姑娘心肠还真不错，虽然她改成了洋名字爱用一些洋动作。她还主动提出给我借一万块钱，她说她不忍心看我这样下去，是真心帮我。

开始我一听还真感动，我说我会付利息的，就这还真没第二个人这样帮我的。我在麦娜面前无法控制地流下了一串压抑了很久的清泪，我被她的诚心所感动，我实在无法使自己不流泪。我看到麦娜放在我桌上的那一沓钱，心抽动得厉害，我摇着头任泪水四处飞溅任我的苦闷随着泪水溅出许多湿湿的斑点……

要不是麦娜的那句话，我就不会产生别的想法，一个被苦闷压抑得太久的人好不容易有一个突破口是很能被迷惑住的。

麦娜说了句:"这钱不用你还,因为我和南艳的关系,这是给南艳的嫁妆。"

我奔涌的感情一下子被麦娜的这句话闸一样地卡住了,我愣了愣后,随即擦干了脸上一钱不值的咸水。我要麦娜马上拿上钱走开。我不要这种变相的帮助。

我再也没有去找南艳。

我试图从心里抹去南艳的影子,可越想抹去却越清晰。我就在气管炎的哮喘中狠劲地抽烟。

我是被急促的电话铃声吵得实在心烦了才抓起话筒的。我吼了一声:"找谁?"

"找你!"电话里说。

我听到的是一个熟悉亲切的声音,但我故意问:"你是谁?"

"你知道我是谁。"南艳说,"麦娜是好心,可我没想到她去找了你。"

我说:"那得谢谢你,是你让她抄作业抄出的这份深厚友谊。"

"你别这么说好不好?"

"我就这么说又怎么了?"

"我……"

"你不要再说了,答案很明确。"我说,"你以后不要再来找我了!"

我的泪水喷涌而出,溅在了电话上。

"为什么?"一个颤抖的声音问。

"你知道吗?"我说,"今年秋天流行一种运动衫,就是灰白色的那种。"

走在我身后

现在一切才刚刚开始

我还有时间走到大地的尽头与白昼诀别

像一个孤独的异乡人

加入这如此盛大的加冕仪式

我已忘却自己

我还将继续把谁遗忘？

——引自谷禾的诗《走在我身后》

你的固执会害了你一生。

他不信这句话，觉得说这句话的人，最多是个没有出息的作家，只能写些《走在我身后》之类的文字垃圾，污染少女一般干净的白纸。

他从骨子里轻视这种人，这种人只能使天空更加浑浊，生活没有情趣，所有他爱的人变得没有了秩序，对他这个人是否还能生存下去产生了怀疑。

他还是坚持走了下去，在没有路的荒野上，他的心里装满了路的惨白影子，孝布似的在眼前飘来荡去，诱惑着他走过去，只有走过去，他的心里才能安宁。因为在不久前，他的躯体已被一个人当作尸体焚毁，虽然燃烧的只是照片上的他，可他已感到那种烧灼灵魂的疼痛，他走到哪里，都以为自己是一堆散发着腐味的骨灰。但他的心没有死，总在死灰里扑腾，幻想着找到一个荒凉的净地，然后把自己种在那里，像草一样重生，沐浴春风和阳光。

他挑选了一匹马。一匹白马。本来他不喜欢白色，包括白色的动物。但他还是选择了白马，他信奉白马非马的悲怆说法。在他心中，马是神圣的，用来给人坐骑，简直是对马的侮辱，但马浑然不觉，尤其是那些能够展示自己脚力的神骏，被人骑在身下，简直像一个被人轮奸的荡妇，大汗淋漓地舒展在男人胯下，还以为得到了生命的恩泽，非常愉悦地嘶鸣几声，心满意足的样子，叫他看了恶心。

白马则不然，被那些心灵扭曲的人视为没有喜色的不祥之物，弃之荒野，甚至不列入马的行列。其实白马是多么幸运呵，免遭人的作贱，像一个高傲的女人，自由地展示自己的风韵。那种魅力，只有马才有。马身上诱人的魅力，常使他热泪充盈，他想圣洁的女人要是一匹马就好了。最好是匹白马。

他选择一匹白马同行，就像与一个魅力纷呈的女人同行，他几近枯竭的心里，充满了甜蜜。所以，他一路走来，脚步轻盈，根本没有跨上马背、驾驭马的欲望。他只想与马相伴，去找寻他理想的一片净地。

那里自然是水草丰美，再理想不过的一方圣地。

于是，他与马走进了天山。

天山像人的手指，高低不一，在这里似歇口气似的，扔下了一个偌大的缺口，沿缺口走进去，是一片开阔地，一眼望不到边的草原。

心里就这般解放了吗？

他的灵魂从烟雾中钻出，就这般永恒地飞翔了？未曾想心里能容下这般浩瀚的绿地，他的眼睛像天上的星星一样，从天山之巅滑落，在草叶间流动，体味着马儿的唇热，带着膻气的鼻息是马儿释放出的激情，煽动得草儿挺立在荒原之上疯了似的生长，为的是在马齿间脆响。

那是他心动的一刻，能够装点他一生的记忆。他一直向往着，自己能是一棵这样的草，哪怕是一棵永远也长不大的矮草，只要能触到马的双唇感受到马的气息，成为马的食物，他就知足了。

他真的很容易知足，在他生活的那个地方，按照常规，他与一切能够交往和不能够交往的人在一起朝夕相处，他够认真的了，正因为他的认真，才导致人对他的轻慢。他在人的周围越来越不重要，有时甚至被忽略，忽略到如一缕轻烟，被那个人用一根火柴头点燃，了却他一生才感到心动的一切，那一切已成灰尘，像他的躯体一样，一天天衰败，四散飞去。

但他的灵魂里永远留下了那个人，就是焚烧他的那个人，因为那个人使他有了重生的机会。不然他还一直沉迷于浑浊的人流之中，灵魂永远得不到安宁。

他是很固执，但他自信没有因为固执而害了一生。因为固执，他才有了出走的机会，毫不犹豫地在芸芸众生的马群之中，选择了这么一匹白马，用他还存活于世的灵魂，准备和这匹白马相伴一生，走向大地的尽头。

这匹马多么好呵！走在他身后，让他觉得他这一生就是奔这匹马来的。

于是，他感谢那个焚烧他的人。那个人叫他思念一生。

他喜欢这匹马，不！仅仅喜欢还不能表达他全部的爱意。那些带着"爱"字的词是多么虚弱呵。

他太想与马为伍了。

马是多么伟大呀，尤其是白马，一生都在展示自身的魅力，连睡觉都是站着，那种洒脱、飘逸，人永远也学不会。所以他才把这匹马当作优秀的女人，只有优秀的女人，才能与马相提并论。至于那些跨在马背上的男女，是多么卑微，多么叫马不可思议，他们以为驾驭了马，其实是马驾驭了人类，因为把你驮到什么地方，是由马决定的，你用缰绳指定的路线，马是用自己的蹄子一下一下敲击出来的，而不是你能够触摸到的路。

骑马的人太悲哀了。想想你的样子，有多么可怜吧！

他才不愿做可怜的人，他就这样与马交流，他的灵魂达到了真实的极地，他的躯体才属于他自己，尽管不时还有种骨灰燃尽的想法，但那种依附，是那个人给他的。不然，他怎能有来到巴音布鲁克，把自己种进草地的机会。

但他的腿拔不动了。刚才还能行走的脚已经在马的注视下，淹进浓密的草丛，因为马的眼神，他的脚底钻进了泥土里，刺刺啦啦地长出一蓬蓬粗硬的根须，扎进了土地的深层，他像棵草似的立在了丛草之中，稳稳地开始生长了。

这是他要达到的目的，可一旦达到了，他才有了一种失落感。这么多的草，哪一棵都比自己挺拔，哪一棵都比自己芳香四溢，他是那么普通，他再有情，也得有马钟情于他呀！

他沮丧地望着马，其实马也一直注视着他，并且张开温热的双唇，正期待着他的滋润，它的两排白齿，正干渴地分离着，像剥蚀了的白骨，多么地诱人。

它喘出来的气息，灼热而烫人。他能感受到那种烘烤身心的疼痛，自从那个人焚烧了他之后，他对这种疼痛的理解，只限于扑进一汪清澈的水中，使自己的灵魂与水接触，把烟雾拒之水外，让燃烧的心灵在水里熄灭，保留一个还能完整存活的跳动。

快点，水，来救我吧！此刻只有水才能够把他救活。水在哪里？所有的水在那个人的手里，那个人却无动于衷，任黑色的火焰吞噬着一个可悲的生命。那个人，真能狠下心！你再对别人有成见，也不能不施舍一点一滴的水，就让他毕毕剥剥地在你面前烧毁，他有什么罪？

他在你心里，留不下一点痕迹，你这样做，他能重生为一个真正的人吗？

他应该找到水，送到那个人手里，那个人完全可以救他一回。

他环顾四周，发现不远处有一条闪着蓝光的水流，原来水离得这么近，就在眼前，它看不到吗？那个人对水的感情超过了一切吗？水对那个人来说，比他还重要吗？

他不能再想，他已经全身灼疼，再没有水，他会干枯，化为灰烬，连那颗他想保全的心也要成为一缕轻烟了。

那边有水，这还不够吗？一条河，足以浇灭一团微不足道的火焰。

你没看到吗？那条河叫开都河，是一条永远流不尽的开都之河！

他拔出双脚，血和汗水使他疲惫不堪，但他一点也不想做短暂的休息，他拖着双腿，像带着锁链的逃犯，一步一步地向开都河走去。

开都河是一条随心所欲的河，沿着草地的低洼处，弯弯曲曲地从巴音布鲁克草原上流过，这是一条永远不会枯竭的生命之河，它是天山的精血，给大草原的青草茎叶间输送了第一缕阳光。

他回过头，想唤马过来，汲取这纯净的河水，可马站在原地，只用忧伤的眼神望着他。

　　他理解马的心境，它不是无情，它太疲惫，在纷杂的尘世里，它的痛楚也不比他被烧烤着好到哪里去。

　　那个人简短的经历，使他万分怜爱。他愿汲取河水，交到那个人的手里，那个人或许需要这种水，才能拿定主意，要不要救下他的灵魂。他用什么来盛水呢？他一眼就看到了一双靴子，好像是上天故意放在河边，专等他来用的。他没有多想，抓起靴子，弯腰把靴子浸到清亮的河水里。平静的水面惊出两个蓝洞，将靴子吸了进去，靴子发出畅快的欢叫声，呻吟着喝起河水。这种声音叫他兴奋，心里的疼痛不见了，只剩下一种想向这种声音逼近的劲头，以致靴子喝饱了水，他也忘了他要干什么。

　　这时，一个蓝色的影子像精灵一样飘然而至，轻轻地落在他的身旁，他一点也没有感觉到。直到一个声音似从蓝色的河水里钻出来，柔软地飘进他的耳朵里，他才从梦中醒来一般，惊得差点丢掉手中的靴子。

　　是你拿了我的靴子？这是一个女人的声音，嗓音甜美得像马奶子酒。

　　他站起来，从河水里拔出一双湿淋淋的靴子，站在这个女人面前，这个女人美丽无比，眼睛圆得像马的眼睛，就因为这双眼睛，他才觉得她很美丽。一袭白得泛着蓝色的长裙，把她的体态充分地展示了出来，他不敢再多看。他心慌慌地跳着，结结巴巴地说道：

　　我只想用这靴子盛些水送给我的白马。它需要水，它要用水做一件非常重要的事。

　　你的马要饮水可以牵过来到河里饮水，我的靴子不是用来盛水的。

　　对不起，它不是要饮水，它要用这水去浇灭一团火焰。

　　什么火焰？

　　就是正在焚烧我的火焰，我还在燃烧，只剩下最后一颗心了，再不把水送过去，我就连心也烧成灰了。

　　女人笑了一下，表情生动起来：

　　你这个人真有意思，你自己烧着了，可以自己用水浇灭呵，何必要把水送给你的马呢？

我自己救不了我自己，能救我的，只有我的马。

我倒乐意帮你。

你不能，你不是我的马！

女人失望地甩了甩手，四周看了一下。那么，你的马呢？它现在在什么地方？

他用提着靴子的手指了指，说：它在那面，它因为伤感已迈不动步了。

女人向那边使劲看了看，没有找到马的影子，不相信地又到那边去找了找，很快她就返回来了。她来去的速度非常快，不像在地上走倒像在草尖上飘，轻得像一缕微风。

这里没有一匹白马，连马的气味也没有，你这人怎么能这样哄人呢？

我没哄你，它就在那里，正等着我拿水过去呢。你别和我说了，我要过去了，不然它就不高兴救我了。

说完，他提着两只滴着水珠的靴子，来到了白马跟前。

白马的眼睛亮了起来，那种光亮使他忘记了所有的疼痛。他将两只装满清水的靴子递过去，说：白马，你如果认为有必要的话，就浇灭这团火吧，我想留下一颗心。

靴子被接住了，他的两只空手还举在空中，他激动得都不知收回来了。他心想那个人焚烧他，为的就是烧掉他多余的躯体，只留下他的心，让他从这颗心开始，重新长出一个躯体，能够使那个人看到另一个他。

他等待着，等着那种灼烫的疼痛从心底消失，让另一种温暖包裹住他这颗孤独无依的心。

他抬起头，万分悲伤地看到，在他的面前，根本没有一匹白马存在，至于那两只还在滴水的皮靴，正真实地提在女人手里，她用非常贴近的目光深情地注视着他，要看透他似的，叫他无法忍受。

他失望地低下了头颅，感到那种灼疼正在迅速地啃啮着他的心。他绝望了。他对一切已经不抱任何希望了。这里根本没有什么白马存在，它只是你臆想中的唯一希望，你不要再抱有任何幻想。现在能救你的，只有我！

他惊愕地看了一下四周，空荡荡的荒野上根本看不到一点马的影子，甚至连一点能动的生命都没有，除她之外，就剩下他了。

她是怎么取代了那匹白马的，整个过程他都没有听到一点动静。他应该知道，人和马一到真正的草原上，像踩在地毯上一样，怎么会有声音呢？

她的声音在他的耳旁不停地游荡着，现在你该明白了吧，那个焚烧你的人，不是你心中的白马，她能狠心地烧毁你，她就不是你心中神圣的马！

不！他大叫道。没有人能够代替那个人，她就是我心目中的那匹马，她幻化为白马，一直走在我的身后，等待着我给她送去能浇灭火焰的清水，拯救我的灵魂。

她摇了摇头，痛苦不堪地说：你太固执了，固执会害了你一生，你该清醒了！

住口！我讨厌别人说我固执，但我偏要固执，我没有错，她也没有错。错的只是我和她不该同时在这个世上出现。

你已经没救了！她竟平静地说。你要冷静下来，好好想一想了，或许你到这里来，碰上我，是你的造化，只有我，才能占据你心中的位置。

不！不是！你不是那匹马！

我是女人！

你是女人！可你不是那匹马！他吼叫起来。

不管你怎么想，是我救了你，并且你拿了我的靴子，草原上的人就不会放过你，你就等着吧，天一亮，他们就会为你我举行喜庆的典礼，把你的灵魂同我葬在一起，你得永远陪在我的身边，成为我今生今世永恒的一部分。

远处传来了鸡鸣，如远古的警钟，砸得他向后倒退了好几步，差点摔倒在地。

她上前扶住快摔倒在地的他，温柔地说道：你的身心已弱到这种地步，就不要再折磨自己了，认命吧。我会待你很好的，现在就送你一桶最好的马奶子酒，滋补一下你的身体。

说着，她从身后提出一个奶桶，一股醇醇的甜香味扑了过来，一下子就把他罩了个严实，他头有点晕了。你知道吗，这可是我的奶做的，我就是马。

你拿了我放在河边的靴子，就等于拿走了我的双脚，我没有了脚，就不能走路了，我只有飞，像一片即将枯死的草叶，飘来飘去的，只有认定你，才能安宁下来，你喝了我的奶酿制的酒，就伴我一生吧，我是多么孤独啊！

她说完，洒下一串清泪，恋恋不舍地走了。

太阳的光血雾似的倾泻下来，落到草地上，却变成了纯净的蓝色，把偌大的草地染得一片青蓝，蓝得叫他有点晕眩。

透过这片无边无际的蓝雾，他看到从远处的蓝天上，变出一匹披着蓝光的白马，正款款地向他走来，那种从容不迫的姿势，叫他感动得泪水长流。

待白马走到他的跟前，他才看清，这哪里是一匹马呀，分明是那个人，正用迷人的青蓝色眼神，柔柔地望定了他。

还等什么呢？她来接他了，她的神情里没有一点矫揉造作，全是真诚的邀请。

他能说什么呢，一切的一切都是那个人想把他永久地存在心里，才把他烧成骨灰，与她永恒地相伴在一起。他感觉到了，他毫不犹豫地奔了过去。他已经忘记了，他的脚底生出了草根，他像一株青翠的草，带着草根，愿随她到别的清静之地，再次扎根。

少年阿盲的两个春天

　　阿盲是在五年前的春天离家出走的。

　　那年的春天像往年一样迟迟降落到塔尔拉的时候，其实在远离塔尔拉的一些地方已经是春末夏初了。塔尔拉的春天来得晚，却来势很猛。让所有的春天该有的气息一下子就有了，刚脱离漫漫冬季的塔尔拉人往往一下子接受不了春天的现实，原野上以及塔尔拉的角角落落一夜之间就一片浓绿了。那些蓝的、黄的、紫的花儿在牧场上粲然开放了。塔尔拉的春天依然舒放着它的美丽，晚到的春天更能显示出塔尔拉妩媚的动人之处。

　　温暖的阳光洒下来，塔尔拉四周长满了沙枣树，金黄色的沙枣花一开，塔尔拉简直像个成熟的少妇，散发着浓郁的香气，灿灿地在原野上开放着，能使塔尔拉的人祖祖辈辈为这个季节激动着，一年又一年地守候着日子，一年又一年地生息着。

　　这时候的阿盲，应该像其他孩童一样，赶着羊群，日出而出，日落而归地去牧场上的花丛里放羊，在这个动人的季节里，开始原野人家的光景。

　　可阿盲竟动了离家出走的念头。阿盲的离家出走，缘自村西头那个刚死了男人不久的寡妇红云。当阿盲得知他父亲要娶寡妇红云，填补阿盲一直没有母亲的空白时，阿盲动了不少心思。原来阿盲每天一大早就赶上羊群去牧场，为了叫羊吃饱，他中午就吃不上饭，有时带上些饼子，有时什么也没有，没有母亲的阿盲就缺少了一份关照，到夕阳西下时，他赶着羊群回来，像个

207

饿死鬼似的，摇晃在血样的黄昏里。每当这时，他的心里特别难受，主要是来自饥饿，没有过多别的想法，他的母亲生他时大出血死了，在阿盲的记忆里，就没有"母亲"这个词汇，他也就没有怀念母亲的痛楚。

一下子，叫阿盲接受一个母亲，在十一岁少年的心灵里，是比较困难的。阿盲的这点人生经历中，他根本感知不到母亲是怎样的一个亲人，他已认定，他只有父亲一个亲人。

阿盲是在同亲人父亲对话之后，产生了出走的想法。

阿盲在那年春天来临不久的一个傍晚，他将羊群赶回来后，顾不上饥饿的肚子，就开口问了父亲。

"听说，你要娶村西头的寡妇进门？"阿盲是这样问父亲的。

当时父亲愣了一愣，望着阿盲的目光有些虚，却实打实地回答了阿盲："我是给你找个妈，看你没有母亲，可怜的我娃！"

"你是为了给你找老婆吧。"

"看这娃把话说的。"父亲艰难地笑了笑，"我是看着你慢慢长大的，没有个妈疼你。"

"我没有妈疼，有你呀！"

"这不一样！"

"一样，"阿盲坚定地说，"没有妈，我不是也长大了吗？"

"话是这么说，有个妈，你也就不再挨饿了，或许你还可以去上学，认两个字。"

"我不要妈！"阿盲说，"我也不上学，不认那两个字。"

阿盲发现父亲愣站着，全身在抖动，阿盲心里也抖动了一下，随之被一天的饥饿冲击着，抓了些吃食，不管冷热吃了下去，随即钻到自己的小房子里，想着自己反正把该说的说了，就一头歪倒在床上，睡着了。

阿盲的生活规律再简单不过了，除过放羊、睡觉，他不想别的，他知道想多了也没有用，在远离尘世的塔尔拉，阿盲想不了别的。

阿盲是在父亲一次主动告诉他，一定要寡妇红云给他当母亲后，动了离家出走的念头。

阿盲的父亲对他说，这个事由不了你小孩家的，小孩家什么也不懂。

阿盲就望着父亲，半天竟没有开口，他当时只在心里想，这个家是父亲的，没自己的分，父亲要怎样就怎样，他管不了父亲。

阿盲就在那个春天的一天里，照常赶着自家的羊群，到牧场后，他躺在鲜花盛开的草地上，沐浴在暖融融的阳光里，望着天上凝住不动的棉花云，流了一阵说不清的眼泪。然后，他第一次将没吃饱肚子的羊群赶了回来，他将羊圈好，没进屋门，竟不顾饿着肚子，独自离开了塔尔拉。

阿盲没有一丝犹豫，他走得很轻松。塔尔拉对阿盲来说，没有什么可留恋的，长到十一岁，他对此地还像他对"母亲"这个称谓一样陌生。从他懂事后，能见到阳光的日子里，他基本上是在远离塔尔拉的牧场里，和羊群一起度过的。他只在晚上的塔尔拉，睡在小屋里，连个梦都很少做。阿盲除了把他养活大的父亲，就剩那群牵制着他使他没法上学读书的羊，他没有啥舍不得的。

阿盲的离家出走，竟造成了他父亲一生中没有动手打过儿子一指头的憾事。在阿盲的记忆里，他父亲骂他、呵斥他，却从没有动手打过他，哪怕轻轻地戳他一指头。在阿盲动了心思再往下该是父亲动手打他了，他离家出走了，就给他父亲留下了一世没有动手打过儿子的好名声。这在阿盲离家出走五年之后，他犹犹豫豫地返回到塔尔拉后，成为永远不可更改的事实。

阿盲的父亲在阿盲出走的那天晚上，去原野上疯子似的找阿盲时从崖上跌了下去，摔断了一条腿，他爬回塔尔拉，痛悔自己坚持娶寡妇红云为妻的主张，气走了儿子，他哭了三天三夜之后，开始了漫无目的地托人找寻儿子的历程，再不提娶寡妇红云的事。终于，在阿盲离开塔尔拉的第二年夏天，他下到井里淘井里的淤泥，刚下到一半多时，辘轳上的木轴突然断了，他坠入了黑暗的井底，陷入淤泥里，死了。

塔尔拉的人说，阿盲的父亲如果腿好，就不会死在井里的。他是死在腿脚不灵便，硬憋死了。当时也怪，人们不叫他下井，他硬要下，就把命搭上了。

也有人说，是村西头寡妇红云的命硬，克死了阿盲的父亲。因为寡妇红云的男人，就死在打这眼井时，塌方砸瘫了，后来就死了。

这是塔尔拉唯一的一眼水井，本来可以供塔尔拉人的饮用水，可因为阿盲的父亲作为第二个死在井里的男人，没人敢吃这水了。原来，塔尔拉的人一直饮用蓄在涝坝里的水，这种水碱性大，可能还含有别的成分，塔尔拉的哑巴特别多，一个四十多户的小村子，哑巴就有六个。

为了不使哑巴数再增多，塔尔拉人憋足了劲，下死力气，硬在水位比较深的原野上打出了这眼井。为此，村西头的红云成了寡妇，后来，又使阿盲永远失去了唯一的亲人。

阿盲五年后回到塔尔拉已经十六岁了，这个花季一样的少年在这年春天回到塔尔拉时，完全与花季无缘，倒是一个十足的要饭花子。

塔尔拉的春天依然美丽，该绿的绿着，该蓝的，该黄的，该紫的，都在灿烂的阳光下散发着鲜艳的光芒，晃着十六岁阿盲的眼睛。阿盲在沙枣花的一片芬芳里，胆战心惊地回到了塔尔拉。

阿盲没有多少变化，除了瘦，个子长高了不少，塔尔拉的人还是一眼就可以认出他。人们一见，就埋怨开了。

"不知深浅的兔崽子。走得倒轻松，害死你爹了！"

"你爹哪点对不住你了，养活你十一年，不再娶女人，刚把你养成人了，动了点过日子的心思，你就翻天了。"

"这下你轻松了，你爹一生没动过你一指头，这次回来，你也不用担心他打你了。"

阿盲在众人的埋怨声中，终于"哇"的一声哭了。他本来是有一肚子委屈要回来倾诉的，五年的流浪生活，使他受尽了屈辱和寒冷，饥饿更不用说了。外面的世界令阿盲很无奈，他实在混不下去了，就冒着回来挨父亲打骂的恐惧，回到了塔尔拉。

阿盲却不可能挨父亲的打了。

阿盲算是领略了外面的世界，更领略了离开家的万般无奈，在外的五年里，日日夜夜他都把回到塔尔拉的情景咀嚼着，但他没勇气回来。这次能回来，他是下了狠心才斗胆踏上返乡路的。

一回来，阿盲就背负上了父亲的亡灵，在村人的埋怨声中跌跌撞撞地进到自家荒凉的家里。

阿盲在走进家门的那一刻，浑身冷得打了个冷战，这时候的太阳在春天的暖风里，红彤彤地挂在天上，照射在阿盲家院子里、屋子上，一片温热的光辉。

阿盲硬是在这个温暖的春天里，感受到了家徒四壁的寒冷。

十六岁的阿盲，在哭泣声中，已经能够认识到这个家的破败，是自己的任性出走造成的。可一切已经无法挽回了，阿盲连去父亲坟地的勇气都没有了。

阿盲更怕见到埋在土里的父亲。

阿盲却去了唯一的那眼井跟前。

井在村子边上的田地里，那里水脉旺，打出井来，果然水很旺。

阿盲走到井边，看到那个断了的辘轳木轴还戳在井台上，像一截折断的手臂，血流尽后，肉腐烂了，骨头朽了……

阿盲望着井台上的辘轳木轴，心虚虚地跳动着。头脑木木的，竟出了一身的汗。

自从阿盲的父亲摔死在这眼井里，塔尔拉的人认命了，又吃起了涝坝水，不敢吃井水了。涝坝里蓄的水是从很遥远的塔里木河引来的雪山水，流经的距离实在太远，都是从荒滩上流过来的，土质不一，水就有了各种味道和成分。这几年，塔尔拉又添了两个哑巴。

一直坚持吃这井水的，只有村西头的寡妇红云了。

寡妇红云曾说，她一定要吃这井水，因为她不吃这水，对不起死去的两个男人。她用一根绳子吊着个桶，放下井里去打水，很费劲，却没有修好断了木轴的辘轳，就让它那样断着。别人看她打水吃力，想帮她修，她拒绝了，她说还不到时候。她没说啥时候才能修这个辘轳。

阿盲走近井台，不敢弯腰去看深井，他的头晕，他看到井边上长着一棵沙枣树，沙枣花正喷吐着醉人的香气。他奇怪井边上长了棵沙枣树，并且是棵笔直的沙枣树，难得见上这笔直的沙枣树。他用汗湿的手拍了拍沙枣树，

211

树在春天的阳光里，发出木质的沉闷声，随着响声，树上的沙枣花被震落了不少，落在阿盲头上，竟敲得他头疼。

阿盲很茫然地咧咧嘴。

这时，寡妇红云来井边打水，望见阿盲拍树了，远远地就喊了，是谁，是谁在拍我的树呀？

阿盲竟吓了一跳，回头一看，见是寡妇红云。他看到红云两鬓竟有了雪似的白发，在春阳下闪着光，刺得他两眼晃了晃。

寡妇红云走了过来说：这棵树你不要乱动，这是我栽的，要用它做辘轳木轴的。

沙枣木硬，有韧劲，不易折断。

阿盲避着寡妇红云的目光说，我又没动树。

"我看见你动了，看沙枣花都震落了一地，你头上还有呢。"

阿盲从头上抓下一朵沙枣花，花在太阳光下，金灿灿的。他就将那朵雪花似的沙枣花扔进了井里，随即，竟听到了一声花朵落水的响声，惊得阿盲往后退了一步。

寡妇红云看着失态的阿盲，愣了愣，问道："你是……"

阿盲满眼是泪，没有吭气。

红云目光呆呆地望着阿盲，半晌，才说了句：你终于知道回来了。说完，寡妇红云惊天动地大哭起来，哭声传出很远，也传入深井，能听到"嗡嗡"的回声。

哭过，寡妇红云抹了把眼睛，弯腰在井里打水。她一下一下地往井里放绳子，样子很吃力。阿盲在旁边看了，心想，往下放桶时还这么费劲，往上吊时，咋办呢？

寡妇红云在阿盲的目光里，弓着背，两臂张开，一伸一缩地将一桶水提了上来，竟没费多少劲的样子。

阿盲回到家之后，红云竟然给阿盲端来了一大碗饺子，她对阿盲说，你爹是我克死的，今后，就叫我来给你做饭，弥补弥补我遭下的罪吧！

阿盲望着冒热气的水饺，闻到一股诱人的香气，他咽了一口唾液，连同寡妇红云的话一起咽进了肚子，他说不清是啥滋味。

红云呆呆地站着，直到碗里的饺子没了一丝热气，她才步履艰难地走了。走时，她没有端走饺子。阿盲却没吃，经过流浪生活的阿盲，可以抵挡住一些诱惑了，特别是美味食物的诱惑。

十六岁的阿盲，已经不是五年前十一岁的阿盲了，这时候的阿盲觉得自己长大了，应该懂点事了。

寡妇红云又给阿盲送去了几次饭，阿盲都拒绝了，后来，她就不送了。

清明节这天，天上有几片灰色的云飘浮着，不时遮住了太阳，终是没有遮出个阴天来，黄黄的阳光从云缝隙漏下来，灰一块亮一块的，倒像牧场上开着一片片明暗交错的花。

阿盲想办法准备了些冥钱，便去给父亲扫墓。自回来后，阿盲一直没有去过父亲的墓地，这会儿他心里慌慌的，脚下轻飘飘的，几次差点摔了跤。

找到父亲的坟地，阿盲发现父亲的坟前刚刚有人前来祭扫，残留的灰烬是温热的。坟堆也已经被人用铁锹铲得高高地、大大地了。

阿盲一脸疑惑地望着父亲的坟堆，以为走错了地方，正呆站着，有人扫完墓往回走时，看到了阿盲，就说，你还知道来给你爹烧把纸钱？人家寡妇红云一大早就来给你爹扫墓了，你当儿子的还不如个外人，倒是寡妇每年给你爹上坟，扫墓。

阿盲满脸羞愧地跪了下来，等那个人走后，才扑到父亲的坟堆上，放开哭了一场。

哭过，阿盲身不由己地来到了井边，他看到，寡妇红云已将那棵沙枣树砍倒在地，撒了一地的沙枣花，太阳下，井边像落了一层金黄色的雪花。寡妇红云就坐在这些雪花中间，手握一把小刀，一下一下地削着树干，她的劲太小，刀子也太钝，她削得很吃力，白色的木屑一片一片。慢慢地从树干上脱离，飞到她的头上、身上。阿盲往寡妇的脸上扫了一眼，这一看，使阿盲大吃一惊，寡妇红云一夜之间竟苍老了许多，脸上的红光不见一丝了，全让堆起的皱褶给挤在沟壑里了，一脸的苍凉。最让阿盲难以相信的，是她的头发，她的头发全白了。开始还以为是落了木屑，仔细一看，在几片木屑的下面，一丝丝银发晃动着惨白的光亮。

这个季节，也就是阿盲回到塔尔拉的这个春季里，给阿盲印象最深的，是一个女人佝偻着背，坐在井边，一刀一刀地专注削树干的姿势。她一夜之间白了的头发，还有那握刀的瘦手，正一下又一下地在阿盲的心里抖动着……

阿盲在这个春天里的一天中午，他趁没人注意的时候，抓着寡妇红云修好的辘轳上的绳子，一直下到了井里。阿盲想淘一下井里的淤泥，他想干一件父亲没有干完就一直废弃了的活。他想着这样，就能和父亲接近点，能够偿还一点当年任性出走欠下父亲的这份情。他知道，这样做，挽回不了什么，但他还是想这样做。

寡妇红云亲手将断了的辘轳修好了，阿盲没有帮寡妇一点忙，他只想着，用这根新的木轴转动辘轳，把自己送下井去，干一下父亲没干完的活。

井壁湿滑，阿盲不时蹭在井壁上，阴冷的湿气使他产生一种恐惧，越往下越黑暗，阴气越重。阿盲的脉搏加快，呼吸急促。有几次，他都有一点要动摇了，想拉动绳子，爬上去，但他都没那样做。他想当年父亲没有爬上去，是因为辘轳木轴断了才出的意外，不然，父亲会将井里的淤泥淘干净的。现在的阿盲认为，父亲做的都是对的，不然，父亲就不会去做。

阿盲就这样下到了井底。井虽说不深，其实也够深的了。阿盲终于触到水面时，他的心猛地抽紧了，他的双足在接触到水面那一刻，他感到水很硬。碰到他的双脚、双腿，竟使他全身都麻麻地疼了一下。

就在这一刻，阿盲的心开始颤抖了，他看不到光亮，他像一个熟睡的人被惊醒了似的一下辨不清自己所在的方向，他用手去摸，四周全是软软的水，在慌乱中，他想喊叫一声，却喝了一大口水，他尝到了那水的苦涩，一下子，阿盲有点怀疑自己的知觉了，他真弄不清自己到底在干什么。如果是在井里，这水不会这么苦涩，如果是在地面，就不会这么黑。

阿盲感觉自己的灵魂都出壳了，脑子里一片混乱。他真不知自己是如何回到地面，又是如何回到家的。

阿盲躺在家里的一天一夜间，恍惚间总觉自己还在井里，甚至还见到了父亲，父亲不是那么年轻，他为了儿子，苦苦地熬着日子，父亲的目光里全是阿盲的影子，装得满满的。后来，阿盲发现自己的影子里，还有另外一个人，和他一起装在父亲的眼睛里。阿盲奇怪地问另一个影子是谁？父亲说是母亲。阿盲没见过母亲，就问母亲是谁，是干啥的？父亲说母亲就是母亲，母亲就是家。

阿盲这时就醒了，他愣怔了一阵，才分清梦境和现实来，他看到现实后，首先看到炕头上，放着一大碗饺子，还冒着热气。

阿盲头重脚轻地下了地，望着那碗饺子，泪热热地往外涌，最终哭出声来。

阿盲来到村子西头，进了寡妇红云的家。他走进去对愣坐在家的白头发寡妇红云说，我该叫你妈，我现在就叫你妈！

红云大惊，跳了起来，她大张着嘴，却叫不出声来。

阿盲泪流满面地叫道："妈！"

寡妇红云嘴张得更大，却应不出声来，只有两行泪无声地涌了出来，在脸上迅速地往下爬着。

寡妇红云再说不出一个字了。她成了塔尔拉的第九个哑巴。

请你多说一句话

芹儿本来从小和他好，但芹儿嫁给了村长那黑得像漆过一样的儿子。

林拥军那年便当兵了。

芹儿跨过村长那在村里所有歪歪斜斜、又黄又土的门楼里唯一高大、堂皇门楼的高门槛时，芹儿回过头在人群中搜寻到他从容地看了他最后一眼从容地走进村长的家。林拥军便从芹儿从容的目光深处看见了芹儿的那一点自豪和骄傲。

林拥军于是就去当兵了，他想要让将来的芹儿和村民们的目光里包含着的是他的自豪和骄傲。

现在的林拥军是下士了。现在的林拥军什么也不是了。

林拥军脱下了他那身油腻腻的军装，换上了一直压在床头柜下面的新军装，军装上没有了任何标志。他又恢复了四年前刚发军装时的模样，只是脸上比四年前多了些胡子，在他拿到复员证后，下士林拥军已不是下士了，他是一个平常的人。

那时指导员什么也不说，只是很认真地抽着烟。只是指导员不会抽烟，把烟吸进去没有过滤，就吐了出来，烟雾就显得有些灰白，不像会抽烟的人吐出来的烟有些泛青。

下士林拥军就看着那些灰白色的烟雾。局促不安地坐在床沿上，无法从指导员吐出的烟雾中看到明确的答案，他就静静地看着那烟雾扭曲地往屋顶

216

上升。然后在屋顶汇成云一般慢慢地飘动，他的心也就随着那烟雾动着，静不下来。

"你再考虑一下。"指导员扔掉第三个烟头时说。

"我已经考虑好了！"下士林拥军看着三根烟的烟雾回答。林拥军透过那烟雾便看到一片歪歪斜斜的门楼里那唯一高大、堂皇的门楼。

"你要想好。"

"我不会后悔！"林拥军说，他又看到芹儿那从容的目光里的自豪和骄傲。

"那么，支部还得研究一下。"

"就你一个人，他们不在。"

"还有党员。"

"就我们俩。我还是预备党员。"下士林拥军说这话的时候看着指导员的眼睛，他想从指导员的眼睛里看出一丝像指导员抽烟那样的认真来。

指导员的眼睛也看着下士林拥军的眼睛。

下士林拥军就把目光收回。

"已经四年了，再干一年，说不定能转了志愿兵。"指导员说。

"不转了，还是复员回去吧，回去会有我的位置。"下士林拥军说。下士林拥军很想对指导员说他想当支书，他要实现他当年当兵时的愿望，让芹儿和村人的目光里包含的是他的自豪和骄傲。

"志愿兵就脱离了农村。"指导员又点上烟，"而且你干得不错，连队需要你这样的人。"

"干得不行，第四年才预备上党员。连队比我强的能人有得是。"下士林拥军说。下士林拥军还想说他也要让村里人的目光里有他们自己的自豪和骄傲，这是他当年不曾有过的想法。

"一定要走？"

"一定要走。"

"那就走吧。"

"那就走了！"

林拥军在临离开这个生活了四年的地方时想去跟张丽告个别，虽然和张丽只是在买卖副食品的时候认识的，但他总觉得张丽这个人还不错，不光是他一直买她卖的副食品使她多得了奖金而对他每次都像春天一样。主要是张丽长得漂亮，再加上态度就让人觉得她这个人很不错。他也想问张丽要一张照片，不仅是留个纪念，更是他想有一张城里漂亮女孩的照片带回去让芹儿看让村里人看。他要让芹儿让村里人看一下他认识像电影上城里人一样的姑娘，并且是漂亮的姑娘。他想他这样就是创举，在那个被山包围起来的村子里是独一无二的。尽管村长给自己黑得像漆过一样的儿子娶个白得粉过一样的芹儿做媳妇，可村里有谁与城里姑娘像他林拥军这样打过交道并且还有很漂亮的彩色照片？而且不是村里那些小伙子从画报上剪下来的。不光是这些，他还入了党，入了党就有了他实现自己愿望的基础。他知道芹儿的公公经常给一茬一茬的书记乡长供烟酒也就一茬一茬地当着村长，但党还是没有把这样的人放在代表党的位置上，他林拥军是部队培养出来的党员虽然现在还是预备党员，他很相信自己有能力有资格去胜任村支书，去实现他的愿望。

　　林拥军在当了三年兵没入上党让他复员时，他死活不复员因为他没入上党他要求再干一年，他留队后要求去做饭干后勤，第四年他去做饭入了党他就要求复员，他是一定要回乡的。他的目标是当兵入党回村当支书实现他原来的和后来产生的愿望。

　　其实那天的天空并不明朗，边城的风尘永远无法使太阳明朗起来，只有如雾纱一样的灰尘罩着的从丝丝缝隙中挤出的一些光亮向大戈壁中的这座城市上洒，尽管这座城市这样天气的时候很多，可林拥军总是能感觉出一些清爽的气氛，并且在他穿着没有任何符号的军装走到街上时，猛地有了一种失落感，好像要失去一种已经习惯的东西一般。这座城市容纳了他使他生活了四年使他在这座城市感受了人生不同寻常的生活，有了人生中他认为很重要的一步，那就是比他刚当兵时思想上有了一种升华，他很在乎也很满足的一种升华。

　　林拥军想着怎样和张丽告别。和张丽告别其实比告别这座生活了四年的城市简单得多，在他口袋里装着要永远离开这座城市的复员证，这是割开与这座城市关联的刀子，可以把一切都切割得毫无关系。毕竟在这里生活了四年，此时走到街上没有了往日的漫不经心，他的心情像这样的天空一样说不清。

他想买个有纪念意义的东西去和张丽告别，这样也好向张丽要照片，他把事情想得没有自己的心情那么复杂。

当林拥军在商场转了有三个半圈的时候，他还是站在了卖影集的柜台前，他觉得这是最适合他和张丽之间分别的纪念物，他并不认为有多俗。他就选择了一个他认为可以的影集。

当林拥军把代表着告别纪念的影集交给张丽时，已接近了下班的时候。张丽对他的到来像往常一样地热情，只是当她从他手里接过影集的时候没有像往常那样问他今天买些酱油还是一麻袋盐巴之类的东西。

林拥军给张丽说了复员回家以及问她要一张照片并且要彩色照片的话后，张丽没有什么奇怪的表示，很痛快地答应了他的要求。

"应该的，纪念嘛。"张丽说。

"那么，什么时候给我？"林拥军说这话的时候想着还是芹儿要漂亮些，只是芹儿不会像张丽这样打扮。

"我家不在食品公司。"

"我明天来拿。"

"明天我开始休假，很长的结婚假。"

"我上你家去拿。"林拥军这么说的时候，想着在他的印象里张丽没有休过假，每次来她都无聊地在这站着。

"到我家，"张丽说，"欢迎。"

"你家在……"

"我家在那边。"张丽用手指柜台对面的地方。

林拥军顺着张丽指的方向看到的是一堵墙，他看着那墙辨别了一下那边是这座城市的东南面不是正东也不是正南。

他迷惑地看着张丽正想问一下具体地方的时候，张丽已迅速地看了一下表说了声："下班了，我那位还等着我去看新房的布置呢。"随后又加了一句，"欢迎你去玩。"

走到街上，林拥军朝城市的东南方向望了望，他的目光越不过那些高高竖着的楼房，在城市东南面有许许多多的家属区，张丽没有说她家的具体地址。

林拥军就看了看城市的上空，又是浑黄的一片，正在西斜的阳光把鸡蛋黄一样的颜色透过边塞风托起的沙尘空间往这座城市上洒，这座城市镇定自若，稳稳地接受了这些。他看到街边的风景树一起有节奏地就像有人操纵着向东南方向点头时，他知道晚上或者过一会儿就有一场风，他想这场风又会给这座城市的上空添些沙尘，天空又会多些浑黄的颜色。

在这种颜色里他就想起了芹儿，想起那年芹儿走进村长家后的那疼，是疼在心里的那种，疼得有些陌生有些叫人说不清。他想到了回去当村支书的事，想到了那一片歪歪斜斜又土又黄的门楼里那唯一高大堂皇的门楼，他便想回去该为村里多些又高又堂皇的门楼做些什么。可是他又想到落空的照片他的愿望能不能像他的计划那样实现呢？

他抬头看了看天，他看到了天的颜色。

枪　炮

　　火炮中队的战士都是很傲的，在其他执勤单位战士面前总是一副得天独厚高不可攀的样子。弄得大家对火炮中队很有意见，可具体又找不到提意见的原因，也只好让人家傲去，谁让人家摆弄的是炮，我们扛的还是枪，并且还是老"五六"式半自动，黑得跟烧火棍似的，就是想傲也底气不足呀。话虽这样说，心里却总是不服气，就都关注着他们的一举一动，就连军务股的姚股长，不论在什么场合见到有点傲气的士兵，总想在警容风纪方面找些碴子收拾一下，可每次都挑不出毛病来。有一次姚股长好不容易在街上抓到一个傲气十足的战士歪戴帽子，并且和一个女孩拉拉扯扯的，姚股长上去就问："你是火炮中队的？"见那个战士傻眼了就想这下可叫我逮着了，不管三七二十一把战士拉到街上公用电话亭前，就给火炮中队拨了电话叫来领人。谁知电话拨通，人家一听那个战士的名字就说他从昨天就已经不是火炮中队的战士了，那个战士是副政委的侄子，调到汽车中队学驾驶了。至于那个女孩，说是副政委的侄女，就更没有文章可做了。把姚股长气得不说，还白掏了两块多钱的电话费。

　　火炮中队的战士傲，自有他傲的道理。每次全支队集会时，不论是喊号子还是拉歌，那声音震得人耳膜疼，而且从来没有被纠察纠住过，大会小会上每次受表扬的都是火炮中队。对这份傲气理解最深的莫过于火炮中队的中队长李文革了。

执行国家内卫任务的部队，突然增设火炮编制，对于每一个摸枪的官兵来说，心里都是痒痒的，谁不想摸炮才傻呢。自古以来，枪炮和军人就紧紧地连在一起，只有枪没有炮，从个人意义上来说，这个兵当得就不全面，心里总是有份遗憾。物以稀为贵，组建火炮中队，全支队只有一个这样的特殊中队，想当炮兵的不说百分之百，起码也在百分之九十九以上。准备组建火炮中队那阵子，每天能收到一面袋子请求书，弄得支队领导连阅文件的时间都没有，光看请求书和接待大胆来访者就忙不过来。

火炮中队的魅力当然是在炮上。

李文革就是恋炮最强烈的一个。他一听到要组建火炮中队的风声，就去找了专管军事装备的参谋长，要求当火炮中队的第一任中队长。当时参谋长看了他半天，才笑着说："你李文革就死心塌地准备给我当军务股长吧。"

李文革那时候已是满三年的正连职军务参谋了。前任军务股长转业后，凭他的工作能力和任职年限，军务股长的位子非他莫属，并且司令部已向党委报请了这一决定。但李文革对参谋长说："我非当火炮中队长不可！"

李文革就直接去找了政委，政委用手指着李文革说："你小子就会凑热闹，给你个副营股长不干，偏要平调去当中队长，尽给我这个老头子出难题。"

李文革见政委口气不太硬，也就放开胆子对政委说："像我这样不图职务自愿要求到基层工作的机关干部，你应该表扬才是。"政委说："快闭上你的嘴，你那点花花肠子我还能不清楚。"

李文革是将军的儿子，但他从没摆过将军儿子的架子，而且他对枪械的那份感情和热爱绝不亚于一些人对钞票的情感。他生在军营长在军营，除"一二三四"的队列外，全部心思都在枪械知识上，他怎么会放过弄炮的机会呢？

李文革当了火炮中队中队长，全支队唯一摸过炮的连职干部金呈勇就只好当火炮中队的指导员了。本来他是支队领导考虑的火炮中队中队长的第一人选。

第一次站在火炮中队全体战士面前讲话，中队长李文革就感到这八十四个从各个中队挑选出来的战士有一股不可抗拒的凝聚力，这种力当然是那诱人的火炮给的。李文革心想，火炮中队的战士不傲才怪呢，连他自己都觉得当上这个中队长比什么军务参谋、股长有豪迈气，他妈的姚新伟拣了个他不要的军务股长当还给他的战士挑刺，你就去挑吧。军务参谋出身的李文革当然知道咋样把自己的兵训得叫你挑不出刺。

当然，火炮中队的兵目前是很好带的，步枪换成了炮，心理上的舒适不说，光看那炮阵和火炮的训练程序，没有一个兵不感到自豪的。从指导性训练一开始，中队长李文革像新兵一样没落过一次训练课，满脑子装的都是炮，整天琢磨，十天半月也不回家，气得他妻子直骂他恋炮不恋家。

五门"六七"式八二毫米迫击炮和五门"六五"式八二式毫米无坐力炮摆在那里不是看的，也不是兵们以炮为自己傲气的主心骨来充实"炮兵"这两个字的。

炮和枪一样是要打的。只有打了，那才叫货真价实的炮。

火炮中队第一次打炮也就是体验实弹射击，是火炮中队组建八个月后的秋季。这是边塞最动人的季节，所有的瓜果都成熟了，成熟所产生的诱惑力使四面八方的观光团、检查团、采访组、摄制组蜂拥而来。部队系统的接待工作正忙得不可开交的时候，支队接到上级通知，有上级的上级一个专管装备的部长想到基层部队转转。新组建的火炮装置是个热点，装备部长说一定要看看的。部长一说要看看，大家才急了，这个看看得好好准备一下。提起准备才想起组建的火炮中队有好几个，可至今没真炮实弹地放过一次，上级领导的看看可不要看虚设的炮架子，肯定要检查实弹射击。考虑到这一点，意识到时间的紧迫性，上级就决定把实弹射击点选在了李文革所在的中队，原因是这个火炮中队离上级机关最远，沿线都是执勤单位，部长转下来也得四天时间，这样就可以有四天的准备时间。所以李文革的火炮中队就接到了打体验弹的通知，并且参谋长亲自来督阵。

事情来得太突然，八个月的训练使战士们早就盼望着能有一次打实弹的机会。有时训练实在烦人了，就发几句光训练不打实弹的牢骚。李文革总会训自己的兵，一发炮弹值个彩电的价钱，是随便打的？玩炮了还能跟玩枪比？其实李文革本人也不知道一发炮弹值多少钱，兵器知识是从来不透露这方面信息的，但他想这炮弹不会便宜，这就想了个和彩电相同的价格。

真要打实弹了，战士们包括李文革、金呈勇心里却慌了，训练马上就搞不下去了，大家议论纷纷，连休息时间也不得安宁。战士们变得毛手毛脚，有的甚至有点神经质了，如果这些都归于激动就好办了，可不是激动，李文革也说不上来该是什么，也许是大事来临的那股躁动之气吧。李文革意识到不妙，就冲战士们吼道："你们激动个屁，毛手毛脚的，如果让你们突然集体结婚，你们还不都激动成心脏病？"他也只好用"激动"来训这场话。

有个胆大的兵说："不激动才怪，这是平生第一次，心里总是毛毛的，不过好像不全是激动。"

李文革早就注意上了这个兵，这是一个瘦高的兵，下士，他叫丁炼。

李文革就问丁炼："你说不是激动那是什么？"

下士丁炼说："中队长你是结过婚的，结婚前一天的感觉大概就是我们现在的心情，你能说成光是激动吗？"

李文革看着下士竟一时无话可说，心想这小子说准了，但总不能和这些处男把这个问题扯开了谈，想了想就说："你们没有结婚不要胡扯了。"心想是自己先说到结婚的事，脸上就热了热，"言归正传，一定要冷静，不能浮躁。"

然而，火炮中队的实弹射击还是失败了。每个炮长的最后解释都是按规定瞄准击发的，可十门炮打了十发炮弹，除两发炮弹着点在靶环内之外，其余八发全在环的边沿或离边沿有点距离的地点爆炸。气得亲自督阵的参谋长看着沮丧的炮兵们说不出别的话来，只说要总结教训，查找原因，训练要加班加点，三天后如果再是这样……后面的话参谋长没说，可能连他自己也不知道怎样才好。

浮躁在打过第一发炮弹后又变成了丧气，尤其是那些炮长，平时训练都是牛哄哄的，现在却像闯了大祸似的说话都底气不足。兵们情绪一落千丈，把众多的责任和怨愤都推在炮长身上，炮长心情本来就不好，这下就更生气了，火炮中队的争吵声也多了起来。有的炮长竟流了泪说自己各种枪打得八九不离十，枪手的英名却栽在了火炮上，就仅仅一发炮弹，有的竟找不到击发了一次炮弹的感觉，要求再打一发试试，大有雪耻的愤愤然。

这还不算，众人注目的火炮中队第一炮的失败很快在全支队传开，执勤单位的兵们就用嘲讽的口气和目光对待火炮中队的战士，弄得火炮中队的战士傲气散得不见踪影，连走路都没有了精神。

火炮中队的战士们于是就怀念起枪的好处来。枪可以真枪实弹地多练，可炮弹不同子弹，只打了可怜的一发就报销了一台彩电，能有多练几发的可能吗？

李文革说，别异想天开了，还是从自身找原因吧，心理因素也很重要，瞄准不光靠缺口准星的误差搭配，还要靠感觉，我们的失败就是心理素质差，瞄准练了八个月，不是心理上还没有接受真弹的感应，能是什么？

一个炮长说，这炮真麻烦，这感应那感觉的，真不如枪好摆弄，害得我们抬不起头，也给火炮中队丢了脸。

李文革说，我们是炮兵就不要想枪的好处，朝秦暮楚的人永远也不会选择到好的。你弄枪的时候想着来弄炮，弄上炮兵当了，现在砸锅了就想起枪的好处了，这怎么能打好炮？怎么能是个好炮手？好炮长？

那个炮长低下了头。

这时候有个兵说话胆子有些大，他竟说都是这些被淘汰的炮害了咱们，如果是野战部队正式炮兵用的先进炮械，电子操作，就不会落到今天这个下场。

李文革一听就火了：是谁？

一个声音胆怯了：是我！

你是谁？李文革明知故问。

下士丁炼。

按正规的来！李文革吼道。

报告中队长，下士丁炼，刚说的话。

就这报告水平？李文革盯着下士。

丁炼扯开嗓子又报告了一遍，报告词如炮声一般往耳朵里钻，真有点不敢相信这声音能从他瘦瘦的胸膛里发出来。

这才像个炮兵。李文革说。

你担任几号炮手？李文革又明知故问。

报告，下士丁炼担任二号炮手！

从现在开始，你担任一号炮手！

一号炮手就是瞄准击发的炮长。丁炼一听，声音就弱了：中队长，我担任不了。

原因？

报告，我打枪就不行，只在新兵连打过一次优秀，下连后就不行了，有时还打过光头。

我这里是炮！李文革说，不是枪，我们就是没有把炮和枪区别开来，一直用打枪的感觉来开炮，用杀伤大象的武器去对付一只蚊子，我们也把目标估计偏了，所以出现了误差。

说完这些话，李文革连自己也弄不懂，怎么一下子有了这种逻辑，并且越想越有道理，就临场发挥地又讲了一通要寻找打炮的感觉之类的话，叫战士们继续训练，尤其是心理素质。

指导员金呈勇过来对李文革说，他的这番话还真有道理，这大概是我们要找的失败原因吧。我们用的是炮不是枪。

李文革看着金呈勇半天才说："大后天的实弹我要当炮长。"

金呈勇看了看李文革的脸色说："你没搞错吧？你是中队长。"

李文革说："没有文件规定中队长就不能打炮，管枪的中队长还打枪呢，比谁都打得多。如果在战场上，炮长死了，连长不当炮长等待新的炮长到来，那我们就全完了。"

金呈勇说那就看看上级的意见。

李文革就给参谋长打了个电话，参谋长在电话上说，不管怎样，我要的是弹着点在靶环内。

李文革就念叨开 65—2 迫甲弹 3.45 公斤，65—1 式迫甲弹 3.925 公斤，杀伤流弹 4.625 公斤，最大射数 3.5 公里，增数弹 4.367 公斤以及弹道、要定标尺的偏差和这些炮弹瞄准、击发的丝毫误差。他在念叨练习这些的同时，决定自己就当难度大些的无座力六五式火炮长。他心里坚信没有打过炮的人

226

才会珍惜这么一次机会才能发挥得完善，像没打过枪的人第一次的感觉就在没有感觉之中才能打出好成绩一样。紧张是难免的，但没有感觉的击发是在紧张的瞬间进行的，这是他从小受枪械的熏陶而对枪特别偏爱的那种天性使他感知的。可他在接触炮之前总认为枪和炮是不同的打法，现在看来这种轻便的火炮就是大写的枪，就是夸张了的枪，这种炮还不能叫炮，也只能叫火炮，真正的炮才是丁炼所说的那些炮。可他给战士们讲应该把这种炮与枪区别开来，这样才能抛弃枪的概念在意识里生存炮的内容。

事情的结果有些突然，那位装备部长四天后到火炮中队检查了火炮装置后，拒绝了下级提出的实弹射击观摩。他说他只是想看一下火炮的保养以及火炮兵武警部队的新特种兵的精神面貌，他说他不是研究炮的专家，看着打炮查查爆炸的弹着点也没多大用处，何必要白白浪费炮弹呢。

部长对火炮中队爱护火炮装备非常满意，可对李文革的炮兵精神风貌不太满意，当场就说他们没有一种外在美感，就是缺乏一股炮兵的傲然之气。

部长说完一转过身，陪同来的政委就照着撅屁股卸炮的李文革一脚，小声说："你的兵平时的傲劲到哪去了？"

李文革站直了吼道："你叫我再打一次炮，再看！"

守　望

　　整个夏天，老兵成带着新兵伟都在修补这座烽火台。烽火台年代太久，风吹日晒，已破败得不成样子了，修补起来非常费劲，但老兵成干得很卖力，不顾戈壁滩能烤熟人的太阳，硬是浸泡在汗水里，运来沙土，挑来涝坝水和泥巴，把这座残破不堪的烽火台垒筑成有模样的烽火台来。

　　克拉克勤这地方怪，春季和秋季都会刮大风，一刮就是三个月，能将地上的沙土舔去厚厚一层。所以老兵成把修补烽火台的时间选择在了夏季。夏季不刮风，太阳毒，沙土和的泥巴干得快，又牢固，等到秋季风刮来了，泥巴已经锈得很结实，不怕风了。这点，老兵成还是懂的。

　　之所以要将这座烽火台修补起来，全是因为一个叫玲的女演员。女演员是大年初一随慰问演出队一起来到克拉克勤的。那时候，克拉克勤只有老兵成一个人，另一个老兵复员后，老兵成就留下，一个人守着这个地方。这地方除这座看起来已经废弃的老军营外，没有别的建筑物，老兵成始终没弄明白为什么部队上要派人守在这里，也没必要弄明白，既然守着肯定有守着的道理。老兵成就守着。

　　老兵成在大年初一这一天，就成了唯一的观众，他当时激动得流了不少泪。女演员玲也专为老兵成一个人唱了九首歌，尤其是唱那首《想家的时候》，女演员玲是一边抽泣一边唱的。老兵成望着女演员玲，也一边抽泣着一边心想，女演员玲这种样子太感人了，自己真是幸福，独自一人享受了漂亮女演

228

员玲动人的歌声，这是他一生中最珍贵的时刻。

演出结束后，大家围着破败的营院转了一圈，也议论了守这破营院没必要的话题。老兵成一言不发，他发现女演员玲没有议论，老兵成就很感动。自己在这守了两年，他不愿听别人议论这里没有用的话，他想着上面让守着，那肯定就有它的价值，他一直就默默地守着。若说这里没有必要守，那不就等于说自己没有用处，他这兵不是白当了？

但老兵成还是很感激他们，是他们在大年初一这一天，给他带来这么多的欢乐。尤其女演员玲，是流着泪为他唱歌的。

慰问演出队临走时，才发现离营院不远处还有个土沙包的。平坦如砥的戈壁上，这个烽火台很孤单地趴在那里，被演出队的人认为是个土沙包也很正常。

偏偏老兵成那时候解释了一下，说那是烽火台不是沙包，是过去用来点狼烟报信用的。

大家就来了兴趣，上到低矮破损的烽火台上，四下看了，比较失望。但老兵成发现女演员玲却异常惊奇，上上下下几次，看了又看后，对老兵成说，这真是个烽火台。

老兵成感激地点了点头。

女演员玲说，有个烽火台，你就不会太寂寞了，有时实在忍不住了，点燃它，别人就会看到你的，你也就不会总觉得一个人在这里了。

老兵成不断地点头。

别人就说，别浪漫了，就这个样子，跟土沙包似的，还想点着狼烟呢。

女演员玲听后不愿意了，说咋能这样说，在这地方，多不容易，它总是个烽火台呢。

那时候，老兵成听着女演员玲的话，心里一动，就说了句，我能修复这个烽火台！

女演员玲一脸的兴奋真的？

老兵成使劲地点了点头。女演员玲高兴地说，那我们明年还来，到时，你点着烟，我们在远处就能看到你欢迎我们了。

老兵成说，好吧。

女演员玲说，那我们一言为定！

老兵成在后来的冬天和春天里，一直琢磨着修复烽火台的事，他把这事当成了大事。春天刮风的时候，连里给克拉克勤送给养时，送来了新兵伟。

老兵成就带着新兵伟，在春季的风停下来的时候，开始修补这座烽火台了。

新兵伟对老兵成讲的修补烽火台的故事持过怀疑态度，但老兵成讲得很肯定，说女演员玲给他唱歌时都哭了。新兵伟就只好跟着老兵成干上了。起初他很无奈，因为他是新兵，后来心里就愿意了，待在这实在没事可干，有点事干比没事干好受点。况且修补烽火台是项不小的工程。

两个兵在这个夏天倾注了自己的心血，在夏天快结束秋风即将来临时，终于将这个烽火台修补好了，并且修补得异常高大结实，从外观上看，像个土堡似的，完全脱离了土沙包的概念。

秋天的狂风刚刚刮起的时候，该是老兵复员了。

老兵成服役期已满，在连里还没通知他的时候，他就用电台给连里发了一封电报，请求连里批准他留下，继续服役。

连里回电，批准老兵成超期服役。

老兵成很高兴。

不久，老兵复员走了，连里又发电报来，要调老兵成回连里工作。

老兵成给连里发报，他不愿回连。

连部在远离克拉克勤两百多公里的县城里，条件当然比克拉克勤强多了，起码可以看到很多人。

连里又发电报催了，老兵成复电坚决不回去。最后，连里就批准老兵成继续留守了。在秋风刮得昏天黑地的日子里，两个兵等待着冬天的来临。

在冬天寒冷的日子里，老兵成和新兵伟，去戈壁深处打来了一大堆干红柳，堆在烽火台顶上，准备到时点火冒烟用。

在等待中，日子是很难熬的，特别是冬天的日子。

老兵成和新兵伟每天吃过饭后，就上到烽火台上，望着一堆干红柳和四周空旷的戈壁滩发呆。望得久了，没了意思，日子还长，就随便找话说。

老兵成总是说，要是有狼粪就好了，烧着了才叫真正的狼烟。烽火台就是烧狼粪冒狼烟的。

俩人到戈壁滩上去找过多少次，连狼粪的影子都没找到过。

每次老兵成这样一说，新兵伟总会说，还狼粪呢，连人粪也找不到多少。

老兵成就不语。

戈壁滩冬天奇冷，也不下雪，没有什么能改变冬天的单一面孔，两个兵就望戈壁滩，有时看上一整天，两个人说不上一句话，连吃饭做饭，也简化到"做"和"吃"两个单字了。晚上坐在火炉边，俩人围着火炉，在油灯下，互相望望，也没话题，偶然一人说话了，也是算算日子，离过年还有多少天。新兵伟有时会冒出一句，她要是不来呢。

老兵成就会说：会来的。

也就没了话说。望着油灯上闪闪烁烁的火苗，俩人脸上都没多少表情。但在心里，俩人都盼着过年哩，像小孩一样。

有时，老兵成望着新兵伟忍不住就笑了，说，小时候，也是盼着过年哩。

新兵伟说，小时候盼过年是盼着吃好的，穿新衣。

老兵成说，就是。

有时候，新兵伟让老兵成讲女演员玲的一些情况。起先老兵成把自己看到的讲了，也仿着学了女演员玲的话，说了。后来，老兵成主动讲，有时加了一些自己编的内容，也都是往贴近处说，新兵伟听得认真，老兵成也讲得有味。

日子就这么一天天地过了。

越临近过年，两个兵越心急，白天不顾寒冷几乎整天站在烽火台上，望着远处发呆。又说些狼粪的话，虽然没有用还是要说。

到了连里发来慰问电了。年也就到了。

大年初一这天，老兵成起得很早，天没亮就去了烽火台，向远处望。新兵伟去时，发现老兵成已经冻得打战了，他就回来拿上大衣，给老兵成送去。老兵成却不穿，说，穿上大衣，要点火，行动不便。

新兵伟也就不穿大衣，两个人站在寒冷的冬天里，任冰凉的冷气浸透全身。他们等待着激动人心的那一刻，心里一点都不觉冷。

新兵伟突然说，应该先问一下连里，女演员玲他们出发了没有，要估算好时间和路程，好点火呢。

老兵成就叫新兵伟赶紧去发电报，自己仍在烽火台上守着。

新兵伟给连里发了电报。不久，连里回电，说没听说要来演出队。新兵伟心里一凉，赶紧去告诉了老兵成。

老兵成听后，不以为然地说，连里可能不知道，去年就是团里政委陪着来的。

又没有电话，电报又发不到团里，新兵伟着急地问，这咋办，问不到呀。

老兵成说，等吧。

俩人一等就等到了天黑，没发现什么动静，人都冻得木了，直到天黑得深了，见没希望了，才失望地回到营房里，谁也不说一句话，就呆坐到火炉边，坐了一夜。

第二天，俩人又上烽火台，又是一天等了下来，没有动静。这下新兵伟沉不住气了，他烦躁不安，把烽火台上的干红柳枝踩碎了不少。

老兵成也不责怪新兵伟，只说了句，她会来的。

第三天，还是没等来。老兵成只说了一句，她会来的。

第四天，老兵成望着他们亲手修补起来的烽火台，只说了句，她会来的，不是今天。却等了一天。

第五天，新兵伟又给连里发了电报，让连里打电话问一下团里，女演员玲会不会来克拉克勤。

连里很快回电，问过团里，没这种说法。女演员玲是去年组织慰问演出队抽上的，团里都不知她是哪个单位的。

新兵伟将此情况告诉给老兵成。老兵成不信，只说，她会来的，烽火台都修补好了，她咋会不来呢。

新兵伟听着这话，知道老兵成认了死理。又不好劝他，就生气地去踢烽火台的边沿。烽火台修补得很结实，踢得脚疼，新兵伟也没有踢下一块土来。

第六天，老兵成竟不出屋去烽火台了，衣服都没穿整齐，坐在火炉边，用捅火钩子在地上划拉着。新兵伟过去一看，见火炉边的地上写满了女演员玲的名字：刘玲。

新兵伟望着"刘玲"两个字，胸间无名火起，抢了老兵成的火钩子，在"刘玲"两个字旁写上了"骗子、骗子"，一时，火炉边的地上又写满了"骗子"。

新兵伟写完"骗子"，老兵成又抢过去炉钩子，又写满了"刘玲"。

俩人你来我往，抢了几次火钩子，新兵伟气得直喘粗气，最后抢过火钩子，也不多写了，只在"刘玲"两个字上敲着，用劲很大，把地上敲了无数个小坑。

新兵伟实在是无意识地，就将尖锐的火钩子敲在了老兵成的脚上。

老兵成只穿着拖鞋，火钩子在他的脚背上敲出了一个小洞，血呼地就涌了出来，染红了拖鞋，也染红了地上的"刘玲"两个字。

新兵伟惊呆了，半晌才说，你咋不躲开？

老兵成愣着看脚上的血往地上流，半晌才说，我咋知道你真会敲？

新兵伟撕了条床单，要给老兵成包脚。老兵成不让。

新兵伟又说，你咋不躲？

老兵成又说，我以为你不敢敲。

俩人的这两句话，在后来的几天里，重复了无数遍。新兵伟说得很内疚，老兵成说得很平淡。

一直到了正月十五这天，老兵成的腿有点瘸，脚上伤没好。他却一直没有埋怨过新兵伟，只在这天晚上，老兵成才突然说了句，咱们这年过得……

却没有下文，也没叹气。老兵成就瘸着，出了门。

新兵伟跟上出来，见老兵成一拐一拐地往烽火台方向走去。

新兵伟也跟上了烽火台。

四野黑得很透，戈壁滩静得吓人。俩人在烽火台上站了很久很久，谁也不想说话。

天地间一片寂静，仿佛一切都已凝固，戈壁滩、烽火台，还有那无边无

233

际的黑夜，都成了一个整体，将两个沉默的兵很严实地包裹了起来，成为苍茫中现实的切片，久久地固定在历史的边沿。

空气流动得异常艰难，两个兵的心上流动的，还是现实的血液。

这时候，老兵成突然开口，对新兵伟说，点着这柴。

新兵伟没有发愣，摸出火柴，先是点着了早已准备好的废纸，两手举着废纸，让一线血红的火舌，燃成一片跳动的火苗，然后，他才像做一件大事似的，很神圣地将火苗伸到红柳枝上。

干透了的红柳枝"轰"的一声，着了。火势很旺，发出"呼呼"的风声。火焰像一片抖动的红布，从烽火台上跃起，似一只巨大的红手，撕开了黑色的夜幕，伸向寂静的天空。

起风了，风似从远古的历史深处刮来，专为这火来的，将一片红光围住，撕扯着，争夺着，制造出一种惊天动地的声音。这种声音雄浑而壮阔，带着历史的风尘，充满了千军万马出征的磅礴气势，以古典的节奏，渐渐向两个兵的心灵深处逼近。两个兵全身已是热血沸腾，已感觉到有一个庞大群体正从旷野的深处，用征战者的步伐，向他们拥来，向他们所在的烽火台冲锋。

老兵成感到自己心上流淌过一阵阵万马奔腾的蹄音，感觉到四周的旷野里闪动着明亮的眼睛，处处都是挺拔的身躯，是和自己一样为了征战为了和平而存在的勇士……

火光渐渐熄灭的时候，新兵伟满脸是泪。

老兵成望着已经熄灭了火焰和还在闪动的灰烬，仿佛经历了一场战争演习，回味了许久，才回到现实中似的，说了句：这年，算是过完了。

新兵伟用手抹了一把脸上的泪，没吭气。

一个冬日的午后，坐在火炉跟前打盹的老兵成和新兵伟，被一阵高昂而急促的驴鸣声惊醒。新兵伟最先跃起冲出了房子。

这是一个温暖的冬日，冬阳将一片温热泻下来，给无雪的大漠铺了一层。厚实得像绵软的细沙，亲和地扑了新兵伟一身。

新兵伟揉了揉眼窝，不相信似的将眼睛瞪圆，他看到的是无法与现实联系起来的情景：一辆老乡赶着的毛驴车旁边，站着一个身材修长的，没戴肩章领花的女兵。

女兵站在毛驴车旁边，全神贯注地仰视着那座修补过的烽火台。

烽火台矗立在温暖的冬阳里，闪动着清新的光芒，散发出泥土被阳光烘烤着的气息，或许还有一种硝烟散尽之后的淡淡的焦煳味。

新兵伟看到，眼前女兵美丽的大眼睛里，涌出了清亮的眼泪。

新兵伟见此情景，猛然醒悟似的，大叫道：她不是那个，那个什么女……

她是女演员玲！

老兵成在身后说。

新兵伟问，她怎么没戴肩章、领花，她退伍了吗？

老兵成说，若不是退伍了，她能一个人来这里吗？

新兵伟回头一看，老兵成已走了过去。新兵伟看到，老兵成一脸庄重。

雪

如果你是外地人，冬天来阿勒泰看风景，你不是神经有问题就是天生弱智。阿勒泰的冬天除铺天盖地的雪以外，剩下的还是雪。

我却在这个冬天雪最多的时候来到了阿勒泰。其实我的神经没什么问题，我来阿勒泰纯粹是为了挽救一个无辜的生命。当然这个人与我有一定的关系，她曾是我过去暗恋过的人，虽然我们最终没走到一起，但我对她一直念念不忘。虽说我的第三次婚姻又快走到了尽头，她们(前几任妻子)一直都用漂亮的辞藻来掩饰最卑劣的情感，使我没有过上一天舒心的日子。其实我不应该计较这些了，她们都受制于一种不可理喻的欲念，才跟我各奔东西的。我的现任妻子已经和我开始争抢房子的归属权了，之所以还没有到提出离婚的地步，是因为我们现在居住的这套房子作价处理的资金还差两万多元，谁也不想单独背上两万元的债，只好拖着一起凑合着攒钱还账。以现在的情况来看，我已经看到了这次婚姻的结果，无疑，我已经采取一种放任自流的业余态度。所以，林佳打来电话，声称如果我想见她最后一面的话，就快点来阿勒泰一趟，要不——没有说完，电话就挂断了。我没敢大意，去单位请假。虽然单位领导平时不在乎我，视我可有可无，但一提到请假，他却不准我的假，说年底这么忙不能放你走。其实，我们单位一点都不忙，他们一天到晚都是坐在那里闲谈，如果不是这两年有下岗的紧迫感，他们平时连班都不好好上的。领导不准我假是故意为难我，我说不放我走我也得走，我又不是去看风景，说有人要自杀了。领导显然被我的话暂时唬住了，他没有问我谁要自杀，就准了我的假，但从他的眼神里我已看出他要说的话，他说要是我自杀了那才好呢，等单位到了下岗分流的时候免得叫他头疼。

我当天就赶到了阿勒泰。

我不急不行，林佳在电话上还说，如果当天晚上我不赶到她那里，第二天只能看到她的尸体了。

林佳和我曾是大学同学，我原来暗恋她，后来发现她对我一点意思都没有，就没和她发生故事，但她的脾气我摸得很清楚，她认准的事谁也改变不了，所以我不愿看到她的尸体，不顾一切地赶来了。

阿勒泰的冬天比我想象得还要可怕，一下车，我就被雪包围了，并且冻得快成一根冰棍，才一步一个雪坑地找到了林佳的家。林佳打开门一看是我，一句问候的话都没有，她还是以前那样扭怩着身子，冲着我笑呢。事情总是这样——可是那种远逝的感情上的隐痛依然还存在，就像你明明知道又一时记不起来的古诗词会隐隐约约闪现一样。这倒不是我对自己原来平淡而短暂的爱恋回忆会扰乱思想上的平静，而是我这个人旧情难忘，在一次次失败婚姻的教训中，总会认为以前的比现在的要好，这也是接到林佳电话一定要来的重要原因，但一看她的这副样子，我来气了，这哪像个要自杀的人？一点都不悲伤。哪怕装一下也行啊。一个人要对自己不真诚的话，不可能指望还有什么良心了。我用受了愚弄的眼神直视着林佳，她却不慌不忙地拍着我身上的雪说，你也看到了，在这样的雪天我一个人不自杀才怪呢。

我没吭声。

林佳给我让座后说，你猜猜我刚想做什么？

你想说就说，我不猜！

林佳笑着说，你还是那样没情调，但你生气的样子叫我更想做点什么。我刚想做的就是想抱住你！

别来这个，说说自杀的理由吧。我已经不是从前的我了。

我老公走了，没有告诉我他去哪里，第一场雪下来，他就悄悄地走了。林佳这会儿脸上有一丝哀伤掠过，随即又变得鲜活了。

他没告诉你去哪里，也用不着自杀呀！

我老公——

住口！我打断林佳，别老公老公的，就叫丈夫或者爱人行不行？

我特别憎恶"老公"这个流行的称呼，这个称呼会使我想到配种站的公猪公牛什么的。我的第二任妻子就是因为半途学会了叫我老公，我拒绝接受，让她改口，她不改，我才忍无可忍和她离婚的。

我就叫老公！林佳气呼呼地说，再有几天就进入二十一世纪了，谁还像你这么老土。

我无话可说。不过我心想幸亏当年和林佳没有故事。不然她一口一个"老公"地叫，像配种站的工作人员，非叫得我和她闹翻不可。

林佳继续说，我老公出走，扔下这一世界的雪，雪厚得能把房子压塌，到处都是雪，我一个人像在雪海里一般。我不自杀，等雪埋了我呀？

就凭林佳的这番话，我对她从前的好感已没多少了，我对她自杀的想法也持怀疑态度了。可我觉得既然这么老远来了，就应该显得礼貌些，便对她说，林佳，你都三十好几的人了，别玩过时的游戏，大家活着都不容易。

谁玩了？林佳生气地说，你们男人都是这样，什么时候重视过女人？光顾自己，我老公那个人不用说了，就说你吧，还一直说我是你的精神寄托，我都绝望要自杀了，叫你来，你还这样说我，谁受得了？

我是说过林佳是我的精神寄托，在我的婚姻一次又一次的破裂中，我的情感一直处于空白状态，精神极度空虚，我给林佳写信说只有你才是我的寄托。

我对林佳说，你丈夫出走，总得有个理由吧？

理由？林佳恶狠狠地说，他这个人从来没有什么理由，一意孤行，从来没有把我放在眼里。

他对你一直不好吗？我问。我很想知道当年看不上我的林佳，是怎么选择了他这个丈夫的。

他呀，把我弄到手后，就原形毕露，换了一副面孔，他懒不说，对我根本不关心，有时根本不管我的存在。

具体点说说。

比如说，我经常身体有病，不是头疼，就是牙疼，不是牙疼就是脖子疼，还有胃疼、胆疼、腰疼、腿疼、脚疼，甚至脚趾甲都疼——你不知道我穿的鞋子夹脚，脚趾甲就疼。

你丈夫不管吗？

我老公刚开始还管，陪我上医院、买药，后来慢慢地就连问都懒得问了。你说像他这样的男人，我怎么受得了？

你的这疼那疼是经常性的吗？

经常性的，每天都有一处疼，我多苦呀！

噢！你是够苦的。我的第一任妻子的任性和刁蛮就是每天装成可怜兮兮的病人，你顾她吧，她认为你是虚情假意；你不顾她吧，她会悲观厌世，并且动不动就对她父母诉苦，我们逢年过节去她娘家，简直就是去开我的批斗会，我忍无可忍才和她分手的。

你丈夫平时干家务怎样？

干什么家务呀，他懒得连饭都不想吃，平时做个饭，吊个脸，我一看就倒胃口。

一般是他做饭多，还是你做饭多？

他做的时候多，他嫌我做的饭不好吃，几乎不吃我做的饭。

他做饭的时候，你在干什么？

有时给他打下手，有时我饿了就先吃了。

你给他一块儿盛饭了吗？

有时盛了，有时就忘了。他这个人怪得很，我忘了给他盛饭，他端来最后一个菜，还总要问我咋没有他的饭。

你是怎么做的？

我就说忘了给他盛饭，我起身要给他盛，他自己已去了。

噢！我的第二任妻子别说给我盛饭，就是她父母来了，她只顾她自己，有时看到她一个人大嚼大咽的样子，一股悲凉的冷气会从我心底升起。

你丈夫有时会对你突然间特别关心吗？

239

没有！他一直是那样冷冰冰的。

一个男人对自己的妻子突然关心起来，就有危险了。

什么危险？

有了外遇的男人，才会突然对妻子好起来，因为有道德责任感这些东西迫使他这样。

我老公这样的人，他会有外遇？谁看得上他呀，看上他的女人准是眼睛瞎了！

那么你呢？

我算是瞎眼了！

噢！我的第三任妻子也是这么说的，她有时把我简直快比喻成一堆粪便了，说像我这样的人，走到哪里就臭到哪里。她在公共场所说到我时，总是用一种讽刺的完全不以为然的口气。

你丈夫真是这么拙劣，他有到外面去的机会吗？

太多了，他经常出差，有时会很长时间。

他出去时间长了，会给你联系吗？

常打电话。

给你写信吗？

有时写，信不长，也就是那些没用的废话。

你给他回信吗？

不回！回什么信呀？打电话就行了，有时需要给他寄些资料什么的，我也只写个信封。

一个字的信也不写？

不写！

噢！这和我的第一任妻子简直像一个人似的。

你丈夫每次出差回来，都告诉你他回来的时间吗？

告诉。

你去车站接过他吗？

没有。每次，他都说不用去接他。

噢！我的第二任妻子也是这么做的，但她有时还是去车站接人的，当然接的是别人了。

你丈夫每次回到家，你都做好饭在家等着吗？

是在家等着，但没做好饭，我告诉过你，我做的饭他不喜欢吃。

你做了吗？

没有，我以为他吃过饭了，比如在火车上。

一次也没有做？

好像一次也没做，不过每次他回来后都好像没吃过饭，然后他自己动手做了吃，我记得也不太清楚。

噢！是这样。我想问一下你们经常上街吗？

一提这个我就气不打一处来，我老公这个人没法说，他是一个没有一点情调、没有一点意思的人，所以我也不要和他一起上街。

他常托你给他代买东西回来吗？

有。

你给他代买了吗？

有时记起来就买了，忘了就算了。

你经常忘吗？

忘的时候可能多些，我这个人记不住这些小事。

噢！这和我的现任妻子简直像一个娘胎里出来的。

这些确实算是小事，但什么算是大事呢。我想问一下，你丈生的生日你记得住吗？

这个……我真记不清楚，我很忙，我老公的生日是什么时候呢？大概……算了，你的问题像审犯人，我不想再回答了，我还要问你问题呢。

我勉强笑了笑，说，我就问最后一个了，你回答完，再问我吧。

好吧，你问吧。

我打量了一下林佳，问道，你平时注重穿着打扮吗？

林佳大咧咧地笑着说，打扮什么呀，你刚不是说我是三十好几的人了，开败的花啦，还穿那么时髦，打扮那么鲜艳，给谁看呀？

给你丈夫看呀。

他那个人……林佳摇摇头说，他才不会多看我一眼呢，只会埋怨我这不行那不行，他会有心思看我，我还没工夫打扮自己呢。

噢！我的几任妻子都是这样的，有时打扮了也是出去给别人看的。

我不停地点头，随口又问了句，你们没有孩子，你丈夫不想要孩子吗？

是我不想要，我老公可想要个孩子了。

你为什么不想要？

生孩子疼呀！怀孩子累呀！养孩子苦呀！我一直想着什么时候谁能让男人怀孩子、生孩子就好了，让男人也受一下这份罪就公平了。

我点着头，问林佳，现在几点了？

十一点，离天亮还早着呢。

不早了，我坐了一天的车，困了。

一个大男人坐一天的车算什么？和我说说话，我一个人快憋死了，我还有许多话要给你说呢。

我没有吭声。

你问了这么多，现在该我问问你了，你上次打电话说，你的这次婚姻又要走到头了？

是这样。

为什么？

不为什么？

是你又有了外遇，还是你老婆有了外遇？

都不是！

肯定是你想离婚，是不是？

是！

你的心永远是花的，不过这也没有什么错，哪像我老公，他想花也没有人会理他的。他那个人……

别说他了！我打断林桂，你想知道你丈夫出走的原因吗？

我当然想知道，不过他这个没良心的不告诉我就走了，我一个人在冰天

242

雪地里，怎么活呀？

你在大雪覆盖的家里，多温暖，你丈夫还不知在什么地方受冻呢？

管他呢，这么大的雪，这么冷的天，他不顾我，我还顾他？我算是看透他了，这阵子我一直在考虑，这种婚姻只能叫人绝望。

所以你就想到了要自杀？

你来了，我打消了这个念头。

我避开林佳的目光，看来我又成了她的精神寄托了。这对现在的我来说是非常痛苦的。通过这样的交谈，我对她费了好大劲才拼凑起来的自杀理由已经很厌恶了，并且我坚信她不会自杀的，她的所作所为已经证明她除把自己看得太重之外，在她心里根本就没有别人的位置，我这么远不顾寒冷来见她，她连一杯水都没给我倒，像她这样的女人我还是离得越远越好。我站起来走到窗前，窗外是白雪覆盖的城市，现在已经是深夜，这却是一个没法黑暗下来的白夜，叫人看了，这夜晚不像夜晚，是有点不正常，但真正的现实什么时候应该正常呢？我的心情反而平静下来，我想我一直是怎么生活的？我觉得我过去的生活就像在编造故事，一面向前，一面即兴创作。我的意思不是说我不是在说谎，我是说在创造生活。这可是我压根儿不想承认的事。

我说了句：这雪还在下着。

林佳走过来说，阿勒泰这鬼地方，雪能下一个冬天，简直能把人烦死。

这雪是够恼人的，叫人受不了。我说着，心里却想着，真正的现实婚姻就像被雪覆盖住似的，一旦太阳出来，雪融化了，一切面目全暴露了出来，人们一看到婚姻的实质，都有种上当受骗的感觉。这洁白纯净的雪，蒙蔽了多少人的眼呵！

你才来不到一天就受不了，那我还不活了？

我苦笑了一下，问林佳，快十二点了吧。

十二点了，又是一个烦人的雪天开始了。

我到沙发上拿起大衣、帽子说，我该走了！

你到哪里去？林佳叫道，这么大的雪，你是专程来看我的，就住我家好了，我这有地方住的。

不了！

你怕——林佳从内心里以为和我达成了默契，领会了她的含义，并以绅士淑女般的梦想，憧憬着我们的未来，我的回答叫她非常失望（并非痛苦）。

不是！

那你就住下！我这几天想和你说的话还多着呢。

不了。我心想你就饶了我吧，我得忘记过去，过去的会真正过去，我已经够累的了，在这不断失败的婚姻中，我真不知什么是属于我的，我一直在寻找，还是本来就没有实际生活的意义存在？

我去外面找地方住。我说，顺便看看雪景，阿勒泰冬天的夜晚像白天一样。

你——神经病！林佳气呼呼地说。

我固执地拉开门，一股寒气冲了进来。我站在门口，回头对林佳说，我决定明天一早就坐车回去，最后，我想告诉你你丈夫出走的原因。

我不想知道！

其实你已经知道了，是你一条一条告诉我的。

林佳望着我。

我没再犹豫，走出门，把林佳的目光留在了温暖的房子里。我走入茫茫的雪野。我就是这样像个神经病患者似的，来看望认为是我的精神寄托人林佳的。我的眼睛被扑面而来的雪粒冲击着，根本辨不清方向，我想马上找到一家旅馆落脚，然后赶紧找个吃饭的地方，一天没吃饭了，快饿晕过去了，坚持到现在，我连一口水都没有喝。

整条街道夜深人静，风雪交加，天地也似乎随着狂舞的风雪旋转起来，结了冰的白杨树在头上嗡嗡作响，电线杆上昏暗的路灯咯咯吱吱，它们像生活在婚姻中的人一样摇摇晃晃……

驮水的日子

　　上等兵是半年前接上这个工作的。这个工作其实很简单，就是每天赶上一头驴去山下的盖孜河边，往山上驮水。全连吃用的水都是这样一趟一趟由驴驮到山上的。

　　在此之前，是下士赶着一头牦牛驮水，可牦牛有一天死了，是老死的。连里本来是要再买一头牦牛驮水的，刚上任的司务长去了一趟石头城，牵回来的却是一头驴。连长问司务长怎么不买牦牛？司务长说驴便宜，一头牦牛的钱可以买两头驴呢。连长很赞赏地对司务长说了声你还真会过日子，就算认可了。但他们谁也没有想到，这驴是有点脾气的，第一天要去驮水时，就和原来负责驮水的下士犟上了。驴不愿意往它背上搁装水的挑子，第一次放上去，就被它摔下来。下士偏不信这个邪，唤几个兵过来帮忙硬给驴把挑子用绳子绑在身上，驴气得又跳又踢。下士抽了驴一鞭子，骂句："不信你还能犟过人。"就一边抽打着赶驴去驮水了，一直到晚上才驮着两个半桶水回来，并且还是司务长带人去帮着下士才把驴硬拉回来的。司务长这才知道自己图省钱却干了件蠢事，找连长去承认错误并打算再用驴去换牦牛。连长却说还是用驴算了，换来换去，要耽搁全连用水的。司务长说这驴不听话，不愿驮水。连长笑着说，它不愿驮就不叫它驮？这还不乱套了！司务长说，那咋办？连长说，调教呗！司务长一脸茫然地望着连长。连长说，我的意思不是叫下士去调教，他的脾气比驴还犟，是调教不出来的，换个人吧。连长就提出让

245

上等兵去接驮水工作。

上等兵是第二年度兵，平时沉默寡言，和谁说个话都会脸红，让他去调教一头犟驴？司务长想着驮水可是个重要岗位，它关系着全连一日的生计问题，这么重要的工作交给平时话都难得说上半句的上等兵，他着实有点不放心。可连长说，让他试试吧。

上等兵接上驮水工作的第一天早上，还没有吹起床哨，他就提前起来把驴牵出圈，往驴背上搁装水的挑子。驴并没有因为换了一张生面孔就给对方面子，它还是极不情愿，一往它身上搁挑子就毫不留情地往下摔。上等兵一点也不性急，也不抽打驴，驴把挑子摔下来，他再搁上去，反正挑子两边装水的桶是皮囊的，又摔不坏。他一次又一次地放，用足够的耐心和驴较量着。最后把他和驴都折腾得出了一身汗，可上等兵硬叫驴没有再往下摔挑子的脾气了，才牵着驴下山。

连队所在的山上离盖孜河有八公里路程，八公里在新疆就算不了什么，说起来是几步路的事。可上等兵赶着驴，走了近两个小时，驴故意磨蹭着不好好走，上等兵也是一副不急不恼的样子，任它由着自己的性子走。到了河边，上等兵往挑子上的桶里装满水后，驴又闹腾开了，几次都把挑子摔了下来，弄得上等兵一身的水。上等兵也不生气，和来时一样，驴摔下来，他再搁上去，摔下来，再搁上去。他一脸的惬意样惹得驴更是气急，那动作就更大，折腾到最后，就累了。直到半下午时，上等兵才牵着驴驮了两半桶水回来。连里本来等着用水，司务长准备带人去帮上等兵的，但连长不让去。连长说叫上等兵一个人折腾吧，人去多了，反倒是我们急了，让驴看出我们拿它没有办法，不定以后它还多嚣张呢。

上等兵回来倒下水后，没有歇息，抓上两个馒头又要牵着驴去驮水。司务长怕天黑前回不来，说别去了。可上等兵说今天的水还不够用，一定要去。司务长就让上等兵去了。

天黑透了，上等兵牵着驴才回来，依然是两半桶水。倒下水后，上等兵给驴喂了草料，自己吃过饭后，牵上驴一声不吭又往山下走。司务长追上来问他还去呀？上等兵说今天的水没有驮够！司务长说，没够就没够吧，只要吃喝的够了，洗脸都凑合点行了。上等兵说，反正水没有驮够，就不能歇。说这话时，上等兵瞪了犟头犟脑的驴一眼，驴此时正低头用力扯着上等兵手里的缰绳。司务长想着天黑透了不安全坚决不放上等兵走，去请示连长。连长说，让他去吧，对付这头犟驴也许只能用这种方法，反正这秃山上也没有野兽，让他带上手电筒去吧。司务长还是不放心。连长对他说，你带上人在暗中跟着不就行了。

上等兵牵着驴，这天晚上又去驮了两次水，天快亮时，才让驴歇下。

第二天，刚吹起床哨，上等兵就把驴从圈里牵出来，喂过料后，就去驮水。这天虽然也驮到了半夜，可桶里的水基本上是满的。一连几天都是如此，如果不驮够四趟水，上等兵就不让驴休息，但他从没有抽打过驴一鞭子。驴以前是有过挨抽的经历的，不知驴对上等兵抱有知遇之恩，还是真的被驯服了，反正驴是渐渐地没有了脾气。

连里的驮水工作又正常了。

连长这才对司务长说，怎么样，我没看错上等兵吧，对付这种犟驴，就得上等兵这样比驴更能一磨到底的人才能整治得了。

为此，连长在军人大会上表扬了上等兵。

上等兵就这样开始了驮水工作。刚开始他每天都牵着驴去驮水，慢慢地，驴的性格里也没了那份暴烈，在上等兵不愠不火、不急不缓的调教中，心平气和得就像河边的水草。上等兵在日复一日的驮水工作中，感觉到驴已经真心实意地接纳了他，便对驴更加亲切和友好了。驴读懂了他眼中的那份亲近，朝空寂的山中吼叫几声，又在自己吼叫的回声里敲着鼓点一样的蹄音欢快地走着。上等兵感应着驴的那份欢快，明白驴对自己的认同，就更加知心地拍拍驴背，然后把缰绳往它的脖子上一盘，不再牵它，让它自己走，他跟在一边，一人一驴，走在上山或者下山的小道上。山道很窄，有些地方窄得只容一人通过，上等兵就走到了驴后面。时间一长，驴也熟悉了这种程序，上等兵基本上是跟在驴后面，下山上山都是这样。有时候，驴走得快了，见上等兵迟迟未跟上来，就立在路边候着，直到上等兵到它跟前，伸手摸摸它被山风吹得乱飞的鬃毛，说一声走吧，才又踢踏踢踏地往前走。到了河边，上等兵只需往驴背上的桶里装上水就行，水装满了，驴驮上水就走。到了夏天，盖孜河边长满了草，上等兵就让驴歇一歇，吃上一阵嫩嫩的青草。他躺在草地上，感受盖孜河湿润的和风，看着不远处驴咀嚼青草，被嚼碎的青草的芳香味洋溢着喜悦一瓣一瓣又掉入草丛。他闭上眼睛，静静地听着一些小昆虫振翅跳跃，从这棵青草跳到另一棵青草的声响，还有风钻入草丛拱出一阵的声音。他那么醉心地聆听着，竟隐隐约约地捕捉到一些悠长的牧笛声。他蓦然睁眼，那悠长的声音没有了，只有夏日的阳光宁静地铺洒着，还有已在他近处的驴咀嚼着青草，不时抬头凝视他，那眼神竟如女人一般，湿湿的，平静中含着些许的温柔和多情。每当这时，上等兵就从草地上坐起来，看着驴吃青草的样子，想着这么多日子以来他和驴日渐深厚的情谊。他和驴彼此越来越对脾气了，他说走驴就走，说停驴就停，配合得好极了，他就觉出驴的可爱来。

上等兵觉出驴可爱的时候，突然想着该给这头驴起个名字了。每天在河边、山道上，和驴在一起，他叫驴走或者停时，不知叫什么好，总是硬邦邦地说"停"或"走"，太伤他们之间的感情了。起个名字叫着多好。有了这样一个念头，上等兵兴奋起来。他一点都没有犹豫，就给驴起了个"黑家伙"的名字。上等兵起这个名字，是受了连长的影响。连长喜欢叫兵们这个家伙那个家伙的，因为驴全身都是黑的，他就给它起了"黑家伙"。虽然驴不是兵，但也是连队的一员，也是他的战友之一，当然还是他的下属。这个名字叫起来顺口也切合实际。

上等兵就这么叫了。

起初，他一叫，"黑家伙"还不知道这几个字已是它自己的名字，见上等兵一直是对着自己叫，就明白了。但它还是不大习惯这个名字，对上等兵不停地"黑家伙""黑家伙"的呼叫显得很迟钝，总是在上等兵叫过几遍之后才反应过来。但随着这呼叫次数的增多，它也无可奈何，就认可了自己叫"黑家伙"。

上等兵每天赶上"黑家伙"要到山下去驮四趟水，上午两趟，下午两趟，一次驮两桶水，共八桶水。其中四桶水给伙房，另外三桶给一、二、三班，还有一桶给连部。一般上午驮的第一趟水先给伙房做饭，第二趟给一班和二班各一桶，供大家洗漱；下午的第一趟还是给伙房，第二趟给三班和连部各一桶。这样形成了套路，慢慢地，"黑家伙"就熟悉了，每天的第几趟水驮回来给哪里，"黑家伙"会主动走到哪里，绝不会错，倒叫上等兵省了不少事。

有一天，上等兵晚上睡觉时肚子受了凉，拉稀，上午驮第二次水回来的路上，他憋不住了，没有来得及喊声"黑家伙"站下等他，就到山沟里去解决问题。待他解决完了，回到路上一看，"黑家伙"没有接到叫它停的命令，已经走出好远，转过几个山腰了。他赶紧去追，一直追到连队，"黑家伙"已经把两桶水分别驮到一班和二班的门口，兵们帮着把水桶卸下了，"黑家伙"正等着上等兵给它取下挑子吃午饭呢。

司务长正焦急地等在院子里，以为上等兵出了什么事，还想着带人去找呢。

上等兵冲到"黑家伙"跟前。"黑家伙"以为自己做错了事，扑闪着大眼睛看着上等兵，等着上等兵给它不高兴的表情。上等兵不但没有骂它，反而伸手细细抚着它的背，表扬它真行。"黑家伙"冲天叫了几声，它的兴奋感染得大家都和它一块高兴起来。

有了第一次，上等兵就给炊事班打招呼，决定让驴自己独自驮水回连。他在河边装上水后，对"黑家伙"说声你自己回去吧。"黑家伙"就自己上山了。上等兵第一次让"黑家伙"独自上路的时候，还有点不大放心，悄悄地跟在"黑家伙"的后面，走了好几里路。弯弯曲曲的山路上，"黑家伙"不受路两旁的任何干扰。其实也没有什么可以干扰"黑家伙"的东西。上等兵就立着，看"黑家伙"独自离去。上等兵远远地看着，发现"黑家伙"稳健的身影，竟是这山中唯一的动点。在上等兵的眼中，这唯一的动点，一下子使四周沉寂的山峰山谷多了些让人感动的东西。但究竟是什么样的感动，上等兵却又说不出来。上等兵就那样看着"黑家伙"一步一步走远，直到消失在他的视线里。视野里没有"黑家伙"的影子了，上等兵才一下子感到心里有点空落，四面八方涌来的寂寞把他从那种无名的感动中揪了出来，他抖抖身子，寂寞原来已在刹那间浸淫到他的全身。上等兵这才明白，原来"黑家伙"已在他的心中占了一大块位置。在平日的相处中，他倒没有太大的在意，而一旦"黑家伙"离开了他，哪怕像现在这样短暂地离开，他的失落感便像春日的种子一样迅速钻出土来。上等兵望眼欲穿地盼着山道上"黑家伙"的身影出现。

过了一个多小时，"黑家伙"果然不负他望，又驮着空挑子下山来到河边。上等兵高兴极了，扑上去竟亲了"黑家伙"一口，当场表扬"黑家伙"的勇敢，并把自己在河边等"黑家伙"时割的青草奖赏给它。嫩嫩的青草一根一根卷进"黑家伙"的嘴中，"黑家伙"吃着，还不停地甩着尾巴，表示着它的高兴。

上等兵托人从石头城里买了一个铃铛回来，拴到"黑家伙"的脖子上。铃铛声清脆悦耳，陪伴着"黑家伙"行走在寂静的山道上。"黑家伙"喜欢这铃铛声，它常常在离上等兵越来越近的时候，步子也越来越快，美妙的铃铛声也就越加地响亮，远远地传到在盖孜河边等候着它的上等兵耳朵里。到了山上，负重的"黑家伙"脖子上的铃铛声也可以早早地让连队的人意识到"黑家伙"回来了。上等兵每天在河边只负责装水，装完水，他很亲热地拍拍"黑家伙"的脖子，说一声"黑家伙"，路上不要贪玩。"黑家伙"用它那湿湿的眼睛看一看上等兵，再低低叫唤几声，转身便又向连队走。上等兵再不用每趟都跟着"黑家伙"来回走了。

为了打发"黑家伙"不在身边的这段空闲时间，上等兵带上课本，送走"黑家伙"后，便坐在河边看看书，复习功课。上等兵的心里一直做着考军校的梦呢。复习累了，他会背着手，悠闲地在草地上散散步，呼吸盖孜河边纤尘不染的新鲜空气，感受远离尘世、天地合一的空旷感觉。在这里，人世间的痛苦与欢乐、幸福与失落、功利与欲望，都像是融进大自然中，被人看得那样淡薄。连"黑家伙"也一样，本来充满对抗的情绪，却慢慢地变得充满了灵性和善意。想到"黑家伙"，上等兵心里又忍不住漫过一阵留恋。他知道，只要他一考上军校，他就会和"黑家伙"分开，可他又不能为了"黑家伙"而放弃自己的理想。上等兵想着自己不管能不能考上军校，他迟早都得和"黑家伙"分开，这是注定的，心里好一阵难受，就扔开书本，拼命给"黑家伙"割青草。他想把"黑家伙"一个冬天甚至几个冬天要吃的草都割下、晒干、预备好，那样，"黑家伙"就不会忘记他，他也不会在分离的日子里备感难受。

在铃铛的响声中，又过了一年。这年夏天，已晋升为下士的上等兵考取军校。接到通知书的那天，连长对上等兵说，你考上了军校，还得感谢"黑家伙"呢，是它给你提供了复习功课的时间，你才能考出好成绩的。

上等兵激动地点着头说，我是得感谢"黑家伙"。他这样说时，心里一阵难过，为这早早到来的他和"黑家伙"的分手，几天里都觉得心里沉甸甸的。临离开高原去军校前的那一段日子，他一直坚持和"黑家伙"驮水驮到了他离开连队的前一天。他还给"黑家伙"割了一大堆青草。

走的那天，上等兵叫"黑家伙"驮着自己的行李下山，"黑家伙"似乎预感到什么，一路上走得很慢，慢得使刚接上驮水工作的新兵有点着急，几次想动手赶它，都被上等兵制止了。半晌午时才到了盖孜河边，上等兵给"黑家伙"背上的挑子里最后一次装上水，对它交代一番后，看着它往山上走去，直到"黑家伙"走出很远。等他恋恋不舍地背着行李要走时，突然听到熟悉的铃声由远及近急促而来。他猛然转过身，向山路望去，"黑家伙"正以他平时不曾见过的速度向他飞奔而来，纷乱的铃铛声大片大片地摔落在地，"黑家伙"又把它们踩得粉碎。上等兵被铃声惊扰着，心不由自主地一颤，眼睛被一种液体模糊了。模糊中，他发现，奔跑着的"黑家伙"是这凝固的群山中唯一的动点。